나오는 그녀들의

Our travelogue on world cultural heritage

세계문화유산답사기

섬마을김씨 지음 · ripe.C 일러스트

표지 · 본문 일러스트
ripe.C

AIRPLANE TICKET
DESTINATION - - - > WORLD

Contents
**Our travelogue on
world cultural heritage**

*DESTINATION ---> WORLD >>>> OUR TRAVELOGUE ON WORLD CULTURAL>>>>>
HERITAGE>>>>>N>>>>I>>>>G>>>>H>>>>>T>>>>>N>>>>>O>>>>V>>>E>>>>L>>>>*

Prologue

"야, 좆지원!"

성씨에 남성의 성기를 속되게 말하는 말을 붙여 부르는 짓은, 조금이라도 더 세보이려는 중고등학생 남자애들 사이에서나 할 법한 일이 아닐까 싶은데.

하여간 저 녀석은 나이는 먹을 만큼 먹었는데도 아직도 저러고 있다.

일반적으로 여자들은 어느 정도 내숭이라는 게 있어서 말씨가 저렇게까지 험하지는 않잖은가? 그야 여자들이 섞인 무리라고 수다 떨 때 딱히 미친, 시발 등의 험한 말이 안 나오는 것도 아니고, 나 역시 이제 와서 여자들은 남자들과는 다르게 고운 말만 할 것이라는 망상을 하지도 않지만, 적어도 고교생을 탈피한 교양 있는 성인 여성이 저런다면 인격을 의심해 줘야 하는 것이 인지상정이리라.

저 녀석에게는 학창시절에 티격태격할 때 붙어버린, 힘으로는 못 이기니 기라도 죽이려고 욕지기를 섞어다가 입씨름을 벌이던 당시의 못된 버릇이 여전히 남아 있었다. 간단히 말해 저 녀석은 철이 전혀 안 들었다.

아무튼 철이 덜 든 지아의 유치한 도발에 교양 있는 어른으로서 피식 비웃고는, 고개는 돌리지 않으며 마우스를 잡고 있던 오른손만 등 뒤로 돌리고 가운데 손가락을 들어줬다.

최대한의 예우다.

"뒈진다!?"

"우엑 케, 켁."

아뿔싸, 목조르기를 당할 것을 예상하고 미리 거북목 전술을 썼어야 했건만, 실수했다.

하여간 욕도 지가 먼저 해놓고는 다짜고짜 공격이라니. 이렇게 공격을 해온 이상 지아 녀석도 반격을 당해도 할 말이 없을 테지만…… 그저 손을 푸는 것으로 나의 미력한 대응은 끝났다.

무슨 일이 있어도 여자는 때리지 말라는 가정교육 탓이었다.

상대가 나보다 어린 여동생이라면 그 말이 의미가 있었겠지. 하지만 저 녀석은 아니었다. 억울하게도 나는 똥오줌은 화장실에서 누는 거라고 학습되던 시기부터 이미, 뒷좌석이 두 배로 넓은 세발자전거 안장에다 저 녀석을 여동생과 함께 태우고 죽어라 페달을 밟아야 했다.

내가 남자라는 이유 하나만으로.

저게 나보다 몇 개월은 더 빨리 태어났음에도 불구하고,

여자는 때리지 말라는 옆집엄마와 울집엄마의 여성친화적 교육의 희생양이 된 나는 녀석에게 함부로 반격하지 못했다.

심지어 녀석은 아주머니한테 평소 훈육을 볼기짝으로 받았는

지 내가 뭘 잘못하면 지가 무슨 엄마라도 된 양 내 엉덩이를 때려댔다.

그야, 어렸을 적에는 나도 당하고만 있지는 않았다. 당연히 동갑내기에 같은 학년인 나 역시 마땅히 반격을 했었다.

하지만 남자가 여자의 팬티를 내려서 맨 엉덩이를 때린다는 행위가 품은 은유와, 엉덩이 아래에 있는 여자아이의 밋밋하고 갈라진 고추가 어떤 구조이며 구체적으로 무슨 역할을 하는 것인지 알게 된 이후부터는 차마 그럴 수 없었다. 이게 바로 어른이 된다는 거다.

그러니 나보다 몇 개월 더 일찍 태어나서 그만큼 더 어른일 여자애도, 남자애의 팬티를 내리면 앞에서 튀어나오는 것이 무슨 역할을 하는지 알면 그런 짓은 이제 그만 둬야 할 텐데.

"어디 손가락 욕을 하래? 누나가 그렇게 가르쳤어?

"하지 마 임마!"

지멋대로 내 누나를 자처하는 이 철없는 자식은, 지퍼가 없는 내 고무줄 츄리닝 바지를 내리고 엉덩이를 때리는 짓을 벌써 이십 년째 하고 있었다.

1. 변태스런 소꿉친구 : 지아

내게는 성씨도 같고 돌림자까지 같은, 아파트 현관문을 열고 나가면 학교 갈 때마다 마주쳤던 소꿉친구가 있다.

코카서스 산맥 쪽의 나라 이름이나, 혹은 커피 브랜드, 또는 어느 이름 모를 외국인이 연상되는 이름을 가진 저 녀석과 나.

성은 조씨요 이름에는 지자 돌림으로 남매라서 일부러 맞춰 지은 듯한 이름을 가지고 있었다.

지원, 지아.

조지원, 조지아.

발음 조금만 드세게 하거나 뭐 잘못하면 좆씨로 바뀌는 운명의 사람들.

뭐 혹시 서로 사촌이나 그런 건 아닌가 싶었지만 본관이 다르고 동성동본도 아니었다. 그저 어쩌다보니 이름이 우연히 비슷했을 뿐.

어쨌든 그 우연이 겹친 끝에 우리는 소꿉친구가 되었다.

학군도 같고, 사는 집도 같고, 지겹게도 양친이 이사도 안 가는 바람에 뒤 안장이 넓은 세 발 자전거에 내 동생과 함께 태우고 놀았던 지가 거의 20년 가까이 되었으니 소꿉친구가 안 될 수가 없었다.

　서로 다른 친구들을 데리고 와서 놀려 해도 엘리베이터에서 마주친다거나 해서 결국에는 같이 엮여서 놀게 되었으니, 주변 사람들에게도 거의 쌍둥이 남매처럼 취급받아 왔다.

　이쯤 되니 격의가, 아니 격의는 둘째 치고 예의까지도 없어져서 우리 가문과 자기 가문을 쌍으로 욕 먹이는 욕지기를 계속하고 있었으니 같은 조씨로서 한심할 따름이다.

　"뭔 일이냐?"

　딱히 제대로 된 대답을 기대한 건 아니었다. 뭔 일이냐고 물었지만 아무 일 없이 찾아오는 일도 흔했고 나를 찾아오는 일은 더 드물었다. 지아는 내 동생과도 소꿉친구였고, 심지어 끔찍하게도 울 어머니와도 나이차를 뛰어넘어 친구였다.

　'내가 네 친구니?'

　'아이 아줌마. 아니지, 언니. 그냥 뭐 친구해도 되잖아요?'

　당돌한 말이었지만 어머니께서도 장남과 동갑인 여자아이한테 언니소리 듣는 것이 기분 나쁘지는 않은 듯, 아들친구랑 의자매를 맺고 젊게 사는 법을 터득하셨다.

　그래서인지 하늘 높은 줄 모르고 기고만장해진 이 녀석은, 요새는 자기를 제2의 어머니로 모시라는 둥, 친한 언니 아들이라 챙겨주는 거라는 둥, 아무리 봐도 개풀 뜯어먹는 소리를 서슴지 않았다. 실로 족보가 꼬이다 못해 개족보에 도무지 양가의 기강이 서진 않았지만, 적어도 그 넉살과 친화력은 인정할 만한 것이긴 했다.

이런 통탄스럽고 경우 없는 상황을 극복하기 어려운 이유는 이것만이 아니었다.

그 이유를 설명하기 위해, 우선 양가에는 죄다 형제가 둘이었다는 사실을 알아야 한다.

나는 2년차 차이가 나는 여동생이 있고, 지아에게도 12년차 차이가 나는 띠동갑 여동생이 한 명 있는데, 지아는 어릴 적부터 나이차이가 많이 나는 지 동생보다는 내 동생과 더 많이 놀곤 했다. 때문에 지아는 내 동생과 나보다 더 친하다. 즉, 싸우기라도 하면 2:1이 된다는 말이다.

그러니 다 당해줄 수밖에.

차라리 동생이 없으면 저 나이 먹고서 굳이 남자인 날 보려고 함부로 들이닥치진 않을 것 같은데, 동생 보러 집에 와서는 꼬박꼬박 내 방에도 쳐들어와서 철없이 굴다 가는 이 녀석을 대체 어떻게 해야 할지 원.

그런데 오늘따라 이 녀석에겐 좀 다른 용무가 있는 모양이다.

"야, 지원아. 우리 여행가자."

"여행? 어딜?"

"유우럽!"

말을 늘이면서 귀여운 척이라니. 못 볼꼴을 봤다.

못생긴 건 아니고, 오히려 긴 생머리 찰랑이며 노니는 것이 충분히 외간사내를 설레게도 할 것 같은데, 머리에서 나는 라벤더 샴푸향이 풋풋하기도 한데, 그래도 내겐 이 녀석이 징그러워 보였다. 워낙 당한 게 많아서 그런가.

하지만 이런 나와는 달리 본성을 모르는 다른 녀석들은 이 녀석을 참 좋아라 했다. 학창시절, 어느 기념일이 오면 이 녀석의 사물함에서는 무수한 사탕이나 빼빼로, 초콜릿, 편지가 쏟아져 나오곤 했다.

녀석과 쌍둥이 남매, 혹은 사촌 남매라며 잘못된 정보가 알려진 나는, 위치 상 녀석과 가까울 수밖에 없는 노릇이었고, 거기에 더해서 한때 자전거 택시 기사까지 하고 있었던 터라 모를래야 모를 수가 없었다.

녀석은 몸매도 헐렁한 티셔츠를 입으면 끝부분이 옷 위로 도드라질 정도로 좋았다. 예쁘다고 하면 지아는 분명 미인이긴 하다. 언제나 가까이서 본 나로서는 이 친구를 정신이 나간 여자 이상으로 느끼기 어려워서 그럴 뿐, 적어도 외부에 비춰지는 이미지는 그랬다.

다르게 말하면 남에겐 예뻐 보일 이 녀석도 내게는 그저 한 명의 싸이코라는 소리지만.

그런데 오늘은 유독 그 싸이코스러움이 농도가 진한데. 대뜸 유럽 여행이라니.

"그걸 나랑 가자고? 왜?"

일단 녀석의 제안에 흥미가 전혀 동하지 않는 건 아니었다.

그만한 돈이 있으면 그래픽카드 업그레이드를 통해 프레임을 쫙쫙 뽑아내고 3D캐릭터가 부드럽게 움직이는 것을 보는 편이 더 이득일 거라고 생각되긴 했지만…… 그래도 여행은 싫지 않다.

지난 방학에 7일간 기차 무제한으로 떠나는 국내 여행에 특가 프로모션 항공권을 더해서 일본으로 떠나 본 적이 있었다. 그 과정에서 나는 현장학습이나 수학여행이라는 명목을 통해 겉핥기식으로 볼 때는 알 수 없던 것들을 볼 수 있었다. 선생님에게 통제 받고, 나중에 과제로 나온다며 대열을 맞춰서 움직여야 하는 여행과는 근본적으로 달랐다.

뭐랄까, 일상이 아닌 일탈이 있었고, 그 일탈로 인해 굉장히 즐거우며, 아무리 즐겨도 그 방향성이 나쁜 쪽으로 향하지 않기에 뭘 해도 괜찮은 것 같은 해방감.

거기에 더해서 본 적 없는 새로운 것을 보는 것도 즐거움이 아니겠는가.

유럽 여행까지는 생각 못했지만, 나 역시 분명 언젠가는 자유롭게 해외여행을 가고 싶다고 생각하고 있었다. 아르바이트로 모은 돈도 없잖아 있었다.

그런 생각에 난데없이 지아 녀석이 군불을 지핀 것이다.

나는 흔들리는 마음을 다잡으며 물었다. 이 시점에서 나는 이미, 나도 모르게 각을 재고 있었다.

"근데 내가 너랑 언제 그렇게 여행을 다녔다고, 갑자기 나보고 유럽씩이나 같이 가자는 거냐?"

"그야 나도 혼자 가고 싶지, 너 같은 거 달고 가고 싶겠어? 근데 엄마가 나 혼자는 안 보내준다지 뭐야. 위험하다고."

이 녀석과의 여행은 가족끼리 단합해서 캠핑 간 것과 수학여행 동행 정도가 전부다.

가족만큼 편한 녀석이긴 하지만 여행이면 암만 못해도 몇 박은 해야 한다는 소리 아닌가. 그렇게까지 오래 여행을 다닐 만큼 우리가 서로에게 여행의 동반자로서 친숙하진 않다.

아니, 좀 더 분명히 말하자면.

아무리 우리가 몹시 친하고 격의가 없다곤 하지만, 암만 그래도 이 녀석이 여자가 아닌 건 또 아니다.

지아는 보통 편하게 있을 때에는 삼각팬티와 그 팬티를 가까스로 살짝 가릴 정도의 긴 티셔츠만 입곤 한다. 별다른 포즈 없이 그냥 서 있기만 해도 팬티의 끝부분, 그러니까. 그것이 닿아 있는 부분이 일자 드라이버의 홈처럼 파여 있는 경우를 자주 목격할 수 있었다.

나는 그것을 자각한 이후부터는 아무리 우리라고 해도 마음속의 선은 분명하게 그었다. 서로를 알몸으로 체벌하던 어린 시절과는 분명 달라졌으니까.

나는 다시 냉정함을 되찾았다. 아무리 생각해도 우리가 둘이서 유럽 여행을 가는 건 확실하게 아웃이다.

"혼자 안 보내주면 그냥 안 가면 되겠네."

"야아아아아아."

"야, 또! 손! 임마. 만지지 마. 왜 나야. 너 친구들 많잖아. 혼자 아니면 여자들끼리 가면 되지."

물론 나와는 다르게 이 녀석은 선 따위는 없는 모양이다.

기겁할 일이지만 내 자지를 옷 위로 만져서 세운 다음에 그 튀어나온 걸 바지 앞섶을 눌러 두드러지게 해서 망신을 주려는 행동을, 성인이 다 되어서도 멈추지 않는다.

하루 이틀이 아니다보니 나도 이제는 무시하고 돌부처처럼 대하려고 하지만, 그게 그리 말처럼 쉬운 일이 아니다. 그야 급소를 잡아 쥐고 쓱쓱 세우는데 진짜 돌부처가 아니고서야 어떻게 마냥 무시만 할까. 결국 나는 녀석이 이럴 때만큼은 기겁을 하면서 손을 쳐낼 수밖에 없었다.

여튼 이런 상황이다 보니 녀석은 녀석대로 내게 말로 이기지 못할 때나 무시당할 때마다 이걸 시도했고, 나로서는 어쩔 수 없이 그러기 전에 두 손 들고 녀석의 놀림을 받아주는 수밖에 없었다.

"여자들끼리도 위험하니까 가지 말라시잖아."

"그럼 그냥 남자 친…… 없지. 쯧쯔. 아, 아야."

손을 쳐내니까 이곳저곳을 살살 꼬집는 시늉을 하기 시작한다. 이 녀석도 시늉만 할 뿐 별로 아프게 꼬집지는 않았고, 나도 그냥 안 아픈데도 무지 아픈 시늉을 해준다. 해머링 맞고 비틀거리는 프로레슬러급 연기다.

그렇게 가만히 꼬집는 시늉을 하던 지아가 이제는 전술을 바꾸는지, 어깨를 살살 주무르며 말했다.

"남자랑은 당연히 안 된다고 하시지. 정신 나갔냐."

아이고, 이건 무슨 소리인가. 혼자도 안 되고 여자도 안 되고, 거기에 남자도 안 되면 결국 남은 여행 수단으로는 수학여행 다녀와 본 사람이라면 알 것 같은 지독한 끼워 팔기와 상술의 향연인 패키지여행 밖에 없다고 머릿속에서 자동완성이 되는데, 그런 여행이라면 별로 가고 싶진 않았다.

"눈치 존나 없구만. 그럼 그냥 가지 말란 말씀이시네. 너는 뭐 돈이 얼마나 있다고 유럽여행 씩이나 갈라고 그러냐. 그거 다 부모님 등골이잖아."

"아냐. 몰랐냐. 나 뷔페 알바 하면서 좀 모았어."

"얼마나?"

지아가 내 귀로 속삭였다. 오올? 평소 녀석의 씀씀이가 헤픈 것은 아니었다마는 생각 못할만한 액수긴 했다. 나도 월급 꼴랑 십여만 원 받고 다닐 때, 제대로 최저시급 받고 일했으면 저 정도는 모았겠다 싶긴 하지만…… 그건 다 지난 일이고.

"오, 좀 모았네."

"그러니까, 가자. 비행기표는 내가 사줄게. 숙소도 대충 예약해 놓을 거고. 알아서 쓸 돈만 마련해 와."

"비행기표를? 진짜?"

"진짜, 내가 너 생일선물 2년간 빼먹었으니까. 그걸로 몰아줄게. 괜찮지?"

"헐."

머릿속에서 계산을 마쳤다. 다른 건 몰라도 이 녀석이 깨먹고 부숴먹고 꿔가고 얻어먹고 한 것들을 전부 따졌을 때 고작 비행기표 한 장으로 상쇄할 수야 없었지만, 어쨌든 이득이었다.

왜 갑자기 안 하던 짓을 하냐고 따지기도 뭐한 게, 그래도 얘가 어자라 ㄱ런시 남자놈늘이나 진짜 가족들보다 나를 더 챙겨주는 편이긴 했다. 생일선물도 챙겨주는 것은 주로 가족보단 이 녀석이었다.

헌데 의문이 있었다.

"야, 그런데 나도 남잔데 왜 딴 놈은 안 되고 나는 된다고 하시냐?"

"넌 보지가드잖아."

"보디가드라고?"

듣기는 보지가드라고 들은 것 같은데. 아무래도 G와 D를 헷갈려서 들은 것 같았다. 음란마귀가 쓰여도 단단히 쓰인 건가.

"응, 보지가드."

……쥐뒤 발음이 원래 저렇게 굴리는 거였나? 계속 보지가드라고 들리는데.

하지만 상식적으로 보디가드란 말을 할 맥락이기 때문에 나는 보디가드라고 생각해버리기로 했다.

"뭐 그런 느낌이라면 괜찮겠지. 소매치기 당하면 내가 쫓아가 준다."

"어쭈, 안 낚이네. 그 가드도 맞는데."

"뭐?"

그러니까 낚시였던 거였구나. 내가 보지가드라고 듣고 보지란 말을 하면 그걸 빌미삼아 너 어떻게 여자 앞에서 그런 말을 하냐는 식으로 몰아갈 셈이었던 것이다.

지와 디의 묘한 발음 때문에 내가 잘못 들은 것이라고만 생각했는데 이런 식으로 놀림당하니 기분이 썩 좋진 않다. 성희롱을 당하는 거야 일상이니까 이제 와선 이미 기분 나쁜 차원을 넘어

섰지만.

　뭐, 나도 하려고 들면 저 정도 성희롱은 얼마든지 맞받아칠 수 있기야 하다. 하지만 이미 같은 인간으로 수준이 떨어져봐야, 이득도 없을 뿐더러…….

　……저런 상소리를 정면으로 맞상대하고 있으면, 나도 진심으로 성욕이 솟는다는 것을 깨달았으니까.

　녀석과 성희롱을 주고받다보면 결국 육체가 반응하는 건 내 쪽인지라 싸워봤자 내 손해다.

　"안 상스럽냐? 적당히 좀 해라. 뭔 참견이냐 싶겠다만 너 밖에서도 그러고 다닐까봐 솔직히 쪽팔린다."

　문득 그리 당할 때마다 욕정의 화신처럼 몰렸었던 과거가 떠오른 탓에 기분이 팍 상해 쏘아 붙였다. 애초에 이 녀석은 이러지 않으면 그치질 않는다.

　그랬더니 지아 녀석은 손을 맞대며 제 얼굴을 가리며 말했다.

　"나도 좀 부끄러워져서 그리 말해 봤어. 그래도 지원이 너라면 우리 부모님도 그렇고 나도 흠, 큼, 뭐랄까. 안심이 된다고 할까? 나야 그냥 혼자 가고 싶고. 혼자여도 얼마든지 잘 할 수 있다는 생각이 들지만. 그렇다고 아예 무섭지 않은 것도 아니고. 흠. 여행길에 오래 같이 있으면 결국 또 싸울 것 같지만 우리야 늘 그랬잖아. 남매처럼."

　"이제 와서 여동생 추가는 사양한다."

　"어쑤, 당연하다는 듯이 지를 오빠로 두네. 나도 손위형제 장착은 사양한다. 여튼 정색하진 말구. 같이 가면 상대가 누구든,

아무래도 남의 눈에는 연인으로 비춰지는 건 아니려나 싶어서 왠지 기분이 이상한 것도 사실이거든. 그냥 동행 구한 모를 남자랑 가면 그쪽도 목적이 좀 그렇고 그럴 것 같고. 흠. 그런 붕 뜬 맘. 음…… . 네가 같이 유치하게 굴어주면 진정도 될 것 같아서 좀 오버한 거 같네. 헤. 미안해."

햐, 치고 빠지는 타이밍 보소. 화가 나려는 와중에 귀신같이 알아채고 물을 뿌려버리네.

늘 내가 화를 내려고 하면 지아는 선을 넘지는 않은 채, 손사래를 저으며 내숭인지 그 진짜 속내일지 모를 수줍음을 보이곤 했다.

애가 저러면 나 역시 그저 웃는 것 외에 할 수 있는 게 많지는 않았다.

"어휴 그래 알았다."

"그래서 갈 거야?"

지아는 내 어깨에 손을 올린 채 고개만 들이밀었다. 녀석의 볼이 내 입술에 매우 가까워졌고 그 긴 머리카락 역시 아직은 짧은 내 머리 옆으로 흘러 내 피부를 간지럽게 했다.

이제 와서는 '옆집 향'이라고도 할 수 있는 익숙한 섬유유연제 향기가 났다. 이 녀석의 살갗도 그런 향이 배어 있었다.

나는 새삼스럽지만 어쩐지 묘한 상상이 들어서 생각도 정리할 겸, 강제로 현자타임을 만들기 위한 슬픈 상상을 소환하고 있었다.

"어떻게 할까…… ."

"웅 가자가자가자가자가자아. 너만 된다고 했어. 정말로. 혼자는 절대로 안 된다니깐. 어쩔 수 없다구. 응?"

　이쯤 되면 나도 정말로 가고 싶지 않은 건 아닌데…… 잠깐만.

　이거 듣자하니, 지금 구도를 보면 내가 갑이 아닌가?

　부모님 동의 없이는 못가고, 단체로 가는 건 지가 가기 싫다고, 여자랑 가도 안 되고, 혼자 가도 안 되며, 남자랑도 물론 안 돼서 오직 나하고 출발하는 경우만 동의해 주신다는 얘기인 것 같다.

　"그러면 결과적으로 내가 동의하지 않으면 너는 못가는 거네."

　"그런 셈이지."

　"훗, 그런 이유로 비행기표를 바치면서까지 날 설득할 요량이었던 것이군. 하지만 꽤 긴 시간과 어찌됐건 돈을 소모하는 불필요적인 행위인 여행으로 내 투자와 관심을 끌려면 아직 그 정도로는 안 되지 않을까?"

　지아 녀석의 표정이 당혹스럽게 변했다. 괜히 머리를 긁적이고 안절부절 못하는 게 보인다.

　"숙소도 내가 몇 개 이미 예약 해뒀는걸! 그것도 공짜야."

　"안 가고 집에 있으면 그만이지. 어찌됐건 결국 돈은 쓰는 거고. 차라리 그 돈으로 그래픽카드를 바꿔서 프레임에 고통 받지 않는 컴퓨터 환경을 조성하는 편이 장기적으로 봤을 때 내겐 더 이득이 아닐까."

　내가 이렇게까지 말했는데도 평소와 다르게 지아는 얌전했다.

아무래도 이 사안은, 정말 내 심기를 거스르면 안 되는 모양이다. 내가 이 정도로 강짜를 부리면 지아는 보통은 내게 폭력을, 정확히는 성폭력을 가하여 날 굴복시켰다.

그런 관계에서 졸지에 갑이 되니, 어색하기도 했지만 한편으로 평소 쌓인 체증이 가시는 기분이었다. 이 녀석과 나는 본질은 옆집 소꿉친구. 갑을이 형성될 만한 관계가 아니다. 그런데 평소 쭈욱 을로서 당해왔으니. 나도 쌓인 울분이 있었다.

그러다보니 모처럼 갑이 된 이상 뭔가 갑질을 하고 싶어졌다.

"으, 음······. 그럼 뭘 해주면 돼?"

그런데 뭘 해달라라.

막상 이러니 마땅히 떠오르는 게 없다. 비행기표까지 사준다는 판국인데.

사실 나도 바라는 건 없고, 그저 앞으로 성희롱이나 폭력을 휘두르지 않겠다는 각서 정도만 받아도 괜찮지 않을까 하는 생각을 했다. 하지만 각서 따위는 받아봐야 쓸모없을 것이야 뻔히 안다. 뭘 어찌 할까?

돈이나 물질로 내놓으라고 하자니 이미 말했듯 비행기표만 해도 매우 고가의 물품이다. 저 이상의 것을 받을 심산은 없었다. 나 역시 여행에 흥미가 아예 없는 것도 아니었고. 그 이상 바라기에는 이미 대가가 너무 큰 것도 같다.

그럼에도 내가 시큰둥한 태도를 보이는 이유는, 단지 여행에 아주 흥미가 없는 것처럼, 혹은 없어진 것처럼 연기하여 녀석이 애타는 모습을 보는 것이 내 작은 심술이었다.

"그을쎄올시다?"

지아는 한참 고민하는 척을 하더니 진지하게 내 두 눈을 쳐다보며 말했다.

"야한 짓?"

"너 또, 또 그런다!?"

"아무래도 그거 외엔 별로 바라는 게 없어 보이던데……."

뜨끔했지만 내가 할 말은 별로 없었다. 그리고 언제나처럼 저 한마디에 끝내 네 맘대로 하라고 하려다가. 문득 변덕이 생겼다.

이런 소재를 잡고 휘두를 수 있는 것도 흔치 않은 일이다.

내가 언제까지 기죽어 살아야 하겠나.

생각해보면 이번에도, 마치 내가 만만하니까 그나마 같이 갈 수 있는 편리한 남자인 것처럼 말하고 있다.

하긴 나란 놈은 이 녀석이 장난으로 내 자지를 옷 위로 강제 발기를 시켜 놀려도 그저 얼굴을 붉히며 하지 말라며 성을 내는 것 외에는 반항해 본 적이 없던 녀석이었다. 내 탓이었다.

그러니 기회가 오면 언젠가는 만회를 해야 하지 않을까. 그리고 그 기회가 바로 지금이 아닐까.

나는 슬쩍 바지 허리춤을 고치며 물었다.

"그, 그래. 그렇다고 치자. 그럼 어쩔 건데?"

"엄…… 뭐, 진짜?"

"그래 진짜."

"그러게. 그럼 어떡하지? 내가 시중이라도 들어줘야……하는 거야?"

지아 녀석의 반응도 상당히 묘했다.

　부끄럽다는 듯 날 빤히 바라보고 있었는데, 별로 본 적 없는 낯선 태도가 신기하게 느껴졌다. 대체 어떤 상상을 하는 것인지. 본인도 얼굴을 붉히고, 나도 얼굴이 붉어진 채, 우리는 서로 뒤이어 할 말을 생각해내지 못하고 있었다.

　"음 밤중? 시킬 거야……? 그럼, 음, 같이 가주면 혹시 어쩌면 모른다고 나도 공수표 써주면 되는 건가? 그러면 같이 갈래?"

　"무, 무슨."

　"유럽에서 둘이서 연인처럼 다니는 것도 어…… 보기에 따라서 되게 낭만적일 거 같기도 하네. 비록 상대가 이런 남자지만."

　보통 섹드립을 칠 때는 애나 나나 장난이 섞인 경우가 많았는데 이처럼 진지한 것은 처음이었다. 이런 분위기가 나는 무척이나 어색하고 싫었다. 나는 결국 고개를 저으며 말했다.

　"아, 아니 됐어."

　"됐어?"

　"그래! 그냥 간다. 가겠습니다."

　지아 녀석은 피식 웃으며 내 어깨를 툭툭 두드렸다.

　"사귀어주면 같이 가겠다거나 하면 나도 쫌 설렐 것도 같은데, 역시 넌 그런 게 안 되네. 뭐. 그래서 좋아. 안심이야. 믿음직스러워. 오케이, 그럼 시간이랑 일정은 천천히 얘기해보자. 여튼 고마워! ————저기요 언니, 저 언니 아들이랑 여행가도 되요오?"

녀석은 승낙을 받고는 곧장 부엌의 어머니한테로 달려갔다.

나대신 울 어머니에게 허락을 받을 심산인지 재잘재잘 떠드는 소리가 들려왔다..

믿음직스럽다, 라.

내가 지금까지 선을 너무 잘 지켜 온 것이 저 녀석의 부모님에게 좋은 평을 받고, 저 녀석과 친하게 지낼 수 있는 이유가 아닐까,

하지만…….

팬티나 다름없는 짧은 핫팬츠 차림으로 내 방 침대에서 뒹굴 거리면서, 그 하얗고 통통한 허벅다리와 가슴골을 그대로 드러 낸 채 말싸움을 하다가 끝내 못 이기겠다 싶어 날 발기시킬 때마 다…….

녀석의 손에 의해 크고 단단해진 그것으로 내 가족을 부르려 는 간사한 입을 틀어막고, 그 소리가 나오는 목구멍을 정액으로 가득 채워버리고 싶었던 것이 한두 번이 아니다.

생각대로 행하지 않은 것이 결국 '믿음'이라는, 소년만화나 성경에서나 찾을 법한 너무 이상적이고 좋은 명분을 준 것인지 도 모르겠지만.

◇

양가 부모님들에게는 같이 여행을 간다고 했지만 처음부터 끝 까지 함께하겠다는 건 아니었다.

루트도 도중부터 서로가 갈렸다. 독일 프랑크푸르트를 기점으로 출발해서 오스트리아를 거쳐 독일 남부 뮌헨 근교를 본 뒤 나는 남쪽 이탈리아로. 지아는 서쪽 알프스를 건너서 프랑스 남부와 지중해를 타고 이베리아 반도를 돌고 프랑스 중부에서 다시 합류해서 프랑스 파리와 독일 중북부를 돌다가 덴마크를 거쳐 북유럽을 보기로 했다.

같이 다니는 건 첫 주부터 독일까지고, 이어질 3주가량은 각개로 여행이었다. 합류한 뒤에는 어떻게든 핀란드 헬싱키에서 귀국하기로만 합의를 했다.

난 그냥 귀찮아서 지아 녀석이 가자는 대로 따라만 가려고 했는데, 지아가 알아서 이쪽 루트를 정해주고는 이렇게 만나자고 했다. 뭐, 날 떼어놓고 하고픈 지 혼자만의 여행 계획이 있긴 했던 모양이다.

나로서는 이미 거금의 비행기표를 무상으로 제공받았으니 발설하지는 않기로 했다. 사실 남자인 나랑 다니는 것보다 차라리 얘 혼자 다니는 편이 상식이나 도의적으로 문제가 없는가 싶기도 했고.

"아니 정말 저랑 단둘이 보내셔도 괜찮으시겠어요?"

"그럼, 지원이니까."

지아네 부모님의 반응은 정말로 저랬다. 여자 혼자는 위험해서 안 되고, 여자들끼리만 가도 위험해서 안 되고, 남자랑 가면 더더욱 안 되는데, 어째서인지 나는 가능하다고.

이 세상에서 남자라는 것들은 나 빼고 믿을 것이 못 된다고 나

스스로도 생각하고 있긴 했지만, 그렇다고 그걸 이렇게나 인정해주는 여자와 그 가족이 실제로 등장할 것이라고는 상상도 못 했었는데.

내 동생이 한마디 하기를, 돈 버는 직장인 누나가 혼자 여행은 못 가니까 남동생 끌고 가면서 부모님 허락을 받으려는 것 같다고 했다.

출발은 직항이었다. 국적기가 아니라 독일항공 프로모션 비행기를 탔다.

여비로는 같이 전역한 동기가 소개해 준 에어컨 설치 알바를 여름 내내 했었고, 지난 가을도 알바를 해놔서 2년 치 등록금 정도는 쟁여두고 있었다. 표는 약속대로 지아 녀석이 흔쾌히 사줬고, 거기에 더해서 집에서 노느니 해외로 나아가 견문을 넓히는 것을 응원하는 내 부모님이 유레일패스를 주셔서 정말로 크게 부담은 없었다.

오히려 지아 녀석의 자금줄이 걱정이었다.

지아 부모님은 요식업 사장님 부부라서 아파트를 은행 융자 없이 샀다는 바가지를 울 아버지가 들을 정도로 부자이긴 했지만, 그렇다고 딸이 부자인 건 아니었다.

바로 지금도 기내식으로 나온 살구잼이나 소시지 등을 가방에 챙기는 걸 목격하고 있다.

"그건 왜 챙기냐?"

"조난당할 경우를 생각을 해야 해. 이것도 칼로리로 활용될 수도 있다고."

"흠."

엉뚱하지만 그래도 알뜰한 성격에서 나오는 기행일 것이다.

저 말을 듣고 나니 마음이 동해서, 나도 무료로 몇 개나 나눠주는 맥주 안주용 프레첼 과자를 같이 챙겼다.

어떤 상황이 벌어질지 모르는 일 아니던가.

이불 덮고 컴퓨터 앞에서 주로 살아 온 내게는, 집 떠나서 몇 달을 해외에 있다는 건 아무래도 두려운 일이다. 변수가 계산이 안 되니까.

설마 굶어 죽겠나 싶기는 하지만.

내 마음에는 그런 두려움이 설렘과 함께 공존하고 있었다.

한편으로 비상식을 다 챙긴 지아는 세련된 영어발음으로 그냥 물을 부탁한 뒤. 무언가 약을 꺼냈다. 상당히 많은 양의 캡슐이 촘촘히 박혀 있었다.

"무슨 약이냐? 멀미약이야?"

"어? 그거 먹는 피임약."

"어, 어……."

나는 이게 나를 당황시키려는 섹드립인지, 진지한 말인지 순간 판단을 내릴 수 없었다.

"음? 우물우물, 거러러러러, 푸하. 왜 당황하냐?"

"그, 그걸 왜 먹는데? 야야."

지아 녀석이 딱밤을 때린다.

"어휴, 뭔 생각을 하는지 다 보인다. 보여. 고등학교 때까지 못 배웠냐? 이게 피임할 때만 먹는 게 아니라. 생리통 없애는데도 사용하고, 그거 하는 날짜도 줄어든다고. 비행기 타는 거나. 시험 보는 날. 그리고 여행도 장기여행이니까. 아파서 못 돌아다니면 손해고 그래서 먹는다."

"아, 아하."

"으이그 그러니 여자도 모르고 여자친구도 없고 결혼이나 하겠냐. ……아, 야 너 땜에 떨궜잖아."

지아는 약이 든 포장지를 떨어뜨렸다. 나는 못내 민망하기도 하고 그런 생각을 안 했던 것은 아니었으므로 좁은 이코노미 좌석 닭장에서 움직이기 힘들까봐. 내가 대신 손을 뻗어 약을 주워주려고 했는데.

그 손이 우연찮게도 녀석의 다리 사이를 훑었다.

"……아 미, 미안."

화들짝 놀라 곧장 일어났는데 지아 녀석의 표정이 생뚱맞았다.

"흐음. 은근슬쩍 손대네? 하필 그 질문 하고 나서어? 수상해."

"그런 거 아니다. 실수야."

"뭐, 나는 평소에 의도를 가지고 만지는데도. 이제 와서 네 실수 하나를 가지고 따박따박 뭐라 하면 좀 나빠 보이긴 하겠네. 알겠어."

약간 정색하면서 말하니, 녀석도 더는 이를 문제 삼지 않았다.

좌석 모니터에서 알려주는 도착지까지의 비행 거리도 여전히 몇 시간이나 남았고, 기내식을 먹이고 후식까지 먹인 뒤에는 기내의 불빛을 끄고 비행기 창문도 닫았다.

때문에 모니터에서 나오는 장기비행의 지루함을 달래줄 엔터테인먼트 영화 불빛 외에는 어두워졌다.

굳이 졸리진 않았고 나름 영화가 몇 개 있어서 이를 눌러서 보고 있는데. 지아가 영화 소리가 나오는 헤드폰을 벗더니 내게 속삭였다.

"지원아, 그런데…….."

"어, 응?"

지아 녀석이 휴대폰 메모로 뭔가를 적어서 내게 보여주었다.

[고추 만져도 돼?]

화들짝 놀라서 소리치려다가 소리치는 사람이 기내에 없고 자는 사람이 많아서 나도 속삭이면서 성을 냈다.

"뭐?! 도대체 넌 상식이라는 게 없냐?"

저걸 말로 안 하고, 필담으로 보여주는 걸 보면 최소한의 상식은 있는 것 같지만, 그래봤자다.

"아니 그냥 재밌잖아. 나도 궁금하거든. 남자 몸의 생리적 반응이라거나 그런 게. 물론 너 골탕 먹이는 게 무지무지 더 재밌어서 이러기는 하는데. 너 좀 이상하게 불편한 표정 짓는 거랑. 커지는 거 재밌어. 야동처럼 정말 나오기는 해?"

"하지 마라. 진짜."

지도 남자애 이걸 갖고 노는 것을 이상한 행동으로 여기기는 하는지. 저런 소리로 쥐뿔도 없는 명분을 가져다 대긴 했었다.

"궁금하잖아."

나는 말로 반격했다.

"그러면 애인을 만들어라. 좀."

"응, 나는 네가 좋아서 애인 안 만들어."

"미쳤네 진짜."

이럴수가, 이제는 저 유서 깊은 반격마저 무시하고 들어오는 수준이라니.

앞좌석 의자에는 엔터테인먼트 용 모니터 외에도 식사용 테이블이 접어졌다. 나는 다급히 그것을 내렸다. 이코노미 좌석의 닭장과도 같은 거리 덕에 이 식사용 테이블을 내리니, 다행히 녀석의 간악한 손아귀가 파고 들 틈이 전혀 없었다.

빈틈없는 방어막에 지아 녀석이 혀를 차며 나를 노려본다.

"치~잇."

"후, 어차피 당분간은 이리 털릴 이유가 하나도 없지. 네가 이를 울 엄마가 여긴 없거든."

"아니, 친한 언니 아들 고추 좀 만졌다고 이렇게 박대하냐."

"그것도 범죄다. 미친년아."

"너만 동의해주면 범죄 아니지 않나아."

볼멘소리로 녀석은 그 공격을 멈췄지만 영화가 나오는 모니터로 시선을 돌린 나는 속으로 날 향해 비웃었다.

틀린 말은 아니다. 형제처럼 자란 소꿉친구지만, 녀석은 미인이고 나와는 혈연관계가 없으며 나는 의리를 지켜야 할 연인도 없다. 저 녀석도 연인이 없는 것은 마찬가지고.

단지 나도 만질 거야! 혹은 너 거기에 넣고 싸게 해주면 만지게 해줄게! 등으로 굳이 내 음란성을 터놓고 드러내는 것이, 저 녀석과 저 녀석 부모님들이 나를 이 녀석과 같이 유럽여행을 보내줄 정도의 신뢰와 믿음을 통해 얻는 정신적 만족감보다는 못하다고 생각할 뿐이다.

그나저나 장시간 비행은 처음인지라 잠을 안자고는 버틸 수가 없었다. 닭장 이코노미 좌석에서 불편하긴 했지만 철모 쓰고 서서도 졸았으므로 나름 꿀잠을 자는데. 꿈이 잠에서 깨고 싶지 않을 만큼 굉장히 음란했다.

그래, 누군지 모를 미모의 여성과 살을 부딪혀가며 떡을 치는…그리고 그 자극이 그대로…그대로…그대로오!? 가만, 보통 이러다가 지리지 않았나? 비행기에서!?

나는 왠지 이게 무슨 이유에서 그런 것인지 알 것 같았다. 두 눈을 번쩍 뜬 다음에 나는 모르쇠로 어느새 식탁 테이블을 치우고 내 그것을 만지고 있는 지아 녀석의 손아귀를 뿌리쳤다.

하마타면 비명을 지를 뻔 했지만. 아무래도 비행기인지라 그러지는 못했다.

◇

도착한 첫날은 관광을 할 만한 시간이랄 게 없었다. 우리는 비수기인 겨울에 여행을 출발했다. 해는 졌고 날은 우중충했다. 곧장 숙소를 찾아갔고 프랑크푸르트 중앙역의 호스텔에서 묵었다. 지아가 예약을 해두었다.

독일의 프랑크푸르트 중앙역은 암스테르담에서 유명하다는 홍등가와 거의 유사한 규모의 홍등가가 운영되어, 마치 환락의 도시처럼 보였다. 성매매가 범죄가 아닌 독일이기에 그 규모는 더욱 커 보였다.

한편으로 익숙한 우리나라 대기업의 상표도 보여서 뭔가 친숙하고 웃음이 나왔지만 오래 가진 않았다.

해가 져도 불빛은 아직 있었으나, 사람들이 다르고 분위기도 다르고 말씨도 다른 이곳에서 나도 지아도 뭔가 위축되는 것이 있었다.

역을 나와 호스텔을 찾아가려고 하는데 홍등가 대형 건물을 지나쳤고 그 길을 지나칠 때, 지아 녀석은 왠지 내 팔을 잡았다.

"야, 밤이라 그런지 좀 그렇다잉."

"그러게 말이다. 해가 좀 빨리 진다."

기분이 썩 나쁘지는 않았다. 나도 좀 훈련소에 막 온 것처럼 어리버리한 심정이고, 워낙에 이민자다 소매치기다 네오나치다 라는 무서운 소리를 들어놔서 야밤의 외국 거리가 다소 두려운 기분이었는데.

이상하게 지아 녀석이 팔을 잡고 내 옷자락을 잡은 그 손이 미세하게 떨리는 것을 보고 나니까 그다지 이 거리가 무섭지 않았다.

마침내 도착한 숙소. 호스텔이란 곳은 처음이었는데. 8인실에서, 지아는 저쪽의 침대에 그리고 방에는 남자만 다섯에 할머니 한 명이 책을 읽는 고요한 방이었다. 침대 하나는 비어있었다.

마치 학창시절 수련회에서 자는 방 같았다.

프리한 사내들의 방에서 동양인은 우리 둘 뿐이었다.

호스텔의 로비에 나가면 한국인들이 서로 떠드는 소리가 많긴 했는데. 그들과 가까이 가서 친해질 만한 그런 넉살은 없었다.

지아 녀석은 내 앞에서만 괄괄하다. 외국인들한테는 오히려 말을 자연스럽게 거는데. 우리나라 사람하고는 약간 서먹서먹했다.

일단 첫 숙소이고 돈이 없어서 묵긴 했는데. 익숙하지는 않았다.

프랑크푸르트는 전쟁으로 깡그리 밀려서 전통적 가옥보다는 난개발과 아파트촌으로 비롯되는 우리나라 도시들과 같은 현대식 도시였고 그다지 볼 것이 많지는 않았다.

나나 지아 녀석은 일단 전쟁으로 한 번 깡그리 리빌딩을 거쳐야 했던 독일에서부터 문화유산이 많은 나라, 그리고 그 이후에는 이 겨울의 마지막을 붙잡고 있는 진짜 겨울과 풍경을 느낄 수 있을 것 같은 나라로 옮겨 가는 루트를 기획하고 있었다.

오래 다니면 그게 그거 같다는 단점을 해소하기 위해서였는데, 프랑크푸르트의 현대식 도시에 녹아든 유럽식 건축물이나 성당 등도 충분히 우리 눈을 휘둥그레 하기에는 충분했다. 유럽 여행의 튜토리얼을 했다고나 할까.

오전 내내 적당한 명소만 콕콕 찍고 호스텔에 맡긴 짐을 가지고 일단 나왔다.

프랑크푸르트 중앙역의 한 소시지 집에서 나와 지아는 맵을

펴고 앉아서 생으로 소시지만 찍어 먹으며 여행을 어떻게 할 것인가를 의논했다.

"일단은 박람회가 많이 열린다고는 하지만 지금은 박람회 철도 아니고, 가급적 바로 이동할 예정이야. 혹시 더 묵고 싶어?"

"됐어. 네가 빨리 스케줄 진행하고 싶다면 그렇게 하지. 뭐 듣기로도 볼 건 많이 없는 것 같고. 삼성로고 붙은 디카로 찍어대는 한국인 외에는 말이지."

"뭐, 아무래도 상관없어. 유레일패스 있으니까. 기차도 탈 수 있고, 독일은 패스 있으면 예약 없이도 고속열차 탈 수도 있고. 인터넷 유심이 있어서 숙소예약도 폰으로 하면 되고. 여행 중간에 쉬어갈 프랑스 고성호텔만 제 시간에 맞춰 가면야, 뭐 돈 낭비하는 일은 없을 거야."

"같이 오니 편하네. 다 해주고."

"야, 나도 끝까지 너 달고는 안 다녀. 여기 온 것도 어디까지나 혼자 여행이라는 낭만을 즐기고 싶어서니까. 그래서 어떡할래?"

"음…… 나는 일단, 여기 맥주가 맛있다는 도시들을 가보고 싶은데. 그 훈제 맥주?"

"술꾼이네."

"누가 할 소릴."

독일 출신 국가대표 축구팀 감독이 한국 맥주를 마시며 안 좋은 의미로 놀라는 짤을 인터넷 유머글에서 본 이후로, 대형마트에서 할인하는 수입맥주를 경험해보니 과연 국산에 비해서 맛이나 풍미가 이제 술을 막 접하는 나로서도 알만한 차이가 있었다.

　술자리를 썩 즐기는 편은 아니지만 기분이 묘하게 좋아지는 맛있는 음료를 싫어하진 않는다. 모처럼 독일에서 있기로 한 이상, 아침 일찍 먹지 않으면 맛이 변하는 하얀 소시지나 고기향이 난다는 훈제 맥주 등등을 마셔보고 싶었다.

　"아니면 뮌헨 협정, 뉘른베르크 공의회 등등이 있었던 곳으로 가보고 싶긴 해."

　물론 대놓고 맛있는 거 먹으러 다니고 싶다고 말하지는 않고 뭔가 있어 보이는 척. 지아 녀석 앞에서는 허세를 부렸다.

　"고리타분하네. 뭐……, 뮌헨은 나도 갈 생각이었으니까. 뮌헨 근교에 여기 백조의 성 말인데, 눈도 한참 오는 계절이고 눈 쌓이면 멋있겠더라. 그럼 거기로?"

　"그래 그러자."

　프랑크푸르트 지하철부터 외국인과의 회화, 그리고 숙소 예약과 루트 선정, 명소 선정과 맛집 검색까지. 지아는 상당히 꼼꼼했다. 나도 나름 검색을 해서 여행지 정보를 정리해왔다지만 지아만큼은 아니었다.

　"자 그럼 숙소는 뭘로 할까? 한국인 바글바글한 유명한 호스텔이 있다는데."

　"돈이 없으니까 호스텔 외에는 대안이 없지. 한인민박도 비슷한 시스템이라고 하지 않았나?"

　"뮌헨은 민박이 아주 많지는 않고 단가도 좀 비싸. 1박 35유로. 인당."

"35유로? 그, 침대 여럿이서 쓰는 걸로?"

"그렇지. 뭐 그래도 아침은 한식제공이긴 하니깐. 아침 먹으려면 호스텔은 4.9유로로 더 내야 돼."

한식제공이라, 나중에는 저런 옵션이 그리워지는 시기가 일시적으로 오겠지만. 그래도 나는 아직까진 아침 식단으로 된장국에 코다리강정과 찐밥보다는 의문의 맛이 나는 샐러드와 닭머리 갈아 넣은 패티가 있는 커스터마이징(?) 햄버거와 우유가 더 좋다.

한인민박을 적당히 섞으며 숙소를 경험하는 것도 나쁘진 않겠다 싶긴 한데, 하도 인터넷에 호불호 리뷰가 많아서 살짝 미묘하게 여겨졌다. 밥과 숙박 단가가 호스텔과 크게 다를 바 없는 곳만 묵을 생각이었다.

물론 나는 무박도 가능하고, 여인숙 급의 숙소라도 별로 개의치는 않는다. 그러나 호스텔의 여러 사람이 자는 분위기, 그것도 외국인 여행자들로만 가득한 분위기는 딱 하루 겪었을 뿐이지만 익숙해지기가 쉽지 않았다.

가뜩이나 이제 막 여행 와서 적응도 안 되는 와중에, 당장에라도 호스텔 방에서 단체로 우리를 뒷골목에 불러내어 마늘 냄새 난다며 인종차별범죄를 저지를 것 같은, 문신하고 머리 빡빡 밀고 피어싱을 한 백인 친구들 무리에는 지아도 쫀 듯이 보였다.

그냥 저 특징적인 친구들도 어디까지나 이쪽 사람들 특유의 개성일 뿐 여행자에 친절하고 유쾌하다는 걸 알게 된 건 여행을 좀 하고 난 뒤였고, 아직 고작 도착 2일차인 지금은 저런 친구들이 여행 오기 전 하도 겁을 집어먹게 하는 무서운 여행담과 피해 사례의 가해자처럼 비춰졌기에 더욱 그랬다.

하지만 그렇다 하더라도 다른 숙소를 찾자니 그것도 내키지 않았다. 일단 여비로 하루에 50~60유로 이상 쓰지 않을 생각이었다. 하루에 그만큼 벌기도 힘든데, 전 재산을 겨우 몇 달간의 여행경비로 다 탕진할 수는 없는 노릇 아닌가.

고로 좀 견디며 계속 묵을 생각으로 지아에게 호스텔을 검색하게 했다. 나도 마찬가지였고.

돈이 많지 않은 건, 여행 이전부터 큰 고민이었다.

고작 알바만 몇 번 했을 뿐, 지아처럼 여행을 위해 장기적으로 돈을 모은 게 아닌 나로선 부모님들의 도움도 어느 정도 있어야만 올 수 있었다. 여행 계획 자체가 내게는 갑작스러운 것이었다는 변명 아닌 변명을 할 수야 있겠지만, 거기에 지아는 여차하면 빌려주겠다고까지 했지만, 녀석도 그 돈을 모조리 써버리고 나면 귀국한 후 한동안 힘들게 알바를 뛰며 사장이나 손님 등에게 시달리며 스트레스를 받을 지아의 미래 모습이 빤히 보였다.

물론 그것도 감수하고 떠나 온 것이기는 하겠지만.

"호스텔은?"

"20~24유로 정도 하는 거 같네. 어?"

보조배터리 꽂은 스마트폰을 쭉 훑는 지아가 감탄사를 내질렀다.

"호텔 더블룸! 여기 특가 있어. 봐봐. 4성인데도 역이랑 가깝고 그래."

"아 4성 호텔? 얼만데."

이때까지만 해도 나는 트윈룸과 더블룸의 차이를 몰랐다.

"39유로인데?"

"진짜?"

나도 호텔과 호스텔을 예약하는 어플을 설치해왔기에 한 번 확인해보았다. 과연 뮌헨에 별이 네 개가 붙어 있는 호텔이 특가 39E라고 적혀 있었다.

인근의 별 세 개 호텔이 4~50유로를 호가하는데도 4성이 39유로라니.

"그러니까 두당, 19.5유로네."

귀가 번쩍 뜨였다.

"어, 어, 갈까? 가자."

"이야 좋네, 이 호텔은 24시간 리셉션에, 사우나와 부대시설을 이용할 수 있는 요금이 포함되어 있습니다. 조식은 9유로에 이용할 수 있습니다. 밥은 안 주는데. 그 근방에 역이 있고 아시안 푸드코트도 있고 그렇다네."

◇

하지만 우리가 그 호텔에 가는 일은 없었다.

하필이면 독일철도에서 이쪽 철도 노선을 파업하는 바람에 발이 묶인 것이다.

뮌헨에 도착해도 저녁이기도 했고, 저녁의 역 근처는 뭔가 좋지 않게 느껴져서 하루를 더 프랑크푸르트에서 지내기로 했다.

다음 날 아침에 가는 기차를 타기로 하고 우리는 프랑크푸르트의 다른 호스텔을 찾아보았다. 호텔이 의외로 특가로 나오는 게 있어서 기대하고 찾았지만, 유감스럽게도 뮌헨과 달리 프랑크푸르트에서는 적어도 인터넷에 올라 온 호텔들은 값이 저렴하지 않았다.

이번에 묵게 된 숙소는 6인실이었는데, 이 방에는 주로 타대륙 사람들이 있었다.

2층 침대 세 개가 놓여 있는 방은 다행히도 공용 화장실과 세면실이 이 방 안에 있었다. 공용 욕실과 화장실이 외부에 있는 것이 아니라서 불편함이 조금은 덜했다.

방 사람들과 일면식을 나누었다. 우선 옆 침대에는 아르헨티나에서 온 조쉬가 있었다. 키가 메시급이라서 뭔가 편견을 잠깐 갖게 했다. 하지만 어제의 내 머릿속에만 네오나치일지도 모른다고 걱정거리가 되었던 백인 친구들과는 달리 뭔가 얌전해 보여서 대하기 어렵진 않았다. 아르헨티나에서 왔다고 해서 내가 무의식적으로 '올 메시.' 했더니, 자기도 한국에 대해 알긴 한다고 했다. 단물 다 빠진 국민적 가수를 이야기한다.

나는 그래도 해외축구를 들은 것이 있어 아르헨티나 국적의 유럽리그 축구선수와 교황님을 들먹였더니 신이 나서 이야기를 하는데, 뭔 의도로 말을 하는지는 정확히 알아먹을 수는 없었지만 영어회화 실력을 가다듬는 데에 도움이 조금 되었다.

재밌는 건, 옆 침대의 커플이었다.

브라질에서 온 선남선녀 커플이었는데. 키가 190은 될 것 같은 브라질 남자애 이름은 호날도라 했다. 로망스어 회화가 어느 정도는 되어서 적어도 3개 국어는 어설프게나마 되는 지아가 직접 통역해 주었다.

그리고 호날도와 애정행각을 그치지 않는 갈색머리에 검은색 타이즈만 입은 여자는 벨라라고 했다. 얼굴은 갸름하고 맑은 눈망울을 가진 미인이었는데…….

그녀를 보며 지아가 우리말로 내게 귀띔했다.

"와, 장난 아니다. 쟤."

"어 음. 그러네."

지아의 말였다. 얼굴은 작은데. 그 아래의 몸매부터가 반전이었다. 벨라는 전체적으로 살집이 있고 배도 좀 위로 나왔지만, 한편으로 가슴과 허벅다리 엉덩이가 더 커서 S라인이 있는 몸매였다.

검은 타이즈 하나만 하의에 입고 다녀서 그 엉덩이와 허벅다리, 허리 라인이 그대로 살았다.

모델을 할 몸매는 아니고 꽤 체중이 나갈 것 같이 보이긴 했지만 그래도 그만큼 건강하고 육덕져보였다.

실례인 줄은 알지만 눈길이 가긴 했다.

그건 지아도 마찬가지인 듯. 아니, 이 녀석은 눈길이 더 노골적이었다.

그러다 지아 녀석과 벨라가 눈이 마주쳤는데, 너무 노골적으로 가슴골을 보는 것이 호날도에게나 내게나 적나라하게 눈에 띄었기 때문에. 일행인 것이 부끄러워졌다.

지아는 그 시선을 느꼈는지, 아예 벨라에게 가슴과 제 눈을 가리키며 가슴과 아이컨택을 해도 되느냐고 묻는다.

"오케."

벨라는 아주 흔쾌히 지아가 가슴을 쳐다보는 것을 허용했다. 지아는 정녕 부럽다는 듯이 관찰을 하며 눈을 살짝 내리깔며 제 가슴을 보며 비교했다.

그리고 말했다.

"따봉."

"오호호호호, 따봉!"

지아의 행동도 웃겼지만 브라질리언 커플들도 웃기긴 한 모양이다.

나는 지아의 태도가 조금 이해가 가질 않았다. 물론 벨라가 좀 굉장한 가슴이기는 했는데, 그보다는 작지만 지아도 내가 보기에는 상당히 보기 좋은 글래머였다. 소꿉친구로서 장담하는데. 녀석의 가슴은 일체의 꾸밈이 없이도 겨울옷 위에 코트까지 입어도 드러나 보일 정도였다. 녀석이 직접 말한 사이즈 데이터에 따르면, 그리고 내가 어느 정도 눈대중으로 본 결과로는 어지간한 컵수는 되었다. 아무리 크면 좋다지만, 이보다는 크면 좀 안 좋은 정노의.

그런데도 지아는 지도 굉장히 서구적인 몸매면서 남의 떡이 더 커 보인다는 듯이 굴었다. 벨라는 배도 좀 나와서 접혀 보이는데 지아에겐 그런 군살이 없다. 엉덩이 살은 조금 적지만, 대신 골반이 넓고 가슴이 커서 라인이 좋은데도.

어쨌거나 처음 본 외국인 여자가 가슴 좀 봐도 돼? 하는데 이상하다는 기색도 없는 흔쾌함이 프리하다고 느껴졌다. 거기다 우리와 어설프게 대화를 하면서도 다정한 눈길로 호날도와 벨라는 서로를 쳐다보며 아이컨택, 키스, 입맞춤 등을 하는 데에 거리낌이 없었다.

"호텔을 가 이것들아."

지아가 우리말로 안 들리게 내게만 속삭였다. 나야 보기엔 좋았지만, 한편으로 흔히 보기 힘든 눈앞에서 키스를 나누는 장면은 좀 자극적이었다. 근데 호텔은 영어잖아? 잘못 말했다간 알아듣겠다.

그런 내 생각을 아는지 모르는지, 지아 녀석은 두 사람의 모습이 너무 자유로워 보였는지 얼굴이 다소 붉었다. 혼자 온 아르헨티나 메시 같은 키의 조쉬만 피식 웃으며 남은 술을 원 샷하고 제 침대로 돌아가 책을 꺼내 읽었다.

어느덧 시간이 지나서, 일찍 기차역에 가서 뮌헨행 기차를 타기로 한 나와 지아는 조금 이른 시각에 취침에 들었고 조쉬는 물집이 난 발을 매만지더니 역시 일찍 잤다. 맥주를 한 캔씩 한 브라질리언 커플 호날도와 벨라는 한 잔 더 하기로 했는지 방을 나가서 밤 11시경에야 벨라를 허리에 감고는 돌아왔다.

호스텔의 단점인 타인과 같이 침대를 쓰는 구조 상. 이 방은 다

들 자는 분위기였음에도 둘은 들어와서는 미묘한 신음을 내면서 자기 전에 씻으려는 듯 북적였다. 그 덕에 나는 잠이 들랑말랑 하다가 깨서는 시계를 보았다.

한국시간으로는 오전 7시쯤 되는 중부유럽 표준시 밤 11시였다. 자다 깼지만 시험공부 벼락치기 기간에 아주 잠깐 자고 일어난 듯한 피로가 느껴졌다. 눈을 붙이면 곧장 다시 잠이 들 수 있을 것 같았다.

하지만 어둠에 익숙해진 눈에 나는 보았다. 호날도와 벨라가 서로 웃옷을 벗은 채로 키스하는 광경을.

헐. 싫었던 나는 일단 소리를 줄였다. 안 그래도 프리하던 브라질리언 선남선녀 커플은 키스를 쭉 나누더니 내가 있는 2층 침대와 커튼이 쳐지는 지아의 침대를 살폈다.

우리 침대는 화장실 바로 앞의 1, 2번 침대였다. 이쪽을 살짝 살피는 것 같았지만 이내 개의치 않고 둘은 좌변기와 샤워부스가 있는 이 방에 딸린 욕실에 들어갔다.

딸깍, 하고 문이 닫히는 소리가 들렸고 이내 샤워기 틀어지는 소리가 들렸다.

여기까지는 남녀가 같이 욕실에 들어가는 것 외에는 크게 이상할 것이 없었다. 겨울철이라 더운 건 아니지만 씻으러 들어갈 수도 있는 노릇 아닌가.

그런데 무려 샤워기 물소리가 30분이 다 되도록 그치지 않았다.

30분 동안 물을 틀어놓을 이유는 대체 뭐지?

이런 의문이 자꾸 떠오르고, 잠도 다 깨버렸고, 심지어 자기 전에 마신 맥주 덕에 이뇨작용까지 활발해지고 있었다.

그 때 부스럭 소리가 나더니 내 아래층 1층 침대에서 지아의 커튼이 슥 걷어지고 지아 녀석이 침대에서 나와서 아주 살금살금. 욕실 문 앞에 서는 것이 아닌가.

그리고 그 광경을 보던 내게 스마트폰 플래시를 그대로 비추며 메신저를 보냈다.

[야 너 안 자지? 뒤척이는 거 다 보였어. 이리 좀 내려와 봐.]

그 말이 없었어도 이미 나 역시 대체 왜 둘이 들어가서 30분 동안 물소리가 나는지 궁금했기에 염치불문하고 침대 계단의 삐거덕대는 소리가 나지 않게 조심스럽게 밟고 내려와 지아의 옆에 엎드렸다.

비누칠도 안 하나? 어떻게 물소리만 30분, 아니 이제 거의 40분이?

이쯤 되면 지아가 하는 생각이나 내가 하는 생각이나 비슷비슷할 것이다. 물소리로 가려야 하는 소리가 나는 뭔가를 하고 있다는 것이다. 아마도 둘이서.

지아가 속삭였다.

"지원아 와서 귀 대봐 귀. 세상에."

지아가 권하는 대로 문에 귀를 붙이니 물소리에 묻힌 듯한 다른 소리가 들렸다.

으으으음, 아아아암. 하는. 서양 포르노에서나 봤을 법한 미묘한 신음소리와 함께, 일정한 리듬으로 물에 젖은 수건들이 맞닿는 듯한 소리가 들렸다.

"그거, 그거 맞는 거 같지?"

"어, 어. 어."

이건 소리만 들어도 음란했다.

근데 이래도 되는 건가. 여기 호스텔은 아니지만, 어제 묵은 호스텔에서는 방에서 섹스하지 말라는 문구를 본 것 같은데.

"와 진짜, 이것들 대박이네."

호스텔 안에는 차창 밖 외에도 불빛이 새는 곳이 있었다.

이 문은 완전 밀폐된 것이 아니라, 아래에는 큰 틈이 그 위에는 세 개의 환풍구 비슷한 것이 뚫려 있었다.

아주 정확한 각도는 아니지만 이 틈과 환풍구에서 바라본다면 적어도 좌변기에 앉은 사람의 무릎이나 허벅다리까지는 훔쳐 볼만한 틈이었다.

지아 녀석은 뭐가 그리 궁금한지 소리를 최대한 죽이고는 신발도 신고 들어오는 호스텔 방바닥에 찰싹 달라붙어서는 화장실 아래 틈 문을 유심히 살폈다.

낮은 포복 자세로 붙은 지아 녀석의 엉덩이에는 핫팬츠 스타일의 얇은 체육복이 찰싹 달라붙어 엉덩이의 굴곡이 보였는데. 나는 이 물 낭비 심한 브라질 커플보다는 그쪽에 더 눈이 갔다. 저 엉덩이에 슬쩍 먹힌 옷을 잡아 빼주면서 녀석의 항문과 그 바로 아래의 가랑이를 옷으로 아주 살짝이라도 자극해봄이 어떨까 하는 상상을 했다.

그렇다시만 그건 불가능한 일이고, 무엇보다도 일단 눈앞에 라이브 섹스 쇼를 할 것 같은 브라질 사람들이 있다는 것은 확실했던지라, 잠시 입맛만 다시던 나도 결국에는 궁금해서 지아를 따라서 고개를 낮추었다.

불이 환히 켜져 있는 욕실 겸 화장실 안의 바닥에는 타올이 깔려 있었고, 나도 지아도 목격이 가능했다.

벨라의 것으로 추정되는 엉덩이가 호날도의 것으로 추정되는 자지를 먹어 삼키고 있었고, 그 허리 움직임은 걸어서 세계 보는 프로그램 브라질 편, 쌈바에서 본 허리놀림을 그대로 상하로 구현하고 있었다.

지아는 그걸 보더니 두 눈을 휘둥그레 뜨고는 입을 막더니. 날 자꾸 두들겼다.

"저거, 저거 그거 맞지."

"나, 나도 실제로는 안 해봐서."

"야동, 야동."

야동 보니까 알잖아, 라는 뜻 같은데. 모른다.

"조, 조용히."

욕조 바닥은 물이 거의 튀지 않았다. 샤워부스 안과 분리되어 있었는데 물은 거기에서만 틀고 하는 건 타일 위에서인 듯 했다.

"와, 무릎 아프겠다."

지아의 감상평이 있자마자 밑바닥의 두 사람은 체위를 조정했다. 벨라가 몸을 돌렸다. 브라질리언 왁싱이라는 말이 괜히 있는 것이 아닌 듯. 말끔한 사타구니 부분의 밑에 그녀의 피부색보다 약간 더 짙은 것이 마찬가지로 호날도의 피부색보다 약간 더 짙은 그의, 생각만큼은 크지 않은 물컹한 자지를 아랫입을 벌리며 삼켜가고 있었다.

그리고 여기서 비쳐지는 호날도의 몸에 달린 것이 이질적인 그의 자지는 연거푸 벨라의 보지에 먹혀 들어갔다. 나올 때마다 하얀 요거트 비슷한 것이 질척이며 딱풀처럼 묻어났다.

"와 시발."

욕이 나올 정도였다. 물론 욕을 하고 싶은 것은 아니었고, 감탄사였다.

섹스장면을 실제로 목격하는 것은 인생 처음이라고 봐도 과언이 아니었다. 여자의 것을 실제로 보는 것도.

벨라의 튀어나온 아래 뱃살도 출렁이는 모습이 음란했다. 각도상 그 큰 가슴이 보이지는 않았지만 가슴은 솔직히 취향이 아니어서 안 봐도 괜찮겠다 싶었다.

그리고 이 광경을 보는 내 그것도 호날도의 것처럼 부풀어 올랐다.

내 육체는 벨라라는 여자의 성기와 엉덩이를 목격하고 발기하는 것이었겠지만, 시동이 걸리고 나니 왠지 시선이 자꾸 돌아갔다. 그리고 나는 다리를 쭉 뻗고, 남자와 달리 평생 인연이 없을 포복 자세로 화장실 안에 시선을 고정한 채 왠지 이유는 모르겠지만 한쪽 손은 뻗어서 제 엉덩이와 다리 사이를 매만지는 지아 녀석의 손가락을 보았다.

혹시 자위하는 걸까? 라는 생각이 문득 들었지만. 그런 망상이 좀 머쓱하게 만든 이유는 금방 밝혀졌다.

불안하게 움직이는 손가락을 침을 꿀꺽하며 감상하고 있었는데, 지아가 날 타박했다.

"야, 들어가서 그만하라 좀 해봐. 노크하고."

"……미쳤어?"

"나 오줌 마려워!"

뭐야, 그런 거였어? 나도 아까부터 오줌은 마려운데, 한창 고추가 서서 요도가 막혔다. 지금 싸려고 들어가서 아무리 힘 줘도 안 나온다. 흔들면 다른 게 나오겠지.

"왜 나더러?"

"못 해? 그럼 내가 할까? 근데. 그러다가 쟤가 투게더? 이러면, 오줌 싸려는데 계속하면서 내 엉덩이 밀치고 덮치려들면?"

쟤네가 무슨 히피식 난교를 즐기는 프리섹스주의자처럼 생각하나 본데. 꼭 그런 것만은 아니지 않을까. 벨라가 허락한다는 보장도 없는 것 아닌가.

하지만 날 통신사로 보내려던 지아 녀석은 이내 못 참겠다는 양. 몸을 한 번 부르르 떨더니만 다급하게 문을 노크하기 시작하며 소리를 쳤다.

오줌이 마려워서 아마 제 그곳 부분을 비틀었던 모양이다. 오줌 제대로 못 가리던 어릴 적에 고추 틀어쥐는 날 보면서 지도 그렇게 하면 되나? 하면서 꾹 눌러 참던 기억이 있다.

여간하면 저 중간에 끼어드는 짓은 못할 것 같은데. 지아 녀석이 정말 마려웠나보다.

"헤이, 헤이! 노 섹스, 플리즈!"

평소 영어도 잘 하는 애가 지금은 당황했는지, 단순한 영어 단어들로 따졌다.

그러자 샤워 소리는 멈추지 않았지만 문이 열렸다. 문에 머리 찧을까봐 나도 화들짝 일어났다. 그리고 숨으려고 했지만, 그 전에 이내 안에서 벨라가 가슴만 적당히 손으로 지탱한 채로 나왔다.

그녀는 스페인어, 이태리어가 어느 정도 되는 지아와 이야기를 나눴는데 쏘리, 쏘리. 계속해서 미안하다고는 우리에게 뜻을 말했다.

그런데 알몸으로 나와서, 가슴이고, 문신이고, 보지 둔덕이고 죄다 보이는데 전혀 개의치 않아하더라?

안에 있을 호날도는 뭐하나 했는데, 대충 타올을 집어 들어 그것만 가리더니 나와 눈이 마주치자 마찬가지로 미안하다는 리액션을 취한다.

지아가 고개를 끄덕이며 오케이, 오케이! 하자. 화장실만 잠시 비워 준 뒤. 잠시 나와서 기다리다가——그냥 기다린 것도 아니고 그 와중에 또 으음, 으음 하며 내 앞에서 여친을 매만진 뒤——지아가 용무를 보고 나오자 지아에게 뭐라 하고는 이내 벨라와…… 다시 들어간다?

영문을 몰라 화장실 용건 보고 나온 지아에게 이게 뭔 일이오? 라는 표정으로 물으니.

"미안한데, 한 번만 봐 달래. 대단하다. 얼굴을 붉히고 그만한다. 라는 선택지가 없나봐."

물소리는 계속해서 났다. 그리고 이렇게 되었음에도 마찬가지로 저들은 즐겼다.

욕실에서는 이 틈으로 우리의 눈이 보이거나 하지는 않았을 텐데. 호날도는 벨라의 육체와 어우러지면서도 따봉을 이쪽으로 날렸고 좀 더 바닥에 밀착해서 관계를 가졌다.

보여도 아무렇지도 않은 정도가 아니라, 오히려 즐기는 듯했다.

이리 된 이상 돈 주고도 보기 힘든 좋은 공짜 볼거리였지만, 결국 나는 더는 못 보겠다고 하고 일어서서 잠자리에 들었다. 그 이유는…….

"너 지금 커졌지?"

하면서 은근슬쩍 손을 뻗어오려는 지아 녀석의 손아귀에서 헤어 나오기 위해서다. 어휴, 이 웬수. 오줌 마려워서 쩔쩔맬 때가 좋았는데.

어쨌든 이렇게, 아주 좋은 경험과 구경을 한 채로 3일차의 밤이 지나나 했는데.

새벽에 묘한 소리가 났다. 지아가 묵는 1층 침대에서 나는 것이었다.

또 잠이 깨서 보니, 이번엔 지아 녀석이 화장실에 들어 간 모양이었다.

헌데 조금 전 지아 녀석과 내가 엎드려 벨라와 호날도의 운우지락을 엿보았던 바닥에, 물컹이는 천이 있었다. 걸레 같은 느낌은 아니었고 뽀송뽀송한 부분도 있었다. 걸레로 쓰는 천 치고는 작고 조그마했다.

여자 팬티였다. 이 방에는 여자가 둘 있었지만. 누구 것인지는 골반이 큰 지아인지 엉덩이가 큰 벨라인지 알 수 없었다. 들어서 보니 팬티의 밑 부분이 촉촉하게 젖어있었다.

그리고 그 부분에서는 시큼한 향이 났다.

다음 날 아침. 벨라가 호스텔에 4유로를 내면 먹을 수 있는 아침 조식 쿠폰을 나와 지아, 그리고 현인의 자세로 잔 것인지, 아니면 저게 익숙한 남미문화라서 별 감흥이 없는 것인지 아님 정말로 업어가도 모를 잠귀의 소유자인지 모를 조쉬에게 선물했다.

다만 그들은 섹스를 한 게 잘못이라기보다는 밤에 섹스를 해서 물소리를 내고 시끄럽게 해서 우리의 잠을 방해했다는 게 미안했다는 투였다.

오늘은 기차가 있어 프랑크푸르트를 떠나 뮌헨으로 향했다. 독일의 고속철도 ICE를 탄 우리들에겐 기차가 지나치며 보이는 목가적인 풍경도 풍경이었지만. 단연 어젯밤의 브라질리언 커플의 기행이 화제였다.

"와 진짜, 대박이드라. 무슨 할리웃 영화 보는 줄."

"그러게 말이다."

아니, 기행이 아니라 그냥 우리가 너무 보수적인 건가. 어쩌면 이 동네는 다 이런 건가 싶을 정도로 두 사람의 태도가 자연스러워서, 이제 4일차에 접어드는 우리로서는 판단할 여지가 없긴 했다.

　나중에 알아보니, 정확히는 한국보다 더 자유로운 건 맞는데 여기에서도 그 브라질리언처럼 행동하면 어머머 세상에나 라고 할 정도라고는 한다. 남미까지는 안 가봐서 모르겠다.

　"몸매는 좋더라. 진짜. 와 가슴. 진짜. 걔 가슴 핏발 선 거 봤어? 너무 빵빵해서. 그 파란 혈관이 보이더라니까? 장난 아냐. 와. 부럽더라. 가슴이 어쩌면 그렇게 커지냐."

　"난 좀 징그럽던데."

　"징그러워? 가슴 큰 거 남자들은 좋아하지 않나?"

　"어…… 아니? 딱, 음. 네 정도가 괜찮…… 음 아. 응. 뭘 부러워하냐. 딱 너 정도 가슴이 몸매에도 적당하고 예뻐."

　얘는 뭔 사내자식도 아닌 기집애가 가슴 크기 가지고 난리인가 싶다.

　무심코 본심을 말하는 듯해서 찔끔 하긴 했지만, 그래도 지아가 너무 좀 폭력적일 정도로 거대한 가슴을 보면서 의기소침해지지 않았으면 하는 마음에 에라 모르겠다 하고 처음부터 끝까지 칭찬해줬다.

　지금까지 나는 안그래도 괴롭힘을 당하는데 더 꿀릴까봐, 녀석에게 칭찬이라는 건 절대 하지 않았었다. 특히 예쁘다거나 등등 외모에 관련된 것은 절대로 안 했다. 내게도 실제로 그렇게 보였으니까.

　그러니 오늘은 특별 서비스다.

지아는 못 들을 걸 들었다는 양 소리쳤다.

"야, 내 가슴은 언제 봤는데? 너, 내 몸 본지 좀 됐을 텐데?"

"초등학생 때 울 엄마가 여자탈의실 데려 올 때가 마지막이었지."

"그런데 그걸 어떻게 알아? 뭐 나 잘 때 만져보거나 몰카 같은 거라도 찍었어?"

"벗지 않은 가슴이라면 지금도 보고 있는데 뭘. 나도 굳이 속까지 궁금한 건 아니고. 그냥 네 몸매에 어울리면서도 풍만해 보인다고나 할까. 딱 좋지 않냐? 여튼 더 이상 커지면 좀 언밸런스 해질 것 같아. 봐봐. 독일 아주머니들도 막 그 정도는 아니잖아. 걔가 특이했던 거지. 너 정도면 그냥 겉으로 보기에도 정말 딱 알맞고 예쁘지 뭐."

"아, 진짜? 흠."

지아 녀석이 쑥스럽고 머쓱한 듯한 표정으로 머리를 살짝 긁는다. 그러고는 코트 위이긴 하지만 제 가슴에 손을 잠시 올려 본다.

그리고 못내 민망해서 말을 하지 않고 차창 풍경만 바라보고 있는 내게 한참을 뜸을 들이더니 말했다.

"흠, 그렇구만. 우리가 머리 여문 이후로 서로 몸을 본 적은 없다 그치."

"쬐끄만 꼬맹이일 때나 보는 거지. 이젠 우연히 보는 게 아닌 이상에야 보여주기도 이상하잖아. 너야 보려고 덤벼대지만."

"이번에 우리 호텔로 갈 거지?"

"예약했잖아?"

"그 호텔이 리조트 형식인데, 어. 추가 이용료 내면 독일식 사우나랑 워터 테마파크를 이용할 수 있다는데. 어때 한 번 가볼까?"

"우리가 깃발 관광여행 온 것도 아니고, 괜히 돈 더 들여서 그럴 필요 있어? 어차피 그런 건 근데 온양이나 유성온천 등등, 우리나라에서도 갈 수 있는 거 아닌가."

"달라, 남녀가 같이 들어간대."

"그야 워터테마파크면 당연히 남녀 같이 들어가겠지. 사우나도 뭐 수영복 입으면 우리나라에서도 같이 들어가는 곳이 있고. 네가 뭘 모르나본데 별로 다를 것도 없어."

지아가 고개를 절레절레 저었다. 평소 같으면 에휴. 한숨을 쉬며 넌 안 된다는 느낌으로 저었다면 오늘은 아주 세차게 젓는데 유독 그 모습이 좀 귀여운 것 같았다.

감기가 들었는지 볼도 살짝 붉었고.

"아니 워터 테마파크도 그렇고, 알몸이 아니면 입장 불가래. 그러니까, 음."

"……엉?"

"그, 진짜 알몸으로 남녀 둘 다 가는 혼탕이래. 한번 같이 가볼래?"

화들짝 놀랐다.

"그걸 왜 가는데!?"

"너한테 맨가슴 예쁘다는 소리 한 번 진짜로 들어보고 싶어서?"

"그런다고 무슨 이득이 있냐? 막 득의양양해져?"

"응, 여기 현지인들하고 비교도 해볼 거고. 그리고 뭐, 나는 옷 너머로 만져는 왔지만 실제로 본 적이 없는 것도 좀 보고."

자기는 스쳐 지나가는 풍경이 아스라이 멀어지는 게 좋다며 기차 역방향으로 앉은 지아 녀석이, 은근슬쩍 양말을 신은 발을 뻗어서 내 허벅다리 안으로 기어들어온다.

나는 질겁하면서 협박했다.

"발 올리지 마라. 죽는다."

"뭘 그리 빼? 괜히 이상한 생각 말고, 아무리 이상한 걸 우리가 보고는 왔다마는…… 재밌을 거 같지 않아?"

"대체 뭐가 재밌다는 건지 모르겠네."

"흥미 없어? 금발 아가씨들도 알몸으로 막 돌아다닐 거 아냐?"

"……."

솔직히 끌리지 않았다면 거짓말이리라. 그것은 인정을 안 할 수가 없었다.

"흠. 그렇긴 한데. 너랑 같이는 좀 그렇지. 그럼 시간차로 들어가자."

"시간차로? 따로따로 가자 이거지? 왜?"

"야, 모르는 외국인에겐 다 보여줘도 너한텐 좀 그런데."

"푸하하하. 야, 너 고추는 예전에 볼만큼 봤어."

"다 어릴 적 이야기지."

"뭘 새삼스럽게 굴어. ……흠, 여튼 별로야? 나도 너랑 같이 안 들어가면 별 의미가 없는데."

말이 참으로 오묘해서 이상한 상상이 들었다. 설마 보여주고 싶은 건가? 설마.

계속 설마설마 하다가, 오늘따라 어디서 난 용기인지 해보지 않던 소리를 결국 하게 됐다.

"굳이 나한테 보여주고 싶은 거냐?"

"응, 보여주고 싶어졌어."

기차에 타고 있었지만, 침이 넘어가고 그것에 자극이 왔다. 부풀어 오른다. 입고 있던 패딩의 끝부분이 막아줘서 보이지 않는 게 천만다행이었다.

여자가 알몸을 남자에게 보여주고 싶다는 건, 아마도 상당히 진한 애정의 표현이 아닐까 싶다.

남자가 시각적인 것에 성적 자극을 받을 것을 알면서 자신의 나신을 보여준다니. 놀리려는 것인가? 아니면 성적 자극을 받게 해서 바라는 것이 따로 있다는 것인가?

그런 쪽으로 생각해 버린 나는 이후에, 비록 침대는 아마 두 개가 있겠지만, 그래도 그런 호텔방에서 함께 묵게 될 이후를 떠올리며 허리가 뻐근해질 정도로 발기했다.

설마, 저 녀석과 섹스할 수 있는 걸까?

하지만 그런 기대감이 드는 것과는 별개로 내 말투는 틱틱대고 있었다. 괜히 여기서 내가 설레서 허튼 소리라도 하는 날에는 그걸 트집 잡아 평생을 놀릴 것이 뻔했으니까.

"미친, 말도 안 되는. 뭐 땜에 그런 짓을 하는데?"

나의 욕 섞인 격한 반응에, 지아 녀석은 피식 웃으며 답했다.

"너, 나랑 그렇게 들어가도 친구일 수 있겠어?"

순간 가슴이 철렁 내려앉았지만, 나는 여전히 틱틱대는 말투로 대꾸만 했다.

"아닐 건 뭔데."

"야, 이제 우리 단둘이서 지내는 방에서만 3박이란 말이지. 호스텔에서도 저러는 마당에 완전히 우리 둘만 있는 데에서 자게 되니까, 음, 내가 널 함부로 만지면 뭐가 무섭단 말야. 네가 뭘 할지."

"지금까지는 무서워서 그딴 짓거릴 했었냐?"

"전에는 안 무서웠는데, 지금은 좀 그래. 한국에서야 언니! 부르거나 혜원이 부르거나 하면 해결될 일이지만, 여기서는 네가 돌아버리면 나 혼자란 말야. 나도 여자니까, 네가 좀 날 보고 이상한 생각이 든다거나 성욕이 정말로 치솟는다거나 그런다고 하면 돈이 좀 더 들더라도 그냥 방 다시 나눠 쓰려고. 그런 의미에서라도 네가 어떨지 한 번 보려고 그래."

들자니 그럴싸했다.

가족들도 없는 곳에서 나랑 방을 당분간은 단둘이 쓰게 될 것인데. 암만 이 녀석이랑 내가 소꿉친구라고 해도 이런 경우는 처음이니깐. 그동안 저 녀석이 날 만져오면서도 참아 왔던 내 인내력을 본다는 뜻이었다.

내게 격한 우정은 보여와도 애정은 보인 적이 없었으니, 내겐 되레 저 반응이 자연스러웠고 오히려 기분이 나쁘지 않았다.

아쭈, 그래도 날 조금은 경계 하네?

저런 심한 장난을 치더라도 마지막 선은 딱 그을 줄은 아는 것 같아 오히려 안심이 됐고, 나는 언제나의 친구답게 아닐 거라고 빼엑대며 윽박질렀다.

"걱정할 필요 없을 텐데. 그럴 거였으면 니가 내 방에서 둘만 있을 때 내 좆 가지고 놀 때 이미 입 틀어막고 찍어 눌렀다. 벌써 몇 년이나 그냥 하지 말라고만 한 거 보면 모르냐."

지아가 미소 지었다.

"응, 그래. 넌 내 보지가드니깐."

문득 여행 오기 전의 지와 디의 발음을 교차한 드립이 생각났는데. 오늘은 지로 들렸다.

조금도 '디' 로 들리게끔 의도를 안 한 것 같은 명확한 발음이었다.

혼욕 테마파크.

독일, 오스트리아, 스위스, 그리고 독일의 영향을 받은 체코 보헤미아 등에서 찾아볼 수 있는 곳이다.

독일인들의 삶에는 네이키드 문화가 녹아 있다는 이야기를 들었다. 그리고 허용된 장소에서는 이를 두고 부자연스럽게 여기지 않는다고.

지금은 겨울철이라 거의 없지만 뮌헨의 영국정원에는 나체로 일광욕을 해도 된다는 문구가 붙어 있고, 또 실제로 여름에 가면 그 광경을 목격할 수 있다고 한다. 그곳이 사방이 확 트인 야외임에도 말이다.

실제로도 아무것도 걸치지 않은 남녀들이 정말 아무렇지도 않게 돌아다니고 있었다.

하지만 그런 점을 제외하면 한국의 찜질방과 유사했다. 사우나가 있고 풀장 및 레저 오락 시설이 있었다. 사우나에서는 찜질을 하고 샤워실에서는 샤워를. 풀장에서는 수영을 하면 됐다.

규칙은 나체일 것. 그리고 사우나 할 때는 앉은 자리에 꼭 수건 깔고, 술은 마시지 않기 정도.

목욕탕 오는 기분으로 왔지만 정말 딱 그 정도 분위기였다.

독일인들은 특히 매우 자연스러웠는데. 그냥 동네 목욕탕에서 아저씨와 아주머니들이 있는 정도의 느낌이었다. 단지 남탕과 여탕의 구분이 없었을 뿐. 하지만 너무 어색하진 않았다. 구분은 없었지만, 탈의실은 옷과 짐을 놓는 수납장으로 자연 칸막이가 되어 있었으니까.

서로 번호차이가 많이 나는 열쇠를 받아서, 서로 멀리 떨어진 옷 보관소를 쓰다보니 자연스럽게 지아와는 시간차가 다르게 나왔다. 기다려주거나 그쪽 수납장 칸으로 갈 생각은 없었다.

사실 내심 남녀가 알몸임에도 전혀 개의치 않는 탈의실의 풍경에 컬쳐 쇼크를 받긴 했다.

어느 누구도 기겁하거나 기분 나쁜 시선을 흘리지 않고, 이곳 사람들은 풀장과 사우나와 온천탕을 그냥 즐기고 있었다. 그렇게 내가 적응을 못하고, 추가 요금으로 지급 받은, 필수로 지참해야 하는 한 장의 수건을 어설프게 두른 채 전입신병처럼 어리버리하고 있을 때.

지아가 나와서 내 어깨를 두드렸다.

"지원아. 나 왔어."

"어, 으, 응."

일단 샤워를 하고 나오는데 뜨거운 물에 몸을 끼얹었기 때문일까. 지아 녀석은 말투도 차분해져 있었고 얼굴도 조금 붉었다.

"여기 사람들 제모를 다 하네. 나만 이게 있다. 너도 있지?"

내 아래를 보며 농담을 하길래. 나는 무심코 지아 녀석의 사타구니에 시선을 가져다 대었다.

아니 굳이 내 수건을 보지 않았어도 나는 본능적으로 그곳을 바라보았을 것이지만.

수북하지 않고, 옅게 자란 체모가 소담하게 어려 있었다. 적어도 지아의 음모는 숱이 많이 없는 중년의 아저씨들 같았다.

그 덕에 아주 어렸을 적에는 아예 속에 있는 걸 까서 살을 밀어올려 보여줬었던 빗금의 굴곡이 어렴풋이 보였다.

"아, 안 가려?"

지아는 하나 주어지는 수건을 가슴에 감싼 채였다. 감싸도 흘러나올 것 같았지만 아예 뒤로 해서 묶었다. 남장여자 캐릭터,

혹은 운동부 여성, 만화나 게임에서 본 궁도부 여성 캐릭터들이 출렁이며 안 되니까 굳이 감싼다는 듯이.

이해할 수가 없는 것이, 요즘은 여자도 까고 다녀도 되게 해달라고 한창 운동이 일고 있는 상체의 가슴은 가리고 있으면서 하체는 전라로 보이고 다니는 것이다.

나만 해도 그 한 장의 수건을 사타구니를 가리는데 쓰는데 말이다.

"야, 여기 사람들 가리는 사람 없잖아. 저기 동양인으로 보이는 아가씨 하나 빼고. 그러지 말고 너도 벗어 봐! 한 번 보게."

"으…… 야, 다른 데서 보자."

막 들어서서 한창 넋을 잃고 둘러봤을 때, 아줌마 아저씨, 할머니, 할아버지 애들도 많았지만 연령대는 다양했고 젊은 금발 여성, 우리와 같은 동양인도 목격은 했다.

그럼에도 워낙에 자유로운 분위기여서, 지아나 가족 외의 여성…… 그것도 백인 여성들의 알몸은 태어나서 처음으로 목격하고도 흉하게 발딱지진 않았다. 하지만 그랬던 것이 지아의 사타구니를 보자마자 움찔하는 기미가 보였다.

일단 지아 녀석에게서 멀어지기로 했다.

특히 가슴은 가려놓고 음부와 사타구니, 보지가 보일 수도 있는 하체를 그대로 까고 나온 지아 녀석을 보니 괜히 옛날 생각이 났다. 부부동반으로 캠핑을 갔을 때 텐트에서 소변을 지려 지도를 그리는 바람에 혼나고 캠핑장에서 웃옷만 입은 채 엉덩이와 그것을 드러내면서 내게 놀림을 받았던 어릴 적의 녀석이 말이다. 그 기억의 차이가 나를 더욱 음심에 젖게 만들었다.

예전에 비하면 정말 비교할 수 없을 만큼 많이 컸고, 내것과는 다르게 흉물스러운 게 전면에 달려 있지 않은 지아 녀석의 와이라인은 육체의 곡선보다 더욱 아름다웠다.

"야, 어디 가? 같이 다녀."

지아가 날 붙들었다. 나는 나를 흥분시킬 뻔한 지아 녀석의 와이라인과 그 안에 있는 갈라진 틈새에 맹렬히 저항했다.

"야, 수건이 있으면 위 말고 여길 가려야지. 미쳤냐?"

"음, 네가 가슴이 더 보고 싶은 거 같아서 안 보여주려고 그랬지. 못 봐서 실망했어?"

"상식적으로 성기를 더 가리는 게 맞지 않아?"

"이상하네. 너 어릴 적엔 다 봤잖아. 그것도 속까지 내가 까서 보여주고 그랬구만 뭘. 그치만 이건. 음……. 흠. 지금 와서 가리자면 왠지 더 부끄러운데. 그리고 너 반응 너무 격하다. 이건 뭐 내가 억지로 그러는 게 아니잖아. 그냥 이곳의 문화라고."

"으음, 흠."

"왜? 혹시 보니까 기분이 이상해지냐? 막, 야한 기분이 샘솟고 그래? 내 이거 보니까?"

지아 녀석은 꼭 붙이고 있던 허벅다리를 살짝 열고 빗금 속의 살갗을 제 털들을 헤치고 열었다.

위에서 내려 보는 시점인지라 자세히 보이지 않았지만, 이런 시점이어도 보지의 음핵이 늘어난 경우에는 비치는 경우가 있을 수도 있을 텐데 그런 건 없었다.

당장 주변의, 주로 독일인인 이곳 여자들만 둘러봐도, 거의 다 제모를 해서 드러나는 그 빗금 아래로 사내들의 여름날의 불알처럼 약간 늘어진 것을 볼 수 있는데, 역시 젊어서 그런가?

　어쨌건 그걸 제 손으로 열고 있는 모습을 보아하니 안 그래도 참을 수 없는 발기를 더더욱 참을 수 없어서 고개를 돌렸다.

　"아, 안 늘어나긴 했네. 저 아줌마처럼."

　노출할 자유를 누리러 오신 것이겠지만, 실례스럽게도 나는 표본을 하나 집어 가리켰다. 그렇게라도 해야만 나는, 어디까지나 음심이 아닌 호기심 때문에 소꿉친구의 그것을 보고 있다고 스스로를 포장할 수 있었다.

　하지만 포장에도 한계가 있었기에, 지금까지는 축 쳐져서 고환 속에 파묻혀 있던 그 녀석이 고개를 쳐드는 것은 어찌 피할 도리가 없었다.

　"푸핫."

　지아 녀석은 자기 보지의 위쪽을 조금 헤집더니 이내 내게 시선을 돌리곤 웃었다. 아무래도 내 발기한 것을 본 것 같다.

　"나, 나 먼저 나간다. 화장실이 급해서."

　"꼴린데요, 꼴린데요. 오줌 아니지이?"

　젠장, 적어도 지아 녀석 앞에서는 만져져서 선 적이 있어도, 가만히 있다가 서는 걸 생짜로 보여준 적은 없었건만.

　한국말 알아듣는 사람이 없다는 가정 하에, 녀석이 놀려도 누군가가 날 보는 사람은 없을 것이다. 그렇지만 몹시 부끄러워져서 수건과 손으로 어찌저찌 커져가는 그것을 감춰가며 지아를 피했다.

하지만 지아 녀석은 그런 나를 끝까지 스토킹했다. 내가 경보로 피하는데 본인도 경보로 따라왔다. 사우나와 샤워실, 탈의실 및 출구로 나가는 지점에서 지아 녀석은 피하려는 나의 몸을 잡아 세웠다.

"야, 야. 뭐하는 짓이야?"

"오, 뜨겁다. 뜨겁구나."

녀석이 잡은 건 내 몸에서 잡기 좋게 볼록 하늘 모르고 솟은 타워팰리스. 그걸 잡힌 이상 나아갈 수가 없었다.

풀장과 몸 담그는 온천탕이 있는 쪽에는 사람이 상대적으로 많았고, 출입구에도 사람이 꽤 보였다.

동양인 여자가 발기된 남자의 그것을 잡고 있는 모습이 해괴하게 비춰질까봐 사람 인기척이 많지 않은 사우나로 일단 게걸음으로 대피했다. 한국의 것과는 다르게 구역이 나눠지고 제각각 움막처럼 생긴 곳이었다.

그러나 그 와중에도 지아는 그걸 놓지 않은 채 같이 따라 들어왔다.

방금도 말했지만, 사우나 안은 일단 하나의 큰 방이긴 했지만 칸막이가 나눠져 있었다. 그래도 사람이 없는 건 아니었다. 마침 찐한 스킨십 중인 젊은 금발 남녀가 알몸으로 있었다. 니아와 지아에게 좇이 붙들린 나는 그들을 지나쳤다.

"아, 놓으라고! 미쳤냐."

더는 갈 곳도 없고, 사람이 완전히 없는 곳으로 피하는 것도 실패한 나는 거칠게 저항했다. 하지만. 지아 녀석, 교묘히 내가 허리에 두른 수건으로 손을 가린 뒤. 바지 위로 내 것을 매만질 때처럼 매만지더니.

위아래로 흔들어댔다.

자위의 느낌보다 훨씬 좋았지만, 그걸 좋다 즐길 상황은 전혀 아니었다.

"솔직히 말해라. 누구 보고 섰냐?"

지아는 심문하듯이 내게 물었다.

"뭔 소리야?"

"너 멀쩡하다가 내가 내거 속 한 번 열어보려고 하니까 그때 갑자기 휙 돌리더라. 막대풍선 부르듯이 부풀어 오르던데? 나 보고 선 거지?"

"아, 그만 하라고."

아니라고 거짓말을 하고 싶었는데, 자꾸 붙잡고 흔들어대니까. 기분이 좋았다. 그래서 관두라는 이야기밖에 못했다.

너 따위가 아닌 다른 금발 미녀를 보고 섰다고 말하면 암만 이 녀석이라 해도 기분이 상할 것 같다는 감이 내게도 있었다. 그렇게 해서라도 떼어내야 할지 무척이나 고민이 되었지만.

계속 주무르며 흔들고 있었다.

그냥도 아니다. 가슴은 싸맸지만, 그냥 보여주고 그 앞에서 자위를 하라고만 해도 몇 번은 쌀 것 같은 지원이 녀석의 와이라인이 눈앞에 있었다.

"솔직히 말 안 하면 정말 끝까지 한다? 누가 보든 말든."

"미친 거냐? 아니 사람들이 언제 올 줄 알고?"

"뭐, 아무렴 어때. 여기 사람들 나랑 앞으로 볼일도 없을 텐데 왜. 해외토픽? 글쎄, 이런 일 잦아서 별 이슈거리도 안된다더라. 브라질 애들 못 봤어?"

지아 녀석의 손이 점점 더 빨라졌다. 작고 가냘픈 손아귀였지만 내 몸을 저 녀석이 정확히 알 리 없어서 거친 손길이었다. 땀들이 나서 미끈거리긴 했지만 마찰열에 마른 지 오래였다. 긴 딸딸이 인생을 살아오면서 내 손으로 매만질 때마다 섬세히 다뤄왔건만, 그걸 알 리 없는 녀석의 손아귀는 한시바삐 싸게 하겠다는 의지가 엿보였다.

슬슬 점점 뭔가가 올라오는 것 같은 느낌이 들자 나는 다급해졌다. 정말로 이곳에서 정액을 발사할 수는 없는 노릇이 아니겠는가.

"그만, 정말, 정말 그만해라."

눈을 꼭 감고 소리쳤는데. 역시나 그만 둬 줄 생각은 없는 듯했다. 진짜 이대로는 안 되겠다.

작정하고 밀쳐내면 남자의 힘으로 이겨내지 못할 것은 없건만, 그것보다 나는 역공을 가하기로 했다. 내 왼손이 녀석이 아까 스스로 뒤집어 까던 그 속살, 빗금의 안으로 기어들어갔다.

"아."

순간 내 것을 관찰하며 흔들기에 여념이 없던 지아 녀석이 흠칫 놀라 내 얼굴을 바라보았다.

그런 녀석의 얼굴에 당혹감이 어려 있자, 나는 묘한 자신감이 생겼다.

　나는 지금까지 한 번도, 해보고는 싶었지만 결국 할 수 없었던 말을 꺼낼 수 있었다.

　이곳은 자칭 녀석의 아는 언니인 내 어머니도, 녀석과 절친인 내 여동생도, 그 외에 우리말을 알아듣는 학교의 사람들도 없는 곳이었으니까.

　어라.

　그러고 보면, 정말 이곳에서야 말로 나는 오랜 시절 해오지 못했던 그 말을 가장 거리낌 없이 할 수 있지 않은가? 그 생각이 떠오르니 망설임이 사라졌다.

　그렇게나 자지가 서 온 이후, 벌써 수년간 신뢰의 눈빛 때문에 꾹꾹 참아 왔던 말을 내뱉을 수 있었다.

　"자꾸 그러면, 나도, 나도 한다!?"

　"아, 으아, 아. 앗."

　눈에 보이진 않았지만, 그 와이라인 속에 손가락 두 개를 밀어넣어 지아 녀석의 보지를 만졌다. 그리고 머릿속으로 영상매체 등에서 봐 왔던 가상의 여자 성기를 그렸다.

　그러니까 껍질처럼 뭔가에 쌓여 있는 그것이 있고, 이걸 열어젖히면 매끈한…….

　정말로 매끈했다. 약간 오돌토돌하지만 부드러운 살갗이 만지면 늘어나는 살갗을 열자 나왔다.

　그리고 여기서 내 손가락과 손이 붙어 있는 마디에 닿는 쪽으로 손가락을 쭉 올리면. 아마도. 다른 살갗이 내성천 마을, 육지 속의 섬처럼 살로 둘러싸인 곳에 있는 포인트가 볼록 드러내는 작은 진주. 클리토리스가 있을 것이다.

나는 이것을 십여 년 전에 만져본 적이 있다. 다른 사람도 아닌 바로 이 녀석의 것을. 어린 것이 꼴에 남자라고! 혹은 어린 것이 밝히기는! 등의 모욕적인 언사로 혼이 나본 적이 없었던 탓일까. 그러면 안 된다는 도덕관념을 갖기도 전에 우리는 너무 친했고 서로 성적 관념이 없었다.

아니 나만 그 관념이 생겨버렸고, 이 녀석은 그때 그대로 커버렸다.

당하기만 하다 복수하듯이 매만지는 쾌감은 이루 말할 수가 없었다.

지아 녀석은 사우나라서 더웠는지 빨개진 얼굴로 나를 보는데. 눈은 풀려 있지만 말은 여전히 자신만만했다.

"어쭈, 해 보겠다 이거냐? 너 이상한 거 자꾸 흐른다?"

하지만 말만 자신만만했을 뿐이다.

지아 녀석의 그걸 만지자 녀석의 손놀림이 살짝 둔해지고 멈칫거렸는데, 그럴 때마다 계속 발사를 향해 치솟던 사정감이 조금씩 회복되는 것 같은 기분이 들었다. 주도권을 조금씩 쥔다는 느낌이 들었다.

그러나 한편으로 귀두의 틈에서는 쿠퍼액으로 지리고 있었는데. 그것들은 윤활제의 역할을 톡톡히 하여 자지와 지아 녀석의 손 틈을 보호하고 있었다.

"너도 좀 흐르는데."

지아 녀석의 음핵 속의 약간 오돌토돌한 것들은 손을 댈 때부터 젖어있었다.

클리토리스와 그 속안의 살갗을 타고 위로 올라가다 손가락 끝이 닿는, 아무 것도 없던 곳을 지나면 휴지를 사용할 때 손끝으로 느낄 수 있었던 항문 같은 감촉의 주름진 곳이 있었고, 그것에서 조금 내려오고 그 살갗이 닿지 않는 곳에.

손가락이 빨려들 것만 같은 것이 있었다.

그거에 세 손가락 중 중지를 살짝 밀어 넣으려고 하는데. 지아 녀석 '아!' 하고 소리를 질렀다.

지아가 소리를 지른 뒤, 파고들어간 내 손가락에서 느껴진 감촉으로 말하자면, 그 모래지옥 같던 구멍이 여닫히어 손가락을 밀쳐내는 것 같다는 것이었다.

"뒈졌어, 너 싸는 거 진짜로 볼 거야."

"마찬가지다."

지아 녀석은 재빠르게 손을 태그팀 매치하듯 터치하여 바꿨다. 손놀림이 약해진 것은 손목이 아프기도 했던 모양이다. 그리고 손이 바뀌자 그 스피드를 올렸다.

나는 싸버릴 뻔했지만 불편한 자세에서 뒤에서 우릴 볼 지도 모르는 사람이 있다는 걸 계속해서 상기하며 위험을 경계했다. 그런 채로 지아 녀석의 보지의 걸쳐지는 세 곳, 벌어진 속살, 그리고 클리토리스로 생각되는 그것을 뭉텅이로 비볐다.

나는 마찰열이 생길 정도로 쿠퍼액 분비가 많지는 않았는데. 지아 녀석은 계속해서 물기가 생겼다. 흥건했다. 녀석이 흥분하는 것인가?

나는 그 물기가 쌓인 내 손을 빼내어 지아 녀석을 그대로 밀쳤다.

"아, 아야!?"

나동그라지는 지아 녀석은 엉덩방아를 찧으며 두 다리로 허공을 찼는데. 내가 그 뻗어 오르는 오른 다리를 잡아버렸다. 그러자 조금 전까지만 해도 장님이 코끼리 만지듯이 만져 왔던 지아 녀석의 보지 구조가 마침내 장님 눈뜬 듯이 훤히 보였다.

좁히려는 왼쪽 다리는 내 오른쪽 무릎으로 찍어서 사우나 바닥에 고정시켰다. 그리고 그대로 누르며 헤집어 깠다.

포지션이 좋았다. 이제 나는 공격당할 일이 없었다. 반면에 지아 녀석은 그대로 보지를 내게 노출시키고 있었다. 나는 남은 손으로 그것을 열었다.

"야, 야, 자, 잠깐만. 왜, 왜 그래?"

항문 위의 묘한 돌기 아래에는 새끼손가락이나 들어갈까 말까. 한 아주 작은 구멍이 있었다. 그것은 열려 있었다. 그리고 코 덜 풀고 말라붙은 어린애 콧구멍처럼 근처에 흰 액체가 그 구멍에 맞게 원형으로 맺혀 있었다.

그제야 지아 녀석은 겁먹은 듯 했다. 그동안 단 한 번도 목격할 수 없었던 동그란 눈빛으로 쳐다보며 화들짝 놀란 모습은, 마치 잡아먹히기 직전의 토끼의 눈망울을 보는 듯이 선했고 두려움에 젖어 있었다.

그 눈보다 더 젖은 것이 아래에 있었지만.

"장난 다 쳤지? 이런 데선 장난치는 게 아니지. 야."

평소처럼 정색을 하면서 나는 자지를 녀석의 음핵이 열린 살 갗에 가져다 대었다.

지아 녀석은 대꾸는 하지 않았지만, 숨을 흐읍 들이마시면서 몸을 잔뜩 움츠렸다. 움츠리면서 몸도 약간 뒤로 물렸다. 때문에 다소 멀어졌다.

"아…. 아, 으. 음 너, 넣을 거야?"

"허락 받아야 되냐?"

"이, 이거 여기 넣으면 섹스잖아?"

"아마도?"

"히익! 나랑 하고 싶어?!"

그 말에는 대꾸하지 않고 그 작은 구멍에 나는 허리를 밀어 넣었다. 바로는 잘 안 들어갔다. 하지만 흠뻑 젖었고 미끄러웠다. 밀어 넣으려던 내 자지는 미끄러진 채로 그 아랫구멍에서 위로 분홍 살갗과 클리토리스를 뭉개고 부비며 올라갔다.

"너 그래서 맨날 내 거 가지고 놀면서 키웠던 거 아니냐?"

이제는 내가 멈출 수가 없었다. 거의 끝까지 달아오른 게이지를 이 녀석의 그것에 넣은 채로 폭발시키고 싶었다.

그래서 계속 그 공기구멍 같은 것을 주시했고, 허리를 놀려서 그것에 끊임없이 귀두를 비볐다.

해본 적은 없지만 주워들은 것과 본 것은 많았다. 저걸로 애가 과연 나올 수 있나? 싶을 정도로 작은 저 구멍, 생각보다는 잘 들어가지 않는 구멍이 아마 보지의 핵심인 질구일 것이다.

"아, 야, 잠깐만, 잠깐만. 설마 여태 계속 그렇게 생각했어? 난 그냥 남학교 애들이 발기놀이 하면서 막 그런 이상한 거 한다는 얘기 듣고 그랬던 건데. 그 뉴스에도 떴었잖아."

남녀공학을 나온 나는 본 적 없지만, 중고교 남학교에서 있다고 하는 막장놀이를 들어서 접한 적이 있었다. 다름이 아니라 남자애들끼리 고추가 있는 바지 지퍼를 대고 비벼서 먼저 서는 놈이 진다고 하는, 놀이인지 싸움인지 모를 짓에 대한 이야기를.

어디서 나온 망상인지 실제 사례인지는 모르겠지만 나 같으면 절대 안 할 것 같은데. 하지만 남성과 남성의 교접에 관심께나 있는 소녀들이 이 소문에 대해서 확대 재생산을 꽤 하는 모양이다.

당장 나도 지아 녀석에게 들었던 이야기였다. 돌이켜보면 지아는 '남자애들은 이러고 논다며?'라고 말하면서 저 짓을 시도했었다. 그게 시작이었다.

그랬었단 말이지. 딱히 성적인 유혹이나 다른 의도가 있어서 그런 건 아니고, 그냥 같이 놀자고 그랬던 거란 말이지.

하지만 생각해보면 비겁했다. 그럴 거면 제 사타구니 아래로 비벼야지. 왜 나는 자지인데 저만 손이란 말인가?

지아는 처음부터 자기는 절대로 질 수 없는 위치였던 것이다.

"여자가 그리 만져대는데 어떻게 그런 생각이 안 드냐?"

"여자야?"

"그럼 남자냐? 이게 있는데. 그리고 네 말대로 서로 그런 놀이를 하려면 니 손이 아니라, 여기끼리 이렇게 비벼대는 게 맞지."

"날 여자로 보고 있었네…… 아앗?"

대화와 별개로 허리로 툭툭 찌르면서 문지르고 두드리던 내 귀두 끝이 드디어 먹혔다. 그리고 그대로 별 생각 없이 다시 툭 하고 허리를 밀자, 귀두 뿐 아니라 안 그래도 미끄덩한 지아 녀석의 질내로 송두리째 밀려들어갔다.

"흡!? 아, 아야앗, 아아아아."

지아 녀석은 이런 곳에서 장난을 치면서 목소리를 낮추더니, 낮은 소리로 끅, 하고는 몸을 부들부들 떨었다. 사실 나 역시 너무 쑥 들어가버리는 바람에 너무 놀랐다.

지아가 막판에 한 고백 아닌 고백 때문에 나도 그냥 비비는 정도에서 그칠까, 하던 참이었던 것이다. 어찌되었건 여기는 실외가 아닌가.

화들짝 놀란 나는 급히 그것을 뽑았고, 지아는 일어서서 그대로 달려 도망쳤다. 붙잡을 새도 없었다.

그녀가 도망간 자리와 내 그것에는 붉은 핏자국이 남아 있었다.

하지만 그것만이 남은 건 아니었다. 내 발기된 귀두와 고기막대의 사이에는 핏자국을 선홍빛으로 만드는 하얀 자국도 있었다.

◇

그 핏자국을 보고 정신이 되돌아 온 나는 황급히 수건으로 그 것을 닦고는, 지아가 충격을 받아 어디 단독으로 뛰쳐나가 거리를 배회한다거나 하면 어쩌지 하면서 호텔방으로 돌아왔다.

우리 방은 더블룸이었다. 즉 큰 한 침대였다.

이제 3일간 이 방에서 같이 한 침대를 쓰게 된 것이다.

나는 처음에는 더블이 침대 두 개가 나란히 있는 건 줄 알았는데, 아니었다. 큰 침대에 베개 두 개인 방이었다. 정확한 정의도 모르고 헷갈렸었나보다.

카드 키를 대자 문이 열렸다. 다행히 신발은 안에 있었고. 마침 욕실에서 나오던 지아 녀석과 마주했다.

"야아, 진짜로 넣으면 어떡해?"

볼멘소리로 그냥 짜증을 내는 녀석이었지만 딱히 그 이상으로 내게 화를 내지는 않았다.

평소와 다르지 않은 그 모습을 보고 나니 안도감이 들었다.

만약 녀석이 여기서 더는 내 얼굴을 보려 하지 않는다거나 타박을 했다면, 나는 한 번의 무의식적인 허리놀림으로 실수를 크게 범한 것이었을 텐데.

그렇지만 그렇게 안심을 하고 나니…… 위에는 외투를 입고 있었지만 엉덩이는 여전히 드러내곤 다리 아래를 닦고 있는 지아를 보니, 다시금 음심이 스멀스멀 기어올랐다.

"너 왜 아직 팬티는 안 입었냐?"

"피 흘러서. 닦았는데 그거 말고도 뭐가 자꾸 흘러서 계속 젖네. 너 혹시 그새 안에 쌌어?"

뒤돌아서서 녀석은 제 보지 쪽을 다시 한 번 뭔가로 닦았다. 과연 물보다 탁한 것이 다리를 적시며 흐르고 있었다.

그러자 지아 녀석의 걱정으로 잠시 수그러들었던 그것이 다시 일어서 버렸다.

아까와는 달리 의복을 제대로 갖췄지만, 그것이 솟은 티가 난다.

그래도 아직 내 한 구석은 냉정했다. 욕망보다는 방금의 비명 소리가 뇌리에 남아있었다.

"아까 아팠……냐?"

"응, 아프긴 아프드라. 근데. 자꾸 음. 잔뇨가 남은 느낌? 그런 게 드네."

"피 나오던데, 생리 중이었어?"

"어? 아니. 나 약 먹으면 생리 안 해."

"처, 처음해서 나오는 그거냐?"

"처음은 처음이지. 뭘 넣어 본 적이 없거든. 만진 적은 있어도. ……헤, 어쭈. 미안해? 너 표정이 그러네? 싸우다가 때려서 코피 낸 거랑 비슷한 기분이야?"

지아 녀석은 아무렇지 않다는 듯 생수를 마시다가 침대에 걸터앉았다.

나는 녀석에 대한 성욕과, 한편으로 뭔가 아직도 속에 남은 보수적인 생각이 겹쳐서 뭐라 말해야 할지 몰랐다. 사과를 해야할지, 아니면 마저 하던 거 계속하자고 할지.

지아 녀석은 그런 나를 바라보지 않은 채, 침대에 걸터앉아서 무릎을 까닥거리며 가볍게 허공을 차면서 하면서 이야기를 꺼냈다.

"음. 솔직히, 너 처음 발기 처음 시키며 놀 때는 나도 아직 좀 어리고, 뭘 몰라서 그냥 커지는 게 재밌어서 그런 건 맞는데, 네가 계속 반항 못하고 내 부하처럼 찍소리 못하는 게 귀엽고 재밌어서 그치기가 힘들더라고. 나도 내심은 이 나이 먹고도 이러는 내가 미친년이지 싶긴 했는데……. 그래서 언젠간 이런 날이 올 것 같긴 했어. 그 정도로 괴롭혔으면 너도 날 만진다고 할 때 내가 할 말이 없으니까. 그러니까. 뭐, 내가 그동안 하던 짓이 있으니, 그러다 네가 너무 흥분해서 덤비는 것도 어쩔 수 없는 범주로 생각을 할게. 별수 없는 일이잖아. 지금 네 표정 보니까 예전에 학교 유리창에 슬리퍼 던져서 깨놓고 아 망했어, 난 죽었어, 이거 어떡해 지아야? 하던 때랑 똑같다 야. 그런 표정 그만 지어. 나도 첨이긴 한데. 너도 처음이니까. 뭐. 괜찮아. 내가 미안하지 뭐."

나를 바라보고 한 말은 아니었지만, 처음으로 녀석에게서 그토록 진절머리 나던 행위에 대한 사과를 들을 수 있었다.

거기에 더해서 아까의 행위에 대한 용서도 받았다.

지금의 지아 녀석은 어쩐지 녀석 답지 않을 정도로 놀랍게 진지하고 어른스러워서, 도리어 답하는 내가 투정부리는 어린애처럼 느껴지고 말았다.

"시, 시끄러. 난 나대로 좋아서 버틴 거니까. 첨에는 너 완전 아니었지만, 내가 좀 나이 먹고 나니까 예뻐진 건 맞아서, 그냥 계속 가면 어디까지 하려나 하고 내버려뒀던 거야."

"지원아."

"뭐."

"아까 물었던 거 대답 하나만 해줘. 나 보고 섰어?"

여기서는 솔직하지 않을 이유가 없었다.

"섰지."

"기쁘네."

"기쁘다고?"

"나도 너한테 여자일 수도 있는 거구나. 아, 그러니까 들어가겠지. 이게 있겠지?"

"벌리지 마. 왜 자꾸 보여주는데? 그리고 네가 여자가 아니면 뭔데."

지아는 그러자 두 다리를 곱게 모았다. 하지만, 이내 다시 무릎을 슬금슬금 벌리며 침대에 누웠다. 그리고 내 눈에 띈 지아의 사타구니 사이의 음순에는 맑은 물방울들이 이슬처럼 서려 있었다.

"네가 자꾸 날 여자 아닌 것처럼 봐서 말이지. 그러다보니 이게 고추도 아닌데, 나까지 착각해 버렸네. 뭐, 보기 징그럽다거나 그런 건 아니지?"

"그런 거 아냐! 어, 어, 보고 있으면 그래, 선다. 서! 아 진짜, 이제는 거길 대놓고 보여주면서까지 세우려고 하냐. 독하다 독해."

직접적으로 볼 것도 없이 그것에서 이어지는 상류의 도끼자국

계곡만 봐도 서는 것이 인지상정이었다.

음심이 치솟는 상황에서, 나는 어떻게든 장난 좀 그만 걸라며 녀석의 탓을 하면서 벗어나려 했다. 네가 그동안 나를 만져가며 세우는 것으로 괴롭힌 것도 모자라서 이제는 보여줘서 세우냐면서, 여전히 지금의 상황을 하나의 장난인 것으로 수습을 하고 싶었던 것이다.

"후후, 아 그랬어? 미안한데. 어. 음. 아까부터, 시원하게 싸고 싶은데. 소변은 아닌데. 피도 아닌데. 뭐가 자꾸 질질 흘러. 근데 뭐 좀 넣어서 속을 자극하면 한 번 시원하게 확 나올 것도 같은데, 좀 도와줄래?"

지아는 피식 웃다가 괴로운 표정을 지으며 뒤로 풀썩 누워버리더니, 만지지 않고 보기만 해도 서게 만드는 제 보지를 양손으로 집어다가 벌리며 말했다.

그 말과 그 행동에는 이성이란 것을 남길 수 없었다.

흠뻑 젖어 있는 지아의 그것에 바지를 내리고 곧장 돌격했다.

미끄러지긴 했지만, 한편으로 조금 뻑뻑했지만, 귀두부터 힘겹게 밀어 넣은 뒤 자세를 고치고서 자지를 엄지손가락 한 마디 정도 더 박아 넣고, 이어서 뒷마디 정도를 세 번 더 밀어 넣으니 마침내 들어갈 만큼 들어가서 지아 녀석과 합체될 수 있었다.

내 허벅다리와 음낭이 닿는 침대 시트는 지아가 땀을 흘린 것도, 생수를 흘린 것도 아닌데 축축했다.

흥건한 것이 내 털에 자꾸 묻어 내 털과 그리고 지아의 털 모두를 물에 푼 미역처럼 만들어가고 있었다.

지아의 질 안은 습했는데. 찔러 넣을수록 따스하고 질퍽해졌다.

자지를 맞춘 채 한쪽 무릎으로 앉아서 힐끔 내려다보니 맑은 물이 고추에 맺혔는데, 점점 희끗해졌다. 그리고 그것은 지아의 항문을 스치고 계속해서 침대에 쌓였다. 나는 그대로 리듬을 타고 쓱쓱 쑤셔 넣었다.

"읍, 으읍, 스읍, 아, 으음."

막 감촉이 미친 듯이 좋은 것은 아니었지만, 지아의 아무 것도 입지 않은 하반신과 그 다리가 흔들리며 요동치고 그 위에서 나는 지아 녀석과 배를 맞대고 접촉사고가 계속해서 일어나며 털끼리 스치는데다가 살끼리는 정말 야동에서나 봤을 법한 질퍽한 떡치는 소리가 나고, 내 허벅다리와 지아 녀석의 엉덩이가 부딪히며 찰진 효과음을 내는 것을 느끼다 보니.

과도하게 흥분한 탓인지 혼자 하던 때보다 정액이 터져 나오려는 소식이 빨랐다.

"훗."

"왜 그래?"

"그게, 나올 것 같아서."

아무리 체리블러썸 바디워시를 쓰지 않아도 체리블러썸향이 날 것 같은 경험 없는 나지만, 이런 상황을 상정해서 아무 대책도 머릿속에 그리지 않고 살아 온 것은 아니다.

질외사정이라는, 아주 최저한의 피임 수단이라도 취해야 하는 것은 아닐까.

헌데 지아 녀석, 고개를 들어서 나를 바라보더니 반갑다는 듯이 말했다.

"아 진짜? 너 이제야 나오냐? 내가 몇 번을 흔들어줬는데도 안 나오더니만, 역시 네가 직접 해야만 나오는 거구나."

"아닌데."

이 계집애는 여전히 진지함이라고는 1그램도 느껴지지 않았다. 어쩐지 얄미워서 귀두 끄트머리만 걸리도록 멀찌감치 뽑아낸 후 한 번에 쑤욱 쑤셔 박았다.

"하악!"

"야. 착각하지 마."

두 번째부터는 단순 반복이라 훨씬 편했다.

"아흑!"

"네 거 안이니까 나오려고 하는 거라고."

"아!"

아무래도 방금 그 각도가 좀 좋았던 것 같다. 말이 많은 지아 녀석이 갑자기 아무 말도 못하는 걸 보니. 이리 된 이상 말보다 허리가 낫겠다 싶어서 나는 좀 더 빠르게 흔들었다.

하지만 사정감이 치솟을수록 머릿속은 더욱 냉정해졌다. 지금이라도 빼야 하나?

그때 잠깐 숨소리가 불규칙해진 지아가 마디마다 끊어진 채 말했다.

"아, 나, 약 먹어. 괜찮아. 너 하고 싶은, 대로 해도 괜찮아."

"아, 아 그럼."

예전에 얼추 배웠던 성교육대로라면 경구피임약이 피임 방법으로는 꽤 확실하다는 것 같긴 했지만, 정말로 괜찮은 것인가. 하지만 녀석은 어떻게든 이전부터 입에 달고 살아오듯이 내가 사정하는 모습이 보고는 싶은 모양이다.

음, 그런데. 보여주려면, 역시 뽑아야겠지.

조금 망설이다가 자지를 뽑으려고 엉덩이를 들었는데. 갑자기 지아 녀석은 두 다리를 들어 내 허리를 붙들고는 제 허리를 올려서 쑥 하고 밀어 맞췄다. 그리고는 내 볼을 매만졌다.

"뺄 거야?"

"빼야지. 발사하는 거 보고 싶다며?"

"괜찮아. 다음에 보면 되지."

"다음?"

"원한다면."

눈웃음을 지어 보이는 지아 녀석의 눈매와 그 안의 눈망울은 실로 요망하고 요사스러웠다.

그렇다면, 이게 지금처럼 사고가 나지 않더라도, 다음에도 또 할 수 있단 말인가.

이 녀석과 또?

그 생각을 하는 순간 그 사이 허리는 조금 아파서 바르르 떨 듯이 자지를 움직이던 내 그것의 끝에서 드디어 신호가 왔다.

"아, 앗, 으, 아아."

이미 거의 절정에 다다른 상태여서 나오는 것만 남았다. 그렇지만 그냥 이대로 움직이지 않고 가만히 퍼붓는 것은 내 스스로 용납되지 않았다.

내 자지는 지금 계집애의 육체 안에서 발사하는 것이니까.

방이나, 휴지, 모니터나 키보드, 마우스, 침대, 이불 등에 튈까봐. 조절을 할 필요가 전혀 없지 않은가. 뭔가 심적인 제약이 전부 날아간 기분이었다.

나는 귀두가 자극이 오도록 끝까지 허리를 씰룩였고, 내 새끼들은 원 없이 지아 녀석의 그것으로 투하 되었다.

민감해진 귀두가 여전히 부드럽고 매끈한 것 안에서 닿다 보니 내가 소리를 아니 지를 수가 없었다.

"와, 움찔움찔 한다."

싸버린 후에도 자지가 끝까지 죽지를 않았다. 커져 있는 상태로 약간 흐물거릴 뿐이었다. 하지만 아까처럼 맞아떨어지는 느낌은 아니었다.

그 감촉을 더는 견딜 수 없어서, 지아 녀석에게서 내 그것을 분리해냈다.

지아의 보지에서는 약간 누런빛을 띠는 내 정액도 국물처럼 토해내고 있었다. 이미 지아 녀석의 질구와 항문은 흰 물이 흐르는 계곡이었다.

나는 지금까지 뭐 한 건가. 라는 약간의 현자타임.

하지만 그것은 맨다리를 벌린 사이에서 온갖 액체들이 범벅이 된 채로, 침대 시트를 적시고도 대책 없이 액체를 질질 흘리며 지아의 질구와 음순이 움찔거릴 때마다 깎여나가듯이 사라졌다.

"아으, 엉덩이 아래로도 흐르네."

지아 녀석은 엉덩이의 윗부분을 가리던 티셔츠를 배꼽까지 말아 올렸다.

나는 점점 쳐지면서 찐득해지는 물이 고환과 겹쳐져 붙어 버릴 것만 같은 내게 묻은 잔존물을 닦아내고 있었다.

그러고 보면 관계를 할 때도 녀석은 티셔츠를 벗거나 하지 않았다. 녀석이 가슴을 끝까지 가리는 이유가 궁금해서 물었다.

"너, 너 근데 가슴은 왜 자꾸 싸매고 있었어."

"예쁘다 한 사람한테만, 보여……주려고 했지. 지금은 봐도 돼."

그렇게 지아 녀석의 감춰진 가슴이 풀려 출렁이는 순간. 줄어들어서 저절로 지아의 속에서 추방되며 흐물대고 있던 내 자지가 다시 만유인력의 법칙을 거슬러 하늘을 향해 자라났다.

"어라, 또 서네."

"그, 그러게."

"……."

지아 녀석이 물끄러미 내 그것을 보더니 이제는 눈을 치켜들었다. 그리고 제 가슴을 살포시 잡은 채로 그것을 본인의 입으로 가져갔다. 그런 다음 제 젖꼭지를 살짝 핥았다. 핥은 다음. 그것을 물고는 강아지가 밥 달라고 최대한 불쌍한 표정을 짓는 것처럼 지었다.

지아 녀석은 누워서 제 가슴을 손쉽게 집어다가 그 젖꼭지를 본인이 핥을 수 있었다. 어째서 셀프로 가슴을 핥으면서, 그 핥는 것에는 신경을 쓰지 않고 나만 바라보는 것인지는 모르겠지만.

가슴을 들어서 그 끝부분이 손쉽게 입에 닿는다는 것만으로도 지아 녀석의 가슴이 크고 대단하다는 것을 알 수 있으리라.

방금은 이 녀석은 가슴보다 와이라인이 더 예쁘다고 생각했지만 취소다. 이 녀석의 육체는 무엇 하나 어여쁘지 않은 것이 없었다. 저 가슴 속에도 가래떡꼬치에 묻힌 꿀이 뚝뚝 떨어지는 것 같이 내 것과 저 녀석의 것이 섞인 자지가 파묻힐 수도 있을 것 같았다.

부풀은 빵에 소스 바른 가래떡 꼬치를 넣어 부빈다…….

그리고 그 흰 소스를 계속해서 울컥하며 뿜어대는 그것.

상상하다보니 자지가 아플 정도로 팽창해버렸다.

그것을 쥔 채 점차 다가가며, 녀석이 지금껏 내게 장난을 걸어올 때마다 하고 싶지만 참아 왔던 그 말을 말했다.

"이번에는…… 싸는 거 보여줄까?"

지아 녀석은 풀린 눈으로 젖꼭지에서 입을 떼고 젖을 들어 올렸던 손을 배꼽 아래로 내리면서 사타구니로 가져갔다. 검지로 녹은 우유빙수 같은 것들을 훑어 낸 뒤. 그 손으로 미끄덩거려서 잘 열리지 않는 제 보지의 닫힌 살갗을 열어. 다시금 도넛모양 고리가 열린 제 질구를 더듬으며 열며. 미소 지었다.

"응."

그리고 이 방에서는 하루 종일 질척이는 소리가 났다.

◆ 조지아 휴학 중인 대학생

Traveler Information

Our travelogue on world cultural heritage

Profile

Age : 23
Height : 166cm
Weight : 52kg
Nationality : Korea

O>>>>>H>>>>>>T>>>>>>N>>>>>O>>>>>V>>>E>>>>>L>>>>
IN WORLD CULTURAL>>>>>

◆ Behind Story

캐릭터 설정 : 주인공 지원의 옆집에 사는 소꿉친구. 지원
을 지칭할 때는 '친한 언니 아들' 이라 부른다. 사실 애정
표현이 서투르고 지원에 대한 관심의 표현을 쑥스러워해
서 그 따위로 했을 뿐이지만 어느새 변녀가 되고 말았다.
자유분방한 성격과 모험심, 호기심이 많지만 의외로 남자
를 다루는 것에는 쑥맥. 라틴어를 기반으로 한 로망스어
군 국가의 언어에 능해서 스페인, 포르투갈, 이태리 삼개
국 언어가 가능하고 프랑스어도 회화가 가능. 본인 스스
로는 자신이 '굉장히 쿨한 성격이라 여겨서인지 질투가 없
다.'라고 공공연히 말하고 있는데……. 성감대는 유륜.

작가 코멘트 : 실제 여행 중 보았던 남매 여행객을 이미
지 모티브로 했기 때문에 이름에서 그 흔적을 찾을 수
있습니다. 물론 어디까지나 이미지만 따왔을 뿐, 본작의
설정과는 무관합니다. 이름의 근원은 '자지, 아!' (…).

2. 고집스런 빈털터리 여대생 : 시오리

"콘돔을 사야 하는 게 아닐까…."

"괜찮은데 왜."

"자꾸 그냥 싸니까, 너 아무래도 팬티에 자꾸 지리잖아. 그래서 여행 가능 하겠어?"

"가득 차는 느낌이 나쁘지 않은데. 내 안에서 움찔움찔 대면서 괴로워하는 것도 재미있고."

지아는 내 자지 끝뿌리를 잡았다. 그리고 좌우로 흔들자, 방금 사정한 내 귀두의 감촉이 너무 감도가 심해 그만 비명을 질렀다.

"아, 아, 아니. 잠깐. 잠깐만. 그만, 그만."

오스트리아 기차는 칸막이별로 나눠져 있고, 그 칸마다 6개의 좌석이 있었다. 칸마다 문을 여닫을 수 있었다.

우연찮게 우리 좌석이 있는 칸에는 나와 지아만 있었고, 다른 승객은 없었다. 검표만 한 번 거친 뒤, 서로 바지와 팬티만 내리고 간질이는 기차 시트에 엉덩이를 부비며 자지를 찔러 넣었다.

이런 상황을 전혀 예견하고 온 것이 아니기에 나는 피임에 대한 도구를 아무 것도 챙겨 올 수 없었다. 오롯이 지아가 먹고 있는 경구피임약에 기댈 수밖에.

하지만 경구피임약의 피임확률은 무척 높다는 모양이고, 때문에 굳이 마지막에 뽑아서 다른 곳에 싸는 테크닉을 연마할 필요까지는 없었다.

그리고 지아 녀석은 이제 사람 없는 장소에서 내 걸 발기시키다간 꼼짝 없이 그 자리에서 바로 박혀버린다는 것을 알게 되니, 다른 방법으로 나를 괴롭히기를 즐겼다.

예를 들어, 사정 후의 귀두를 사정없이 핥아버린다던가.

"흐, 아아아앗. 하, 핥지 말라니까."

"맛이 나쁘진 않아. 그리고 왠지 아는 언니 아들. 생 엑기스니깐. 회춘할 것도 같고."

저리 말하면서 그것이 녹아내린 아이스크림 바처럼 흘러내린 내 것을 죄다 혀로 핥아냈다.

그리고는 지아는 생리대를 제 속옷 사이에 두고 팬티를 추켜입었다.

지아와 관계를 나누면서 알게 된 건데. 여자들은 생리할 때 입는 팬티가 따로 있었다. 날렵하지 않고 두툼했다.

생리중이 아닌데도 생리대를 하는 이유는, 물론 안에 싸기 때문이다. 지아 녀석은 우리가 관계한 이후로 매번 팬티를 벗을 때마다 아 씨, 축축해. 하면서 투덜거리며 팬티를 벗다가, 마침내 생리대를 하기에 이르렀다.

안 그래도 빨래하기도 귀찮고 돈 드는데. 너무 많이 흐른다면서.

그렇게 방금 쑤셔 넣은 정액이 한동안 속에 남을 것을 생각하자, 나는 또다시 발정해버렸다.

"와, 또 서? 여기 기차 안인데."

지아는 거부하지 않았다.

연인이라고 보기엔 조금 뭐한 관계. 정말 섹스프렌드가 된 걸까. 이상하게 서로의 성기를 핥기도 하는데도, 키스는 할 수 없었다.

내가 시도하지도 녀석이 시도하지도 않았다.

아랫입과 윗입은 제각각 다른 의미와 상징성이 있는 것일까.

그래도 십 수 년을 노려오던 지아 녀석의 보지를 취하고 그 정복욕을 가장 충족할 수 있는 방법인 질내사정까지 마음껏 할 수 있게 된 와중에 그깟 키스가 무슨 소용. 이미 정액과 애액으로 뒤범벅이 된 내 고기막대의 끝부분도 지아가 핥어줬다.

뮌헨의 호텔에서 관계한 뒤, 우리는 좌변기가 침대 바로 옆에 있더라도, 심지어 공용화장실을 써야 하는 1성 호텔이라도 꼭 호텔에 묵으며 여행했다.

그렇게 둘이서 체코 프라하와 오스트리아 빈, 할슈타트, 잘츠부르크 등을 거치며 10여 일간 함께 여행한 뒤.

지금 오스트리아 인스브루크 역에 도착했다.

이곳에서 나는 이탈리아 베네치아 행 기차를 기다리고, 지아는 이곳에서 스위스 취리히 행 기차를 탄다.

나는 이탈리아 일주를 지아는 스위스를 잠시 본 뒤 프랑스 남부를 거쳐 스페인 바르셀로나에 입성하고 스페인과 포르투갈을 본 뒤 프랑스 남서부로 돌아온다.

"정말 이탈리아 같이 안 갈 거야?"

"거긴 남겨두려고. 서로가 안 가 본 곳을 각자 가봤다가, 나중에 좋았던 곳을 골라서 서로 데려가 보는 것도 괜찮지 않겠어?"

지아 녀석은 스위스와 프랑스 남부 해안을 먼저 거쳐서 스페인으로 간다.

"또 온다는 보장이 있어야 말이지."

"나랑 여행 온 거 재미없어?"

"아니."

"재미있어야지. 딸딸이 치지 말라고 몸시중까지 들어주는데."

"몸시중은 뭔. 니가 무슨 성노예냐. 그러지 않아도 돼."

지아 녀석은 지금까지 날 발기시켜 희롱했던 만큼은 뭐든 해도 좋다며, 나한테 자유이용권을 준 상황이었다. 그동안은 미안했다면서 말이다. 하지만 그렇게까지 말하면, 그동안 믿음으로 살아 온 나로서는 그런 느낌이 썩 좋다 여겨지진 않았다.

물론 지아 녀석과 하는 섹스는 좋았지만, 너무 그러진 말라고 에둘러 말리고 있었다.

그런데 지아 녀석이 갑자기 고개를 절레절레 저었다.

"괜찮아. 사실 말야, 고등학생 때는 나, 널 좋아했거든."

"뭐?"

순간 속이 먹먹한 느낌이 들어 차마 말이 나오지 않았다.

이제 와서 그런 말이라니. 뭔가 순서가 이상하지 않은가.

"내가 이런 장난을 치는 건 내가 봐도 참 아닌데도 다 받아주는 걸 보면서, 그때부터. 네 걸 만지면 내 가슴이 딱딱해져서 브라에 닿아서 간지럽고, 음……. 팬티도 젖어 있었어. 그러다보니 내 자신이 무섭더라. 먼저 이상한 짓 할까봐. 그래서 매번 싸게 만든다고 해놓고 내가 먼저 관둔 거야. 이상하잖아."

"왜 말을 안 했어?"

"그땐 네가 따로 좋아하는 여자도 있었고, 나도 성인되어서는 계속 하면 결국 네가 먼저 터뜨리지 않을까 싶어서 기대했는데…… 웬걸, 아주 돌부처가 따로 없으시더구만? 문 잠그고 입 틀어막고 막 이런 것도 상상했었는데 말이야. 그래서 넌 남자가 아닌가보다 하고 내심 포기는 했는데. 그렇게 생각하자니 이게 또 건드릴 때마다 발기는 잘 하지 뭐야? 야, 사람이 몇 년째 시위를 하면 좀 뜻을 굽히든지 해야 될 거 아냐. 적어도 고등학생 때까지는 우리 같이 야한 짓 하는 사이가 될까? 하는 신호였는데 말이야."

"미, 미안하다."

"여기까지 데려와서 만지니까, 그제야 성욕이 터지디? 아휴, 너무 늦다 늦어. 이제 나는 내 기분이 성욕인지 호감인지도 애매하던데. 하도 멍청한 너한테 질려서."

지아 녀석은 혀를 빼꼼 내밀었다. 나는 더 묻고 싶었지만 녀석이 내게 메롱을 먹인 뒤로는 그에 대해서는 더 얘기하고 싶지 않아보였다.

"너는 이베리아 반도를 남겨두고, 나는 이탈리아 반도를 남겨둔 채로 혹시 다음에 올 수 있다면 혼자 갔던 곳의 옆자리를 채워보자. 그러니까 여행 잘하고 와."

"너도 잘 다녀와."

"보름 후에 프랑스 루아르, 앙블와 고성호텔. 자, 호텔 바우쳐(Voucher). 호텔 들어가는 데 꼭 필요하니까 잊어먹지 말고 와야 된다."

"알았어, 알았어."

취리히로 향하는 오스트리아 고속열차가 들어오고 있었다. 나는 승강장에서 한 발자국 물러섰다.

지아 녀석이 나를 가볍게 한 번 포옹하더니 기차에 올랐다.

그러더니 돌아서서 귓가에 대고 귓속말을 한다.

"야, 충전해 놔."

"뭘? 아."

녀석은 장난스럽게 웃어 보이더니, 그대로 사라졌다.

그렇게 녀석을 떠나보내고 나니 홀가분했지만 왠지 콧잔등이 시큰한 기분도 든다. 다시 보기야 할 거라지만.

으음, 뭐 그렇다고 지금 바로 보고 싶다거나 그런 것은 아니고, 스토리가 있는 RPG게임의 잘 키운 동료를 예상치 못한 이탈 이벤트로 떠나보내는 기분이랄까?

한편으로 홀로 남으니 약간 불안한 느낌도 없지는 않았다. 비록 유창한 정도까진 아니지만 로망스어군인 불어와 스페인어가 어느 정도 되어서 이탈리아나 포르투갈에서도 말이 통하는 지아의 뛰어난 어학능력이나 넉살 등. 오히려 내가 의존하며 여행에 왔었는데.

나한테도 유레일패스가 있으므로 지아 녀석을 몰래 따라간다면 따라 갈 수도 있겠지만 그만두기로 했다. 혼자 여행을 하려는 지아의 뜻도 존중하고 싶고, 한편으로 재도 하는 걸 나라고 못할까 싶기도 했고, 무엇보다도 나 또한 혼자 여행을 해보고 싶었으니까.

1시간 반쯤 지난 후, 나라간 이동열차 인터시티를 타고서 나는 이탈리아 베네치아 행을 예약하고자 창구로 향했다. 그런데 문제가 생겼다.

"또 기차 파업이야!? 이런 육시럴."

뮌헨 발로 이곳 인스브루크를 거쳐 이탈리아 베네치아 산타루치아 역으로 가는 기차가 없었다.

이런 황당할 경우를 보았나.

원래 하루 한 대씩 있는데, 말 그대로 파업을 하는 바람에 인스브루크에서 발이 묶였다.

인스브루크는 동계올림픽을 개최한 스키와 겨울레포츠의 도시였지만, 내게 그런 겨울 레포츠를 즐길 여유는 없었다.

결국 나는 베네치아 숙소를 취소하고는, 차라리 지아를 따라갈까 어쩔까 고민하다가…… 에라 모르겠다 싶어서 일단 인터시티 기차 대신, 오스트리아 공영철도 OBB의 단거리 노선을 타고 오스트리아 이태리 국경도시 쿠프슈타인으로, 그리고 로마 원정군이 알프스를 넘을 때 썼다는 고개, 브렌네로에 간 뒤 브레너 역에서 환승을 해서 도착한 다음에 방책을 모색하기로 했다.

브레너 역은 이탈리아 북부 노선의 출발점이었는데 이 근방에

파도바, 돌로미티 산맥 등 이탈리아 알프스의 진수를 볼 수 있다는 리뷰를, 잘 잡히지도 않는 3G통신을 이용해 깨져나가는 웹페이지를 보면서 찾아 봤다.

이태리 북부도 볼 것은 많다고 하는데 어쩐지 한국인 여행자들의 리뷰가 별로 없었다.

도착한 도시나 숙소의 호텔이나 호스텔도 하나도 검색이 안 되어서 황당하던 참에.

나는 또다시 에라 모르겠다. 싶어서. 일단 유레일패스를 통해 기차만 타고 이동한 다음. 이탈리아 북부에서 장화 모양으로 생긴 땅의 장화 굽 부분인, 이태리 풀리아 주의 주도인 항구도시 '바리' 까지 이태리 종단에 성공했다.

어차피 지아와 접선하기 위해서는 이태리 북부는 지나쳐야 할 곳이기 때문에 이탈리아 반도를 동남쪽으로 훑고 내려가서 서남쪽부터 치고 올라오면서 여행할 생각이었다.

아드리아해를 끼고 있는 이태리 동남부 풀리아 주의 항구도시 바리에서는 크로아티아의 두브로브니크나, 알바니아의 티라나 등등으로 갈 수 있는 페리를 탈 수 있었지만…… 여행 리뷰가 안 나와서 실패했다. 3G가 터지질 않는다.

할 수 없지. 이태리 진입 첫날에 이탈리아 남부의 그것도 동남부 맨 끝자락에 왔으니, 이제부터 쭉 치고 올라가다가 이탈리아 서북부로 해서 프랑스로 넘어간 다음에 프랑스에서 지아와 재회하기로 한 장소까지의 루트만 짜면 됐다.

"알베로벨로 마을이라."

이 근방은 돌을 쌓아 만든 '트룰리'라는 독특한 양식의 집들이 있는 마을이 있었다.

이 트룰리들이 있는 마을이 참 아기자기해서 남자인 내가 보기에도 예쁘다 싶어서 내심 오고 싶었다.

단지 너무 끝자락이라서, 비교하자면 거의 연해주에서 부산까지 기차로 오는 격이라서 정말로 오게 될 줄은 몰랐다. 그나마 중남부인 로마에서부터 출발해도 한참 먼 곳인데다가, 지아를 보내고 홀로 여행을 시작하는데 한인 커뮤니티 하나도 알지 못한 채로 별 다른 리뷰도 없는 이런 곳에 홀로 오자니 아무래도 좀 불안해져서 그냥 시간이 남으면 오자 생각을 했는데······. 정말 시간이 남아서, 정말로 오게 되다니. 숙소 잡기도 뭐해서 그냥 잠이며 오줌이며 식사며 기차에서 해결할 생각으로 유레일을 소모해서 있는 기차마다 잡아서 타고 오다보니 결국 여기까지 와버렸다.

오전에 바리—알베로벨로를 운영하는 사철을 타고 거지같은 연착에 시달리며, 출근하시는 아니 등교하시는 이탈리아 초딩들의 니하오 공격을 받으며 애써 논 차이니즈, 아임 코리안이라고 정정 해주니까, 뚱뚱한 녀석 하나가 갑자기 기차 안에서 말춤을 췄다. 아 시발 강남스타일. 기쁘면서도 쪽팔린 이 느낌은 뭘까.

외국인들 만나서 한국인이라고 하면 지들이 먼저 저걸 추더라. 나는 단 한 번도 두유노우 싸이, 두유노우 박지성이란 말을 결코 해 본 적이 없다.

군이 같이 추고 싶진 않았지만 그 녀석을 필두로 두엇이 더 추길래 나도 따라해 주긴 했는데, 막상 따라하니까 갑자기 날 이상한 눈초리로 봐서 이것들이 날 낚았나 싶었다.

그래도 본조르노 라고 이태리식 인사를 하면 애들이 잘 웃어줘서 기분이 나쁘지 않았다. 근데 애들이 이상한 츄잉껌을 주고 가서 내가 초딩에게 간식을 받을 정도로 거지꼴인가, 혹은 이 껌에 약 타서 마피아한테 팔아넘기는 것 아닌가 하는 생각을 아주 잠시 하며 하늘을 올려다 보았다. 거의 최남단까지 내려오니. 날도 따뜻하고 햇살도 눈부셨다.

그 다음에는 이탈리아 바실리카타 주의 마테라로 향했다.

나름대로 이탈리아 쪽에 대해서는 조사를 상당히 많이 했다. 아무래도 나 혼자 오게 될 지역이었으니까. 지아 녀석의 캐리가 없을 테니 필사적으로 조사했다.

조사 하던 중 깨달은 것은 대부분의 한인이 주로 로마, 피렌체, 베네치아. 정도만을 찍고 나가는 경우가 많았고 한인을 상대로 하는 민박업소나 여행사도 대부분이 저 세 곳만을 기점으로 영업하고 있다는 점이다.

이들을 제외하고는 한국인 여행 인프라는 구축이 거의 되어 있질 않았다. 개인 여행자가 남긴 몇몇 정보글을 접하는 게 전부였다.

아무래도 북부와 남부의 빈부격차가 심각하다보니 마피아도 남부에서 주로 창궐하고 실업률도 높아 소매치기 등 범죄율도 전체적으로 높은데다가, 근래에는 중동의 내전으로 인한 난민

들이 지중해 건너서 오기 제일 편한 유럽의 관문인 이탈리아 반도로 오다 보니 더욱 뒤숭숭한 모양이었다.

나폴리를 비롯한 남부의 악명이 대단한 탓인지. 나는 알베로벨로와 바리, 그리고 마테라에서 동양인을 목격하지 못했다.

어딜가나 있거나 보이기는 했었는데. 그 오스트리아 할슈타트에는 바글거리던 한인, 중국인, 일본인, 대만인을 마테라에서는 찾아볼 수 없었다.

하기야 알베로벨로에 가는 기차 안에서 나를 향한 이탈리아 초딩들의 지대한 관심만 봐도 알 수 있다. 동양인으로 가득 찼던 프라하 구시가지의 초딩들은 동양인에 관심일랑 없었다. 그만큼 이곳에 동양인이 드물다는 증거일 거다.

하지만 나는 이 세 곳을 거치면서 별 반 위험을 느끼지 못했다.

오히려 고요하고, 사람들이 힐끗 쳐다볼 때마다 관심도 얻는 것 같았고, 이태리 최악의 빈민가이자 지난 세기까지 동굴에서 살았던 거주지구인 삿시(Sassi) 등 볼 것도 많았다.

그러던 중 마테라에서 나를 보고 재패니즈 데스까? 하는 중년의 남성 여행자를 만났다. 오늘 처음 보는 동양인인지라 나도 은근 반가웠다.

일본 사람 같아서, 짧은 토막이나마 아는 일어로 한국인입니다. 라고 대응했더니.

'이야 너 한국인이구나!' 하며 몹시 반가워하는 반응이 왔다. 이 중년 남성 여행자는 놀랍게도 같은 한국인이었다.

졸지에 그분과 와인을 함께 마시게 되었다. 이탈리아 남부만 집중적으로 돌아다니는 은퇴한 은행장인 그분은, 이탈리아 장화모양의 남부에서는 동양인을 못 봐서 일본인만 봐도 반가울 지경이었단다.

그래서 그나마 몇몇 있는 일본 사람인가 하여 말을 걸었는데. 22일 여행 동안 한국인이 내가 처음이라고.

동향이라는 인연만으로 저녁과 좋은 향취의 이태리 남부 와인을 잔뜩 얻어먹었을 정도로 이 근방은 동양인이 없었다. 그렇게 은행장 형님에게 실컷 대접받은 나는, 남은 여행을 탈 없이 즐겁게 마무리하라며 덕담을 서로 주고받으며 헤어졌다.

다음 날 오전. 나는 나폴리나 로마로 갈 수 있는 거점 대도시인 바리로 출발했고 화창한 날씨의 기차역 인근에서 나는 근 이틀 보지 못했던 동양인 여성을 목격했다.

그냥 동양인도 신기할 정도로 희박한 동네인지라 오 나 말고도 여행 오는 사람이 있네 하고 고개만 끄덕였는데, 보고 있자니 제법 몸매나 외모가 여성스럽고 어여뻤다.

신기하네? 하며 봤더니 생각 외로 미인인지라 눈을 못 뗐다고 할까.

보고 있자니 뭔가 문제가 있는 듯 안절부절 못하는 듯했는데. 그러다 나와 눈이 마주쳤다.

여자를 계속 보고 있자니 무례하게 보일까봐 딴청을 피웠는데 저쪽에서 자꾸 나를 쳐다보는 느낌이 있었다.

어제의 은퇴하신 은행장 형님도 나를 신기하게 보고 찾아와 먼저 말을 걸었었는데, 어쩌면 저 여성도 그러려는 것 아닐까?

어쨌든 날 계속 보고 있는데 나만 안 보는 게 어쩐지 어색해져서, 나도 모처럼의 미인을 실컷 구경하기로 했다. 짐도 가방도 없이 상당히 가벼운 차림이었다.

왠지 내게 와서 말을 걸 것 같다는 느낌이 들었고, 그런 한편으로 머뭇머뭇하는 기색도 있었다. 그렇지만 내가 먼저 말을 거는 것은 좀 그랬다 싶어서, 2시간 가까이 남은 기차시간을 기다리면서 서성이며 딴청을 부리는 사이.

어쩐지 다가올 것 같던 그 여자가 내게로 진짜로 다가왔다.

"헤, 헬프 미."

"아, 헬프 미? 헬프 유?"

인사인 줄 알았는데 곱씹어보니 도와달라는 말이었다.

"캔 낫 스피크 잉글리시, 캔 낫 스피크 이탈리안, 캔 낫 스피킹, 저먼 스패니쉬."

상당히 영어를 못한다는 느낌이 나는 여자였다. 혹시 헝가리, 포르투갈, 체코어는 아냐고 물으려다가 그만두었다.

키도 작고 나이는 어려 보였다. 양갈래로 땋은 옆머리를 귀밑으로 내린 헤어스타일이 더욱 그랬다. 화장은 어른스러웠지만 다 번져 있었다. 울었던 모양이다. 밑 발음이 좀 새는 발음으로 내게 물었다.

"차이니즈?"

"노."

"니혼진 데스까?"

보통 영어로 재패니즈냐고 묻는데, 니혼진이라고 하는 걸 보면 일본인인가?

하지만 앞서 일어로 묻고 한국인이구나! 하고 감탄했던 은행장 형님의 사례가 있어서. 일단 한국말로 대답해 보았다.

"노노노노노, 한국인인데요."

"아, 한국인, 이세요?"

들리는 말은 한국말이었다.

조심스럽게 묻는 목소리는 당차지 않고 약간 자신 없어 보였다. 소심한 사람이 질문할 때, 하는 자신감 없는 목소리. 비유하자면 기어들어가는 군부대 요즘 신병의 목소리 같았다.

그런데 억양이 전형적인 외국인 억양이었다. 한국말을 잘 못하는. 샤이샤이샤이. 라는 발음을 못해서 샤샤샤! 이렇게 노래 부르는 외국인 걸그룹 소녀 같은 느낌의.

"아, 네. 일본인이신가요."

"아, 하이! 아, 아니. 네."

하잇! 이 아마 우리말로는 네, 영어로는 예스. 인 것으로 안다. 그런데. 친절히 한국말로 번역도 해 주었다.

"한국말 되세요?"

묻자, 알아듣기는 한 듯. 답한다.

"조금."

나도 일어는 조금 할 줄 알았다.

제2외국어 과목으로 수업을 들은 적도 있었고 아무래도 문화적으로 일어를 접하는 빈도가 높아서였던 건지도 모른다. 애니메이션이라던가, AV라던가.

그래서 어찌저찌, 일어로 뭔 일 있냐고 물으려는 찰나.

안 그래도 그렁그렁 눈에 눈물방울 가득 머금은 순정만화스러운 눈빛을 하고 있던 여자는 다짜고짜 울음을 터뜨렸는데. 난감하기 그지없었다.

"어, 왜, 왜 울어요? 무슨 일 있나요?"

여자는 한국말과 일본말이 섞인 시츠레, 그러니까. 난닷떼. 에또. 제가요. 이딴 식으로 말을 했는데 한국말 잘 섞어주니 나도 알아먹을 수 있었다.

"아, 강도를요?"

"네! 그러니까. 그놈들이."

사연을 듣자니 이곳에서 방금 3인조 소매치기, 아니 강도들이 일단 핸드백을 치고 날랐고, 그 핸드백 찾으러 가는 사이에 캐리어도 들고서 튀었단다.

"아니. 신고를 해보지 그랬어요? 폴리스, 폴리스 오피스."

그랬더니 휴대폰도 잃어버려서 알 도리가 없단다. 자기도 영어를 잘 못하고, 경찰도 영어를 못했다고.

그래. 이탈리아 사람들은 대체로 영어 못했다. 그건 맞다.

주로 알아먹는 건 헬프 미 뿐이었다. 나도 기차 노선을 까먹어서 브렌네로 고개에서 이탈리아 철도청 직원에게 영어로 몇 마디 하다가 너무 못 알아듣기에 땅바닥을 내리치며 헬프 미! 플리즈! 하니 그제야 나는 못 알아듣는 이태리말로 아주 친절히 가르쳐줬다.

"여권, 여권은요?"

"여권은…… 있어요. 여권만, 있습니다."

옷을 치켜들어 배 위에 찬 복대를 보여준다.

나도 저와 비슷한 복대를 착용중인데. 일본 사람들도 여권은 저렇게 감추는구나.

그 와중에 슬쩍 배가 보였는데 약간의 볼록함도 없었다. 그래서 어쩐지 더 처량하게 보였다.

그녀는 멘탈이 나간 듯 했지만, 횡설수설 같은 한국말 섞인 일본말로 내게 격정적으로 눈물을 쏟으며 자신의 신세를 말했다.

그녀의 이름은 난바 시오리. 나보다는 어렸지만 성인이었다.

성인이기는 했지만 키는 고작 150이 조금 넘어 보였고, 마르고 날씬해서 아담하고 어여뻤지만 한편으로 대체 어디서 혼자 여행을 올 용기가 났을지 모를 만한 신체 스펙이었다.

고해성사를 하듯 내게 토로를 했는데, 알바를 해서 모은 돈으로 부모님 몰래 왔단다. 자신은 용기 있고 당찬 여성이라는 제 생각에만 너무 사로잡혀서 무모하게도 혼자서 말이다. 심지어 안전하게 사람 많고 도와줄 동향 사람 많은 동네는 시시하다 여겨서, 마치 소년점프같은 용기와 모험을 위해 위험하다지만 볼 것도 많은 크로아티아-이탈리아 여행을 시작하여 크로아티아에서는 좋은 것들 보고는 페리를 타고서 여기에 내렸는데…….
배에서부터 왠지 눈에 거슬리던 이민자들로 보이는 남자들 3인조가 서성이더니, 이탈리아의 명성대로 끝내 소매치기를 당했단다. 아이고.

심지어 캐리어도 들고 튀었다고.

남은 건 여권과 여권에 끼워뒀던 비상금, 또 어딘가에 감춰둔(?) 다른 비상금 합쳐서 100유로 정도가 전부.

　여차할 때를 대비해서 여행경보제도 및 한국 영사관에서 비상 긴급대출지원제도 등을 배워 왔기에 일본에도 이런 시스템이 있냐고 물으려는데, 노력은 해봤지만 언어의 장벽은 너무나 높았다.

　한자로 적어주면 알아들을 것 같긴 한데, 문제는 내가 한자를 모른다…….

　한참 설명을 한 끝에 간신히 전달을 하고 나니, 그런 게 일본도 있기는 한가본데, 돈을 빌려 쓸 처지도 안 되고, 부모님께 알릴 상황도 안 되는 상황이란다. 참 대책 없는 아가씨다.

　휴대폰이 없으니 당연히 연락은 불가능하고. 정보를 얻을 수도 없고. 경찰서, 폴리스 오피스도 경황이 없어 생각을 못했는데, 간신히 떠올려서 막상 가보니까 전혀 말이 안 통해서 도로 나왔단다. 어설픈 영어도 모르고, 영어 쓰는 직원도 없고, 그렇다고 그런 직원을 불러 줄 생각도 안 한다고.

　사실 나는 여기까지 들은 시점에서, 솔직하게 말해서 터미널이나 기차역에서 만나는 집에 갈 돈이 떨어졌는데 돈 좀 빌려주시면 갚겠다고 상습적으로 말하고 다니는 사기꾼들이 떠올랐다.

　나도 이런 비상상황을 상정하기는 했다. 휴대폰도, 지갑도, 여권도 모두 털리고 어설픈 영어마저 절대 통하지 않는 상황에 처한다면?

일단 어찌되었건 우리말이 통하는 상대를 만나 최소한 연락수단을 빌리고 영사관에 도움을 요청을 해야 하고, 또 문자로 온 긴급대출지원제도와 부모님에게 헬프를 쳐서 여기에서 귀국할 수단을 강구해야 하는 것이 옳은 방법일 것이다.

그런데 이 아가씨는 부모님도 안 되고, 일본 정부에게 빌려서 돈을 갚을 여지도 없다는 투였다. 정확하게는 말이 완전히 통하지는 않아서 내가 잘못 들은 건지도 모르겠는데, 그러니까 어쨌든 나한테 돈을 달라는 거 아닌가?

그래서 좀 실례가 될 지도 모르겠지만, 직설적으로 물었다.

"그러니까 나한테 돈을 빌려 달라거나? 유로화?"

라고 물으니, 갑자기 시오리는 미친 듯이 고개를 좌우로 저었다.

'아니오.'라고 말해놓고 한국말로 그렇게 답하는 게 맞는지 헷갈리는 모양이다. 잠시 물음표를 머리 위에 띄운 뒤에는 나도 알아들을 수 있는 기초 일본어로 다시 말했다. '이에. 이에다요.'하는 그 목소리는 얇고 떨리는 애니메이션의 소녀 캐릭터 같은 목소리라 좀 귀여웠다.

어찌 저찌 제 사정을 토로하면서 하는 말을 들으며 티 나지 않게 살펴보니, 흔히 일본여자들을 (동영상에서)볼 때마다 좀 깬다고 느껴지던 치열도 굉장히 가지런했다.

실제 일본여성을 본 건 주로 영상 속이였기에 생긴 편견이었을지도 모른다.

그것이 아니면 눈앞의 이 아가씨는 애니메이션 속의 일본에서 온 다른 인종이라거나. 그럴리야 없겠지만.

"그런데 돈을 안 빌릴 거면 결국 어쩔 생각인데요. 일단 돈을 구해야죠. 비행기표를 바꾸려면."

"실은 이 기회에 무전여행을 해볼까. 싶은 긍정적인 마음이. 어느 정도는 들고 있어요."

"⋯⋯."

엉뚱한 면이 있는 아가씨였다.

"아까까지만 해도 실컷 울었던 것 같은데, 여행은 계속하고 싶다고요?"

"여권이 남아 있고, 비상금으로 베네치아의 산 마르코 폴로 에어포트까지 *레죠날레를 타고 갈 돈은 있어요."

"출국일이 열흘 뒤라면서요. 열흘 동안 버틸 수 있겠어요? 비행기 일정 조정을 잘하면 돈이 한 200유로 정도 더 들 것 같긴 해도 바로 돌아갈 수 있을 텐데, 그 돈 정도는 빌릴 수도 있잖아요?"

"그건 안 됩니다. 돈 빌리는 거 정말 싫어합니다."

만약 내가 이런 상황에 봉착한다면 여행을 취소하고 한국으로 돌아가는 편을 택할 것이다. 물론 내 통장에는 비상금이 있어서 굳이 그럴 필요까진 없을테지만.

이탈리아 남부가 따뜻하다지만 어디까지나 상대적인 것이지, 지금은 도저히 노숙을 할 수 있는 날씨가 아니었다. 밥도 거의 동냥을 해야 할 것 같은 느낌이다.

나 역시도 남에게 돈을 빌리는 것을 매우 죄악으로 여기기에 시오리의 말이 이해는 가는데, 돈을 빌리고 싶지 않다고 하면

---

* 레죠날레 (Regionale) : 지역기차. 이탈리아의 무궁화급 노선의 기차.

내가 도와줄 수 있는 방법이 없지 않은가. 사기꾼이 아닌가 했을 때도 있었지만 이렇게 나서니 다른 의미로 갑갑했다. 아까는 헬프 미라고 하더니, 대체 뭘 도와달라는 거지.

"그럼 제가 뭘 도와 드릴 수 있죠? 말이 일단 어설프게나마 통하니까 말동무 정도는 가능하겠지만."

"에 또, 그러니까. 음."

"베네치아 공항에서 돌아간다고요? 그러면 거기까지 같이 가 드리면 되나요. 그 노선이 몇 시에 있는지 앱으로 조사해서 알려 드릴까요?"

"당분간 계속 이탈리아 여행을 하십니까?"

"예. 이제 슬슬 로마로 가려고 합니다만."

"제가 이태리에 대한 공부를 많이 해서, 개인 가이드로 고용해 주셨으면 좋겠습니다."

가이드?

이 역시 부담되기는 마찬가지였다. 학교 축제 주점에서 억지로 티켓을 줘서 팔아오게끔 하는 느낌이랄까. 영 느낌이 아니다.

사실 이 한국말 그럭저럭 잘 하는 일본인 여성의 제안이 슬슬 부담스러웠다. 결국 구직활동이었다. 제법 미인이긴 했지만, 돈과 관련된 문제에서 고민을 같이 나누고 싶진 않았다.

내가 저 은행원 형님처럼 돈을 허투루 쓸 만큼 부유한 향락객도 아니고, 당장 오늘 묵을 곳을 호스텔로 할 지 변기가 바로 침대 옆에 붙어 있는 1성 호텔로 해야 할지를 고민해야 할 처지의 배낭여행객이다.

"제가 돈이 그렇게 많은 편이 아닙니다. 가이드는 돈이 없어서 무리겠어요."

"다행히 로마행 표는 예약한 것을 출력하기만 하면 되어서 로마까지는 무리 없이 갈 수 있을 것 같습니다. 절대 금전은 대가로 안 받을 겁니다. 그냥, 화장실에서 쭈그려 잘 테니까 잠잘 곳만 조금 부탁드려도 되겠습니까? 로마는 가보셨습니까?"

"잠을요?"

"혹시 호스텔 말고는 묵으실 계획이 없으십니까. 저가로 묵을 수 있는 방도 있지 않을까요. 2인이 기본이니까⋯⋯. 계획을 변경하시게 되어 대단히 죄송합니다만 가이드 열심히 하겠습니다."

"아니 뭐 꼭 그런 건 아닌데."

프랑크푸르트에서 묵어보긴 했지만 호스텔은 그다지 선호하는 잠자리는 아니었다. 그렇게 맘에 안 드는 곳에서 억지로 묵은 뒤 내 여행 신조는, 거지같이 여행하더라도 쉴 때는 제대로 쉬자가 되었다.

호스텔이 저렴하기는 해도 아주 유명 관광지가 아닌 이상에야 요 근래엔 겨울 비수기이기도 해서 찾아보면 특가, 저가 호텔을 심심찮게 찾아볼 수 있었고, 호스텔과는 비싸봐야 10유로 이상 차이가 안 나거나 심지어 더 저렴한 곳도 몇 곳 보였다. 또한 이런 방들은 기본이 2인 투숙이기에 둘이 묵나, 한 명이 묵나 값은 차이가 안 났다. 뭣보다 당일치기 예약이다 보니까. 언제 정해도 문제가 되지 않아서 홀가분하기도 했다. 어제만 해도 38유로 정도에 마테라, 사씨 지구의 동굴호텔에서 묵고 나오는 길이다.

그래도 로마에 가면 호텔 말고 한인민박도 가볼까 하고 생각 중이었던지라, 약간 머뭇거리고 있었는데, 갑자기 시오리가 나지막하게 내 귓가로 속삭였다. 일본말이었지만 알아들을 말이었다.

"제발 부탁드립니다. 안 그러면……."

그때 웬 아저씨, 등산객 옷을 입고 낚시모자를 쓰고 카메라를 목에 건 제대로 관광객 같은 동양인 아저씨가 갑자기 이쪽으로 끼어들었다. 만화에서 본 것 같은 이미지의 중년 아저씨였다.

나는 배경처럼 두고서 시오리에게 말을 걸기 시작했는데. 일어를 들으면 일단 뭔 뜻인지는 아는 내가 듣기로 매우 징그러웠다.

아마 일본사람들은 아주 친하지 않는 한 상대의 이름을 함부로 부르지 않는 것으로 안다. 그런데 이 아저씨는 시오리짜응. 하는 묘한 말투와 함께. 돈도 주고, 호텔도 좋은 곳에서 고용해 준다고 말하고 있었다.

가이드는 괜찮고, 가이드 대신에 어. 음 내가 제대로 들은 게 맞나? 메이드? 오나홀? 재밌는 거 하자고? 정확히는 못 알아들었는데. 시오리 더러 메이드로서 자기 오나홀이 되어달라는 매우 저질스러운 이야기를 하고 있는 것 같았다.

나는 일순간 이거 뭐 유럽에서 찍는 AV촬영현장인가 싶어서 어리둥절해 했지만, 시오리의 질색하는 표정을 보니 이건 역시 성희롱이나 다름없다 싶어서 그녀의 어깨를 휘감으며 내 쪽으로 잡아당기며 껴안았다.

"앗."

시오리가 흠칫하며 몸을 곤두세웠지만, 이내 오히려 내 배를 양 팔로 감싸 안았다. 서로 겨울옷들이라 완전히 안기는 어려웠겠지만.

그러자 그 중년 아저씨는 나한테 일본말로 뭐라고 따지는 거 같았는데. 가볍게 가운데 손가락 세우고 돌아섰다. 욕은 내가 알아들을 건데. 욕은 안 했다. 욕 대신 비유로 뭐라고 하는 것 같은 기분은 들었다만.

하지만 완전히 정확한 상황파악은 되지 않아서 물었다.

"무슨 일이죠?"

"아까 저분한테도 도와주시겠습니까, 했는데…… 그냥 도와주겠다더니 여기서만 애인을 하자고 하다가 그건 싫다고 하니까 가이드 말고 하녀처럼 따라달라고…… 돈이랑은 다 준다고 그래서, 일단은 싫다고 했는데도 자꾸 저러셔서, 우선 역에서 나왔는데 마침 당신이 보여서, 이렇게 도움을 청한 겁니다."

아직은 저 이상한 변태 아저씨가 말이 들릴만한 거리에 있기 때문인지 대부분 좀 발음은 안 좋지만 한국어로 이야기했다. 놀라서 물었다.

"한국말은 어디서 배웠는데요. 꽤 잘 하는데요?"

"사실은 한국에서 유학 중에, 부모님 몰래 용돈 모으고 알바를 해서 몰래 온 것입니다."

"아, 그랬군요."

그렁그렁한 눈망울에, 이상한 아저씨에 대해 경계심이 있는 걸로 봐서는 방을 같이 쓰자는 말이 이상한 의도는 아닐 것 같았다. 정말 돈이 필요했다면 저런 아저씨가 준다는 돈이라고 마다하진 않았을 테니까.

그리고 만약 여기서 내가 도와주지 않아서 계속 발만 동동 구르게 놔두면, 저런 아저씨와 같은 사람을 또 안 만난다는 보장이 없었다.

저 아저씨처럼 대놓고는 안하더라도, 적당히 그런 것 안 한다고 꼬드겨서 데려간 다음에 어찌 당할지 알 수 없지 않은가? 남자놈들은 믿을 수가 없는 법이다.

나라고 남자가 아니냐고 묻는다면, 나는 근 수 년 간 나를 좋아했던 여자아이가 발하는 나랑 잘래? 하는 신호도 믿음과 신뢰로 참아 넘겼던 사람이라고 답하겠다.

"좋아요, 음 그럼 제가 고용할게요."

"앗, 정말인가요?"

"예. 말이 통하셔서. 괜찮을 것 같네요."

"고맙습니다. 정말 고맙습니다."

키 작은 여자아이가 와락 껴안아주면서 발을 구르며 동동 뛰는데 몸이 같이 들썩이는데 왠지 나도 신이 나는 기분이었다.

바리에서 1박 하기로 했다.

다행히 30유로가 넘지 않는 돈으로 역과 가까운 3성급 호텔 더블룸을 잡을 수 있었다.

시오리는 바리 중앙역에서 다음 날 로마 테르미니 역까지 가는 기차표를 여행 출발 전 인터넷에서 이탈리아 철도청의 슈퍼 특가 광클로 확보해 놓은 상태였다. 구매이력이 있어서 표를 다시 사지 않아도 된다는 것 같았다. 하지만, 슈퍼 특가로 환불이 안 되는 표다 보니까 내가 맞춰 줄 수밖에 없었다.

뭐, 솔직히 조금 불편한 건 사실이었지만 좋은 일 하는 셈 치자고 생각했다. 그래도 귀여운 외모의 동행자를 얻을 수 있었고, 행여나 그 귀여운 아가씨가 도움을 받는답시고 나 말고 이상한 사람들과 함께 하다가 오히려 더 도움을 필요로 할 일을 당할지도 모른다는 걱정 때문에 이후 여행일정이 내내 찝찝해지는 것보다는 훨씬 나았다.

일단은 가이드랍시고 시오리는 이 근방의 마테라와 알베로벨로 등의 여행지를 설명했는데, 이미 가봤지만 가본 적 없는 척 맞장구만 쳤다.

시오리는 크로아티아 두브로브니크 항에서 출항하여 야간페리에서 잠을 자고 아침에 도착했다가, 아침나절부터 동승했던 이민자로 보이는 3인조에게 강도를 당한 상태였다.

이런 변수가 없었다면 아마도 여행의 목적지를 알베로벨로 정해놓은 것 같았다. 계속해서 그곳이 좋다고 입에 침이 마르도록 설명하고 있다.

한번 떠보았다.

"본인이 가보고 싶은 건 아니고요?"

"아니아니아니오. 절대 그런 건 아닌데, 보통 여기는 그쪽을 가려고 오거나 하지 않습니까?"

간단한 회화는 한국말을 하고 어려운 것만 일본말을 하는데, 내가 적당히 맞받아쳐줄 소양이 있으니 신이 나서 한국말로, 일본말로 번갈아가며 비슷한 말을 두 번씩 했다. 서로 상대방의 언어가 완벽하진 않아도, 섞어 섞어 이야기하면 의사소통에 크게 문제가 없었다.

예약은 했지만 호텔 체크인 시간도 남았다. 어차피 시오리는 하루를 때워야 했고, 나까지 뜬금없이 여기에서 하루를 더 지내게 됐다. 이 인근 남부를 돌아다니던 은행장 형님에게 추천받은 장소는 많았지만, 걸어가기에는 멀고 교통편도 몰랐으며 그다지 끌리지도 않았다.

반면에 알베로벨로는 사철로 4유로 정도였고, 그렇게까지 비싼 곳은 아니었던지라 모른 체 그냥 한 번 더 가보기로 했다.

"그러면 가이드 해주신 대로 알베로벨로 가보죠. 트룰리에선 아마 비싸서 못 묵겠지만."

"네, 거기서 묵고 나왔다간 아마 로마로 가는 시간도 늦을 것 같습니다."

사철 표를 끊는 것은 10유로짜리를 내고 내가 알아서 두 장을 뽑을까 했다. 그런데, 시오리가 기어코 자신이 갖고 있던 돈을 내밀어 따로 계산을 했다.

듣기로는 100유로도 없다고 아는데…….

출국일까지 아직 열흘 가량이 남았고, 로마와 출국할 베네치아까지의 교통편이 미리 마련되어 있다는 이야기도 듣지 못했다. 아마 거기서부터는 생돈을 내고 표를 끊어야 하는 것 같은데, 괜찮으려나 모르겠다.

아마도 숙소만 해결된다면, 고칼로리 티라미수 같은 것만 먹으면 어떻게든 버틸 수 있다는 심산이 아닐까. 그런꼴은 사람으로서 봐줄 수 없어서 일단 여기선 내가 내준다고 했지만, 극구 고개를 저으니 어쩔 도리가 없었다.

결국 시오리와 알베로벨로 트룰리 마을을 다시 갔다. 여기를 하루 만에 다시 오게 될 줄은 몰랐네.

여하튼 트룰리 마을을 둘러보면서 연신 스고이 스고이 혼자서 감탄사를 내지르며 기뻐하느라 가이드는 뒷전인 시오리를 보며 뒤에선 그냥 웃었다.

문득 정신이 들었는지, 갑자기 뭐라 뭐라 가이드를 열심히 하려고 했지만, 솔직히 발음이 어눌해서 그 어눌한 발음 듣느라 웃기다.

"실례지만 사진 좀 찍어도 되겠습니까?"

"아 사진요? 아. 음. 네."

"휴대폰도 잃어버려서 크로아티아 사진은 모두 날려버렸습니다."

한참 들떠있다가 급 시무룩해 하는 것이, 마치 어른에게 혼난 어린애 같았다. 체구가 큰 편이 아니라서 더욱 그랬다.

나는 휴대폰을 두 개 들고 왔다. 로밍이 된 휴대폰과 현지유심

을 쓰는 휴대폰을. 둘 다 카메라 성능은 괜찮았다. 덕분에 혹시
모를 도난을 대비해서 폰카를 찍을 때마다 신경써서 두 장씩 찍
어왔다.

그래서 일단 시오리에게 폰을 하나 주었다.

"이걸로 찍어요. 여기서 이렇게 누르면 찍어져요."

"아, 넵! 감사합니다. 같이 찍으시겠습니까? 아님 찍어드릴
까요?"

"아뇨 나는 됐어요."

나는 어제 셀카를 이미 확보해서 괜찮았다. 요즘 휴대폰들은
셀카 기능이 좋아서, 셀카로 찍어야 더 잘생기게 나오니까.

모처럼 이것도 인연이니, 나중에 모국으로 되돌아 갈 때쯤엔
연락처 정도는 얻어서 저 사진들을 보내주는 것도 괜찮겠다는
생각을 했다.

헌데 시오리는 갑자기 심각한 표정으로 내 앞에 와서 섰다.

"지원 씨?"

"어, 예 왜요?"

"혹시 어제 왔었습니까? 알베로벨로 마을."

"……예? 아, 아닌데? 안 왔었는데요."

"거짓말쟁이네요. 저 어제 찍으신 지원 씨 사진 봤습니다."

순간 아뿔싸, 싶었지만 원래 거짓말을 했을 때는 다른 꼬투리
를 잡아서 양비론을 펼치는 게 제일 나았다.

"어, 누가 맘대로 제 사진 보라고 했죠?"

"아…… 죄송합니다. 정말 죄송합니다."

오히려 역으로 살짝 성을 내니까. 시오리는 화들짝 놀라서 양손을 모으고 고개를 꾸벅꾸벅 숙이면서 인사했다.

죽을죄를 진 것처럼 저러는데 좀 과도한 사과 같아서 이내 얼굴표정을 풀었다.

"그냥 또 오고 싶어서 왔는데요 뭘. 트룰리마을이 예뻐서. 그리고 뭐 크게 이상한 사진 찍은 것도 없으니 얼마든지 보셔도 되요."

지아랑 찍은 사진이 좀 걸리긴 하지만 그것까지 확인했어도 별로 화날 일이야 없었다.

그렇게 알베로벨로 마을 구경을 마치고 바리로 돌아가는 사철을 타려고 역사에서 표를 사려는데, 이번에는 어째선지 나보다 먼저 쪼르르 달려갔던 시오리가 내게 사철의 표를 내밀었다.

"아, 이걸 왜 사셨어요?"

"저 때문에 또 오신 것 같은데. 받으셔야 합니다. 반드시."

하나도 안 무서운데 입술 지그시 깨물면서 두 눈 치켜뜨고 노려보고 있어서 더는 거부하지 못하고 표를 받았다.

왠지 시오리의 자산 상태가 내 머릿속에 차트로 그려진다. 오늘 일정으로 마이너스 12유로. 앞으로 열흘이니 대략 1일 10유로로 버텨야하고, 거기다가 로마-베네치아 표는 없기까지 하다.

그런데도 듣자하니 피렌체도 꼭 가보고 싶다는데, 저러다가 나중에 관광지 입장권이나 베네치아에서 공항으로 가는 공항철도는 또 어찌 타려고?

바리로 돌아가 호텔에 체크인 했다.

시오리는 뭔가 죄라도 지은 듯이 쪼르르 내 뒤만 따라왔다. 방은 트윈룸이었다. 지아와 묵으며 더블룸과 트윈룸의 차이는 확실히 알았다.

알게 된 이후로 지아와는 쭉 트윈룸을 썼다. 잠은 별개였다. 부부는 아니니까.

더블룸에서 침대 하나만 쓰려다가 시트가 흠뻑 젖어서 잠자기 찝찝해진 상황도 겪어봤고.

그렇게 방에 도착해서 문을 닫고 나니, 나야 크게 별 생각 들지 않았지만 시오리는 갑작스럽게 굉장히 어색해했다.

"트윈룸이네요. 비싸지 않았습니까?"

"아뇨. 더블룸이랑 가격이 같던데요."

사실 1유로 정도 비싸긴 했다. 말하진 않았지만.

"저는 방바닥도 괜찮습니다."

"침대가 두 개인데 굳이 그럴 필요 없죠. 쓰세요."

"정말 감사합니다."

나는 일단 지아 녀석과 있을 때는 다르게 조금 신경을 쓰면서 편한 옷으로 갈아입었다.

반면 시오리는 그냥 외투를 벗는 것만으로는 곤란했다.

아마 옷도 다 털렸으니. 갈아입을 옷도 없는 것이다.

드레스코드는 한국인 같았다. 한국에서 유학중이라더니, 상의로는 후드티를 입고 아래로는 여성의 다리 라인에 잘 맞는 바지를 입었다. 바지가 지퍼식인지라 불편해 보였다. 하지만 나와는 다르게 활동복은 없었다.

"옷은 안 불편해요?"

"네, 하나도 안 불편합니다. 이렇게도 잘 잡니다."

나야 전투화 신고 방탄모 베고도 자는 경험을 해봐서 졸리기만 하면 복장은 관계가 없다는 것을 뼈저리게 깨달아 본 사람이지만, 지금의 시오리는 왠지 보는 내가 다 불편했다.

"뭐라도 같이 먹을래요? 저녁은."

"아뇨 저 다이어트 합니다. 몸에 가진 지방으로 버틸 수 있습니다."

낮에도 알베로벨로에서 아무 것도 먹지 않은 걸로 알고 있는데……

거기다 큼지막한 코트에 덮여서 확연히 드러나지는 않지만, 다시 봐도 몸집이 작다. 어제 복대를 열려고 옷을 들췄을 때 보였던 뱃살도 손으로 잡아 늘이지 않으면 집힐 것이 없을 것 같았다. 내가 여자 배에 대해서는 최근 지아 녀석 배를 몇 번 만져봐서 아는 척 할 정도는 된다.

필요한 칼로리는 적을 것 같기는 한데. 적어도 더 뺄 살은 어디에도 없어 보였다.

"그래도 같이 나가서 뭐라도 식사 하시죠?"

"정말로 괜찮습니다. 정말입니다."

"혼또니?"

"혼또니."

"리얼리?"

"리얼리."

고집이 쇠심줄이었다. 온갖 나랏말로 같이 가자 몇 차례 권해도 극구 고개를 저으니, 별 도리 없었다. 혼자 먹기도 그래서 그냥 나도 저녁은 굶기로 했다. 이러면야 살은 빠지겠지. 사실은 나도 요새 뱃살이 신경이 쓰였다.

나도 이 나이 먹고 별로 뱃살이 신경 쓰일 것 같진 않았는데, 매끈한 지아 녀석의 11자 복근에 닿으며 출렁거리다가 놀림을 받아서……

끄응. 그래도 굶고 자니 몹시 주리긴 하네.

한편으로 기껏 호텔방을 잡고 호스텔처럼 지내는 게 안 불편한 건 아니었다. 생리현상을 시원하게 뿜을 수 있나, 옷을 쉽게 갈아입을 수 있나. 어제저녁은 결국 배낭에 넣은 당보충용 초코바로 때웠는데. 이런 것을 먹는 것도 조금 눈치가 보였다.

아담한 일본 여성과의 여행은 로망이긴 했지만, 그렇다고 불편한 점이 없는 것은 아니다.

아침에는 5유로에 먹을 수 있는 가벼운 호텔 조식을 먹을 셈이었다.

커피와 빵, 과일과 씨리얼 등. 유럽식 아침식사였다. 어제 저녁을 걸렀기에 이건 먹어야 4시간은 타야 하는 로마행 기차에서 버틸 수 있겠다 싶어서 가능한 한 먹을 심산이었다.

그래서 조식을 같이 먹자고 권했더니 시오리는 완강히 거부했다.

"아니오 괜찮습니다. 정말 괜찮습니다."

지금까지 굶으면 하루 종일 굶는 거 아닌가.

설마 열흘간 아무 것도 안 먹고 여행할 계획인 것은 아니겠지?

나는 뭔가 내가 방에서 나간 사이 시오리가 세면대 개수대에 입을 대고 수돗물을 마시면서 배를 채울 것 같다는 상상을 하면서, 한편으로 아직도 그녀를 완벽히 신뢰하진 못해서 지갑과 여권을 직접 챙겨 나왔다.

그렇게 소소한 짐이 든 작은 크로스백을 하나 매고 조식쿠폰을 끊어 빵과 햄, 그리고 치즈와 과일, 커피머신과 씨리얼이 있는 조식뷔페를 둘러보았다

3성 호텔임에도 뮌헨의 4성호텔 조식보다 빵 종류가 더 다양했다. 가격도 저렴했는데. 이탈리아 조식과 독일, 체코, 오스트리아의 조식의 다른 면을 확 느꼈다.

별이 낮기 때문인가. 그릇을 알아서 반납해야 하는 구조였다. 그리고 유독 나만 일찍 일어난 것인지 별로 사람이 없었다.

식사를 하다 보니 아무래도 시오리가 맘에 걸렸다. 정말 쫄쫄 굶고 있는 건 아니겠지?

나는 슬쩍 눈치를 보면서 요거트와 빵 몇 개, 잼과 바나나를 챙겨 담았다. 맨손을 거쳐서 가방에 들어가니 음식 취급 치고는 좀 더럽다 싶었지만 그래도 챙겼다.

다녀오니 욕실 겸 화장실 문은 잠겨있고 물소리가 났다.

시오리는 어제도 일단 샤워는 했는데, 옷가지는 욕실에 들고 들어갔었다. 뭐 어제 초면인 남자와 함께 있으니 이는 당연한 일이다.

헌데 오늘은 욕실 바깥에 그대로 벗어놓은 옷가지가 있었다. 아무래도 내가 아침을 좀 오래 먹을 거라 생각한 모양이다.

뭐, 느긋하게 먹을 수도 있긴 했지만 그랬다간 사람이 많아져서, 음식 챙기기 힘들까봐 잽싸게 왔지…….

어제의 알베로벨로는 날씨가 좋아서 외투는 벗고 돌아다녔었는데, 욕실 바깥에 놓인 옷가지 사이로 시오리가 쪼그려 앉을 때, 바지 뒤로 슬쩍 보였던 그 속옷이 보였다.

캐리어를 도난당하면서 옷가지도 잃어버렸을 터이고, 뭐 내 팬티나 속옷을 빌려 줄 수 있는 것도 아니니. 속옷을 갈아입을 수는 없어 보였다.

그치만 지아 녀석이 말하기를 여자는 분비물이 좀 더 많아서 더 자주 갈아입어야 한다는데. 아무래도 유별나게 그 녀석만 그러는 것이 아닐까. 싶은 생각은 좀 있었지만.

아직까지 한 명 말고는 여자를 잘 모르지만, 그래도 지아 녀석은 좀 과했다. 도중에 흐르는 게 말이다.

딸칵.

"죄송합니다."

문득 샤워기 소리가 끊기고 시오리가 문을 아주 살짝 열고 팔만 뻗어 제 옷가지를 챙겼다. 틈새로는 아무 것도 보이지 않았다. 팔만 빼꼼 나왔으니.

시오리는 예의 어제 그 옷을 그대로 입은 채 나왔다. 몸에 물기가 좀 남아서 옷이 젖어보였다. 하지만 역시 옷도 저것뿐이리라.

그런 그녀에게 나는 호텔조식의 전리품을 내밀었다.

"혹시 이거 드실래요?"

"아. 먹어도 되는 겁니까?"

젖은 머리를 닦으며 조금은 나를 경계하던 눈빛이던 시오리는 누텔라쨈과 크루아상을 보더니 곧장 눈매가 서글서글해졌다.

"네."

"정말, 정말이지요? 혹시 사 오신 겁니까?"

"아뇨, 남은 것 챙겨왔어요. 욕심내서 너무 잔뜩 쌓았네요. 어제 저녁을 굶었더니."

"아, 하. 그렇다면 남겨서 버리는 것보다야 낫겠습니다. 잘 먹겠습니다!"

그 허락이 떨어지자마자 무섭게 시오리는 몇 날은 굶은 사람처럼 −뭐 어제 하루 종일 굶은 것 같긴 했지만− 먹어치웠다. 입가에 빵부스러기며 스푼 없는 요거트를 들이마시면서 죄다 먹어 없앴다.

그걸 보며 앞으로는 조식불포함 최저가 숙소는 피해야지, 라고 생각했다. 어차피 스마트폰은 나만 가지고 있으니까. 아마 시오리가 내가 잡는 호텔 숙소가 최저가인지를 확인할 방법은 없을 것이다. 숙소에 식사가 포함되어 있으면 먹겠지.

체크아웃 후 역으로 갔다. 시오리는 원래 예약된 좌석이 있었고, 나는 패스로 약간의 예약금만을 내고 로마행 기차표를 끊었다.

"반드시, 기차표 펀칭을 해야 합니다."

이탈리아는 기차에 오르기 전에 기차표를 펀칭머신에서 펀칭을 해야만 정규승차권으로 인정받는다. 그렇지 않으면 표를 사고도 부정승차가 된다.

하지만 나는 이미 그 정도 정보는 알고 있었고, 이탈리아 알프스에서 반도 장화 굽 부분까지 내내 노선을 검색해가면서 환승해서 온 사람이다. 도리어 펀칭을 해야 하는 건 저쪽이지 않을까.

표를 잃었지만 다행히 예약 내역으로 역에서 표를 다시 받은 시오리는 내게 펀칭을 해야 한다며 가이드를 했는데.

막상 펀칭 머신을 못 찾았다.

이탈리아 국기 색으로 생긴 머신과 노란박스가 혼재된 역에서 쩔쩔매는데. 나는 본인이 가르쳐 준다고 하니 모른 체 하고 있었다. 당연히 이탈리아 국기 색인 초록, 하양, 붉은 색이 조화된 펀칭머신이 펀칭기계다.

아무리 봐도, 느리긴 하지만 12기가를 유럽대륙에서 사용할 수 있는 유심을 박은 스마트폰 검색이 가능한 내가 정보가 딸릴 이유가 없는데. 애쓴다.

특히 기차표가 우리나라에서도 볼 수 있는 영수증처럼 생긴 긴 종이표, 그리고 카드 정도의 크기인 작은 표로 나와 그녀의 기차표가 달랐는데, 사람들이 하는 것을 보고 어찌어찌 펀칭기계를 찾은 시오리는 제 큼지막한 기차표는 펀칭을 쉽게 했지만 내 작은 기차표는 어찌 해야 할지 당황해하고 있었다.

아주 잠시 그 당황한 모습을 구경하다가 피식 웃으며 결국 내가 직접 펀칭했다. 물론 이탈리아 기차만 사철을 제하고도 몇 번 환승해서 탔으므로 별 문제가 없었다. 작은 표는 왼쪽 끝으로 붙여서 집어넣으면 펀칭이 된다.

"아……."

이 어설픈 가이드 여성은 볼을 붉히고 제 볼을 매만졌다.

슈퍼 이코노미로 끊은 특가좌석과 유레일 패스로 끊는 열차 좌석은 서로 유리되어 있어서 승차할 승강장도 다르기에, 일단 같은 객차에 올라 탄 뒤에 로마에서 다시 보기로 하며 떨어져 앉으려 했다.

그런데 시오리는 쪼르르 달려와서, 결국 마침 비어있던 내 옆 자리에 앉았다. 왜 그러냐고 물어봤지만 그것에 대해서는 코멘트를 하지 않았다.

이윽고 독일기차보다는 덜 깐깐해 보이는 승무원이 다가왔다 느슨할 것 같다는 편견이 있는 이탈리아지만, 철도청 승무원은 단호하기는 독일승무원 저리가라였다. 표야 정상 표였지만, 자리가 확연히 달랐다.

그런데 영어도 못하는 시오리가 내 팔을 살짝 잡아끌자, 승무원은 씨익 웃으며 일단은 별 말 없이 넘어가주었다.

팔짱이라도 낄 것처럼 내 팔을 잡아당기자 살짝 묘한 기분은 들었지만, 헛기침만 하고 말았다.

다행히 기차여행은 순조로웠다. 누가 와서 여기 자리가 내 자리요 하는 경우도 없었고. 기차 연착이 185분 된 것 빼고 말이다. 괜히 악명이 퍼진 건 아니리라.

로마의 숙소는 움직이기 편하도록 큰 기차역인 로마 테르미니 역 근처에 잡았는데, 동네 분위기가 전반적으로 후줄근하고 현지인 대신 아랍인, 중국인, 흑인들이 많은 구역이었다. 거리에선 지린내가 났다.

로마에서는 시오리와는 조금 다르게 여행했다. 로마의 랜드
마크인 콜로세움과 고대 로마의 도시유적인 포로 로마노, 팔라
티노의 통합권이 2일 사용 가능인지라 통합권을 산 뒤 시오리
에게도 빌려주었다. 그녀도 이 정도 호의는 감사하다며 거절하
지 않았다.

한 표로 두 명이 동시에 들어갈 수는 없으니 로마 고대 도시 유
적은 로테이션으로 구경하기로 했던 것이다.

그래도 그게 안 되는 유적지, 바티칸 대성당 박물관 같은 곳이
라거나 에서는 추가 지출이 있었다.

호텔을 조식포함으로 예약하니 시오리는 아침을 황제처럼 먹
고 점심 저녁을 굶는 전략을 사용했다. 조식불포함으로 싸게 할
수는 있었지만 어차피 나도 조식은 신청해야 했었으니…… 여
전히 혼자 식사 챙겨먹기 뭐했던 터라 나 역시 비슷한 느낌의 아
침은 황제, 저녁은 거지처럼 먹는 다이어트 식 식사를 거행해야
했다.

시오리가 내가 산 로마 고대 유적 통합권으로 콜로세움 등을
관람할 때. 나는 레오나르도 다 빈치의 흔적이 남아 있는 캄파
톨리오 광장이나 판테온, 트레비 분수 등을 구경하러 갔다. 그
렇게 로마 지도에 나와 있는 명소들은 대부분 찍고 이제 테르미
니역 근처의 숙소로 돌아오려는 와중에, 판테온 인근의 한 젤라
또 아이스크림 가게에서 익숙한 옷의 여자를 봤다.

시오리였는데. 그녀는 발을 동동 구르고 있었다.

어째서 똥 마려운 강아지처럼 저러는가 싶었지만 인근의 다른 동양인 여행객들이 쌀쌀한 날씨임에도 먹고 있는 젤라또 아이스크림을 부러운 듯 쳐다보는 걸 보니, 아무래도 젤라또 아이스크림이 먹고 싶은 모양이다.

나는 맛집을 구태여 찾아다니는 스타일은 아니었지만 여행 블로그를 쓰는 사람들이 입을 모아 로마의 젤라또를 먹으라고 해놔서 나도 슬쩍 눈길이 갔다. 하지만 시오리는 나보다 훨씬 더 젤라또가 먹고 싶은 모양이다.

나는 어쩌나 보려고 한 몇 분 지켜보다가, 끝내 포기하지 못하고 유로 동전과 센트를 만지작거리는 시오리의 모습에 헛웃음을 지으며 분주히 오가는 사람들 속에 섞여서 가게에 들어갔다.

그리고 세 가지 맛을 골랐다. 상큼한 걸 좋아하는 스타일이라 수박맛, 딸기맛, 복숭아맛을 골라서 컵에다 쌓아놓고 스푼을 담아 나왔다. 양은 좀 많은 편이었다.

"아, 지원 씨."

들고 나오니까. 그제야 날 발견한 모양이었다.

"아, 여기서 뭐하고 있어요?"

"아 다리가 아파서."

"하긴 지하철 안타고 여까지 걸었죠?"

"에, 네."

별로 대화가 이어지지 않았다. 이유는 그녀의 시선이 내가 든 컵 젤라또에 향해 있었으니까.

한술 떠서 먹어보니 수박 맛은 수박바 맛이 아니라 진짜 수박

맛이 났다. 뿐만 아니라 별 생각 없이 고른 딸기 맛도, 어설픈 딸기요거트바나 고깃집에서 후식으로 주는 향만 넣은 딸기아이스크림과는 차원이 달랐다.

젤라또는 난생 처음 먹어봤지만 기존에 먹던 아이스크림보다 상큼한 것이 내 취향에 꽤 잘 들어맞는 편이었다. 아까 보니 망고 맛, 청사과 맛, 쌀 맛 등등도 있었는데, 이거 다 먹고 나면 한 술 더 뜨고 싶은 느낌이다.

"여기 사람 되게 많네요. 그것도 우리나라 사람⋯⋯이 아니라, 한중일에서 오신 분들이 꽤 많은데요?"

"그게 저기. 그 우리 숙소 인근에 있는 데랑, 바티칸에 있는 곳이랑, 여기가 로마 삼대 젤라또 가게라고 합니다. 지원 씨는 이제 드셨네요."

말을 하면서도 내가 먹는 것에서 시선을 떼지 못했다. 눈빛은 나도 먹고 싶어, 한 입만 줘, 라고 연신 말하고 있었다.

달라고 하면 줄텐데.

하지만 처음 볼 때부터 느꼈지만, 시오리는 절대 신세지고 싶지 않다는 그 선은 넘으려 하질 않았다.

보는 그 자리에서 거절할까 싶어서, 한 개 더 챙겨 나왔는데도 손에 숨기고 있었던 분홍 스푼을 기습적으로 들려주니 화들짝 놀라 한다.

"드세요."

"저요? 아, 아니, 아니, 아니오. 괜찮습니다. 정말로 괜찮습니다."

고개를 아주 세차게 절레절레 젓는다.

방금까지만 해도 멍하니 서서 마치 누군가가 콘에 올라간 젤라또 덩어리를 바닥에 떨구면 강아지처럼 바닥을 핥을 기세였으면서 말이다.

이미 그 모습을 다 목격했으므로 놀릴까 잠시 고민했지만, 불쌍해보여서 기왕 하고 있는 김에 조금만 더 좋은 사람인 척 하기로 했다. 순순히 젤라또 아이스크림을 내밀었다.

"아유, 저 아이스크림 좋아는 하는데 많이 먹으면 배탈나요. 정말 괜찮으니 드세요. 마침 제가 시오리 씨 계신 거 먼저 봐서, 일부러 세 덩어리에 스푼도 하나 챙긴 거니까."

"배, 배탈이 나십니까? 장이 안 좋아요?"

"예, 그러니까. 좀 드셔주실래요. 부탁드려요."

"아 그런 거라면……."

그제야 허겁지겁 먹었다. 나는 뺏어먹을 생각도 없었는데 순식간이다. 그저께 조식을 가져다 줄 때에는 남기면서 나도 먹으라고 하더니, 이번에는 어느새 본인이 다 해치워 버렸다.

어찌되었건 이렇게 시오리와 만났으니, 나는 덜 구경한 셈 치고 판테온 등등을 한 번 더 돌기로 했다.

그렇게 관광을 마치고 숙소 인근으로 돌아와서 살짝 헤매다가 우연찮게 아까 시오리가 말했던 그 3대 젤라또라는 곳 중 다른 하나를 발견했는데……. 마침 수요일이라고 반값할인을 하자, 시오리는 아예 거침없이 들어가서 방금의 한을 죄다 풀었다. 한국말을 할 줄 아는 직원이 추천한 리쪼(쌀) 맛 젤라또는 정말로 밥맛이 났다.

　식사도 안 하고 돌아다녔으니 지금의 우리는 졸지에 젤라또를 연료로 움직이는 생체기계가 되어버렸다. 칼로리를 검색해보니 저것만 먹어도 밥 한 끼 수준의 칼로리는 충분히 나왔다.

　하지만 그 대가인지 시오리는 화장실을 들락거렸다.

　함께 여행한지 며칠이 지나긴 했지만, 어색한 남녀사이인지라 불편한 게 아예 없진 않았다. 예를 들면 저런 생리현상이라거나. 특히 화장실을 쓰는 문제는 첫날부터 떠나질 않았다.

　프랑크푸르트의 브라질 커플이 썼던 샤워기 페이크는 그녀도 쓰는 모양이었다.

◇

　로마 구경을 마치고 이탈리아 서남부를 훑은 다음에 시오리는 고속열차, 우리나라로 치면 KTX를 타는 대신에 기어이 무궁화호 급 지역노선을 타서 아슬아슬하게 피렌체까지 갈 수 있는 금액을 맞췄다.

　나는 패스가 있으니 먼저 빠른 기차로 가 계시라는 말도 들었지만, 이탈리아는 유레일이 있어도 고속열차를 타려면 예약비를 추가로 내야 해서, 나도 그냥 시오리가 기어코 알아낸 느린 열차 레지오날레로 같이 기차를 타고 왔다.

　이탈리아 아말피 코스트는 듣던 대로 상당히 아름다운 길이었고 그날따라 날씨도 맑았다. 지아 녀석과는 우중충한 날씨의 중

부유럽만 같이 보고 다녔었는데, 로마 남부는 왠지 로맨틱하다는 말이 들어맞았다.

남부를 구경하고 오는 길에 시오리가 사진을 보고 싶다 했다.

"예뻤어요. 사진, 사진 좀 봐도 될까요?"

"아, 보세요."

"여기서는 좀 치마도 입고 그럴까 했었는데……."

그러더니 사진을 보고는 매우 아쉬워하는 것이 보였다.

이탈리아 서남부 해안 쪽은 확실히 드레스코드가 예쁜 옷이 많았다. 일본인, 한국인, 중국인 많이 목격했는데. 이곳에서는 한국인 특유의 드레스코드인 등산복은 찾아보기 힘들고 젊은 여성들은 너도 나도 데이트에 어울리는 차림으로 사진을 찍어 댔다.

하지만 시오리는 벌써 며칠 째 후줄근한 그때 그 옷이었다. 내 옷을 빌려주자니 좀 컸고, 옷을 사준다는 건 내가 생각해도 오버였다. 사주는 건 둘째 치고 어차피 본인이 극구 거절할 것이다.

기본적으로 세탁도 추가요금이 드는지라 나도 가능한 한 빨리 마르는 속옷만 좀 남몰래 빨아 입는 정도인데 하물며 시오리는……. 그나마 요즘은 땀이 나질 않는 계절인 게 다행이었다.

남부 이후, 로마를 다시 거쳐 피렌체로 향했다. 이 시점에서 시오리의 비상금은 거의 바닥이 드러났다. 피렌체에서 이제 베네치아로 가는 기차표 정도를 겨우 구할 정도였다.

내가 더 잘 알고 3G의 힘으로 정보력도 뛰어났지만, 예의 상 가이드를 자처하는 시오리에게 피렌체에서의 일정을 물으니 시오리는 2박 3일 정도라 해서 그 정도로 호텔을 예약했다. 여기 호텔은 바리와는 달리 좀 비싸서 어쩔 수 없이 시설이 좋지 않은 곳을 골랐다.

그리고 피렌체 시내를 구경하기로 한 날.

당장 하늘을 보면 쾌청했지만 구글 날씨에는 왠지 구름과 비가 있었다. G7기상청도 가끔은 바보일 때도 있겠거니 하고는 대수롭지 않게 출발했다.

나는 첫날에는 우피치 미술관을 볼 계획이었다.

으레 하듯이 시오리의 표도 끊어 줄 테니 같이 보자 했더니, 로마 남부의 교통비로 거의 자산을 다 탕진한 시오리는 입장료를 흔쾌히 낼 사정이 아니었던 듯 로마 첫날처럼 방향을 달리하자고 제안했다.

로마에서도 이미 해봤으니 별 문제는 아니었고, 호텔포함 조식으로 하루 끼니를 때우는 시오리와 점심때에 같이 있으면 나도 왠지 식사를 하기가 좀 미안해져서 알아서 시내구경을 하게끔 두기로 했다. 그녀에겐 스마트폰이 없으니 몇 시에 숙소 앞에서만 만나자는 이야기를 하고 나는 우피치 미술관부터 천천히 구경했다.

"가이드는 나중에 해드리겠습니다!"

돈이 없어서 표를 못 사는 걸 알기에 딱하긴 했다.

이윽고 피렌체 기차역에 도착하니, 그녀는 남은 돈을 탈탈 털어 마지막 행선지인 베네치아 행 기차표를 샀다. 이제 정말 센트 몇 개만 남았다. 베네치아 공항을 가는 공항리무진 탑승비 정도만 남은 걸로 안다.

왠지 행여 무슨 일이라도 있을까봐, 여차할 때를 대비해서 긴급히 택시 잡아탈 돈 정도는 빌려줄까 싶어서 물었다.

"아, 그래요. 근데 비상금 정도는 있어야 하지 않아요?"

"아니오! 괜찮습니다. 이제 정말 돈 없이도 다 왔습니다. 감사합니다. 이따 호텔에서 뵙겠습니다!"

돈 준다는 얘기 더 할까봐 그런지 그녀는 도망치듯 자리를 떴다. 집안이 빚져서 망한 적이 있으려나. 왜 저리 빚지는 걸 싫어할까?

피렌체의 호텔은 위치도 시설도 그다지 좋지는 않았다. 카드키가 아닌 열쇠를 내가 들고 있었다. 나보다 일찍 들어갈 것이라면 시오리더러 갖고 있으라 했지만. 이 역시 그녀는 극구 거부해왔었다. 결국 호텔 열쇠는 내가 보관하고 있었다.

피렌체는 볼 것은 많았지만 명성에 비하면 생각보다 그리 큰 도시가 아니었다. 하루 둘러보니 관광지도에 나오는 명소는 대부분 찍었다. 좀 무식한 소리지만 이태리 명품 아울렛이 인근에 있어서 여자들이 쇼핑할 셈으로 좋아하는 것 아닌가 싶었다. 두오모 종탑에 올랐던 것으로 일정을 마무리 지었다.

시오리 덕분에 저녁을 먹지 않으니 점심 겸 저녁 식사로 피렌체에서 유명한 피렌체 티본스테이크를 먹으러 갔다. 1킬로나 되는 양이었지만, 어차피 고기뷔페를 가도 그 정도는 충분히 먹으니 별 문제 없을 것이라 여겼다.

유명한 곳인지라 자리가 테라스밖에 없어서 자릿세를 좀 더

내야 했지만 보람은 있었다. 패밀리레스토랑에 어머니 출타하신 한 덩어리 스테이크는 비교도 할 수 없는 큼지막한 스테이크와 하우스 와인이 가격대비 맛있고 저렴했다.

양이 많긴 했지만 어쨌든 고기는 누가 뭐래도 고기다. 거의 다 먹고 나서 뼈에 붙은 몇 점까지 갉아먹으려는데, 문득 밖을 보니 시오리로 보이는 여자가 매우 다급하게 어딘가로 가고 있었다.

혼자 밥 먹는 것이 부끄럽진 않지만 한창 배고파할 여자를 두고 혼자서만 스테이크 썰고 있는 건 미안했던지라 일부러 아는 체를 하지 않았다.

차라리 좀 같이 먹자거나 나도 먹고 싶다며 약간씩이라도 신세지는 것을 그동안 감수해왔다면 데리고 왔을 것이지만, 절대 그러지 않아서 나까지 덩달아 배고픈 여행이 되어 왔었으니 별 도리가 없었다. 어차피 지금 불러서 내가 사준다고 해봤자 절대로 고개를 끄덕이지 않을 것이고.

어쨌건 식사를 마치고 숙소인근에서 그녀를 기다렸다.

그런데 한 시간이 넘도록 오질 않았다.

하도 오질 않자 일단 호텔로 돌아갔는데. 그녀가 돌아온 흔적일랑 없었다. 애초에 열쇠는 내게 있었고, 그녀는 맡겨 둘 짐이 없어서 떠난다면 훌쩍 가버려도 되긴 하지만.

이때까지는 그냥 길을 잃었겠거니 생각을 했다. 가이드를 자처할 정도로 길을 잘 찾는 시오리였지만 가끔 실수할 수도 있겠지.

그런데 밤이 되어서 빗방울 소리가 들리기 시작할 때쯤 돌아

온 시오리에겐 뭔가 문제가 있었다.

시오리는 정녕 머리 풀어헤친 죄인처럼 머리를 축 늘이고 고개를 숙인 채. 어디서 비를 그리 맞았는지 물을 뚝뚝 흘리며 서 있었다.

나는 그녀에게서 물 냄새 외에도 묘한 향을 맡을 수 있었다. 암모니아 향이었다.

아니 그것을 넘어, 지린내였다.

어기적거리며 뒷걸음질 치는 것을 보며 나는 물었다.

"무슨…… 일이죠?"

"그게 그것이…… 화장실이, 유료……. 유료라서."

"유료라서요?"

"돈이, 돈을 낼 수가……."

너무나도 황당해서 나도 말이 잘 나오질 않았다.

유럽은 공용화장실이 거의 없었다. 있다 해도 죄다 유료화장실이었다. 50센트(약 650원)부터 심하면 1.5유로(약 2000원)을 받는 곳도 있었다. 길거리 지린내가 왜 나는지 알 것 같은 과한 자본주의였다.

나 역시도 유료화장실 조차도 못 찾아 강제로 요도를 닫는 발기파워로 견뎌가며 요도와 전립선 건강을 해쳐 본 적이 있어 상정 못 한 것은 아닌데. 막상 내가 아닌 시오리가 지려 온 걸 보니. 어이가 없었다.

고추만 등 놀려서 가리면 되는 남성과, 어쨌건 엉덩이는 노출해야 하는 여성의 차이인 건가. 피렌체에 관광객이 워낙에 많아서 골목골목 보는 눈이 많긴 하다지만 이 지경이 되기 전에 좀 임기응변으로 처리하지. 아니면 정말…… 비상금 좀 챙겨준다고 할 때 말을 듣던가!?

"그 돈이…… 없어요?"

"무료가 있다고, 있다고 알았습니다. 지도엔 분명……."

"아니 좀 비상금 정도는 빌려준다고 할 때 빌려요. 이 답답한 양반아!"

벌써 며칠간 시오리의 생고집에 배고픈 거 알면서도 보고픈 거 알면서도 눈 가리고 아웅 식으로 도와주었건만. 여기까지 아주 작은 도움조차 거절하고 기어이 참아대다가 단 한 벌 밖에 없는 옷을 버린 그 갑갑함에 순간 화가 났다.

"정말, 정말 죄송합니다……."

그렇지만 시무룩한 사죄를 들으며 더는 화를 내기도 그랬고…….

"들어오세요. 일단."

"그래도, 그래도 저도 화장실 사용료는 소액이라 그 정도는 괜찮지 않을까, 해서……. 찾아 다녔었습니다. 못 뵈었지만요."

"……."

고기 먹는답시고 그녀를 못 본 체 한 내 죄도 있는지라, 더는 뭐라 할 말이 없었다.

창밖을 열어보니 빗줄기가 거셌다. 겨울에 이 정도로 비가 내리다니. 역시 기후가 다른 유럽이라고 이해할 수밖에 없었다. 이런 와중에 바깥에 있다 왔으니, 시오리의 건강이 걱정이었다.

겨울옷은 두꺼우니 보통 비 좀 맞는다고 속옷까지 질척하게 젖기는 어렵지만, 지금은 다른 것과 함께 젖었으니……. 헛웃음이 나올 지경이었다.

"일단 벗어요. 어서. 감기 들라."

아마도, 지린 다음에 차마 지린 채로 들어 올 수는 없었던 모양인지라 다른 곳에서 발 동동 구르다가 마를 때쯤 호텔로 오려고 하다가 비까지 얻어맞은 것 같다.

비가 내리긴 하지만 겨울은 겨울이었다. 행여 독감이라도 걸린다면 큰일이다. 여행자 보험에서 일부러 돈을 타내려 하지 않는 이상.

하지만 시오리는 그러지 않았다. 문에서 움직이려고 들지도 않았다. 그저 젖은 외투만 젖어서 그 호텔 문 안쪽의 옷걸이에 걸었을 뿐이다.

비를 얼마나 맞는지 외투에 가려졌을 후드티도 젖어 있었다.

하긴 문간에서 벗으면 지금은 갈아입을 옷도 없으니 뻔히 알몸이 될 것이다. 내가 생각이 짧았다.

"잠깐 나가있을 테니, 어서요. 갈아입을 옷은 일단 내 옷 입고요. 기다려 봐요. 어차피 안에서 입는 거니까 속옷은 제가 지금 가서 사올게요."

"괜찮습니다. 마를 겁니다. 정말로 괜찮습니다."

"아니, 감기 걸린다고요. 사정이 이러니 옷 정도야 뭐."

"입고 있으면 마를 겁니다."

이건 심하지 않은가. 순간 머리끝까지 화가 돋았다.

나는 시오리의 젖어서 잘 분리도 안 되는 후드티를 가슴까지 올려 젖혔다. 안에 입는 이너웨어가 보였고 그 다음으로는 아예 그녀의 청바지 단추를 풀었다. 시오리의 다급한 손이 그것을 막았다. 하지만 내 억센 손이 먼저 그것을 내렸고, 그 젖은 청바지에 말린 속옷도 꽈배기처럼 꼬아져서 일정 부분 내려갔다. 벗겨지진 않았지만 골반과 엉덩이 쪽은 조금 드러났다.

"빨리, 따뜻한 물에 씻고. 젖은 옷 걸어놔요. 어서요. 입을 옷은 내가 욕실 문 앞에 놓을테니."

"안 됩니다. 옷까지 빌려 입으면서 민폐는……."

"싫으면 지금 당장 그냥 나가시던가."

손가락으로 문 밖을 가리키며 반 협박을 하자 그제야 시오리는 울먹이며 욕실에 들어갔다.

"어휴……."

나는 어찌되었건, 여행하다 본 것 같은 피렌체의 대형마트 등으로 가서 여성 속옷 등을 살까. 싶었다.

입으면 좋은 거고, 기어코 안 입으려 들면 노팬티로 어디까지 버틸 수 있나 볼 참이다.

그런데 밖으로 나와 보니 비가 생각보다 많이 왔다. 바람도 거셌다.

배낭의 공간 확보를 위해서 골라온 삼단 우산이, 펼치자마자 곧장 뒤로 까지더니 솟대까지 나가버렸다.

속으로 짜증을 내뱉으면서도 일단 달려 나갔는데, 일이 한 번 꼬이려니 끝이 없었다. 내 운동화마저 돌로 된 바닥의 틈새에 끼더니 그곳에 고여 있는 빗물에 푹 젖었다.

"아, 씨……."

욕이 절로 나왔다. 신발창으로 물이 샜다. 양말과 발가락이 차가웠다.

제대로 꼬였네. 큼지막한 옷들은 몰라도 나 역시 빨래를 상시할 수는 없는 상황인지라 있는 옷가지들을 돌려서 쓰고 있었다. 지아 녀석과 여행 도중에 쉬면서 가기로 한 고성호텔에서나 재정비를 할 셈이었는데, 젖어 버린 것이다.

심지어 신발은 이거 한 켤레다.

하지만 이미 젖은 것 어쩔 수 없고, 좀 멀지만 대형마트에 도착했다.

하지만 이곳의 사람들은 저녁이 길었다. 마트의 문은 닫혀 있었다. 몇몇 아직 불을 켠 화교 마트가 있었지만 여자 속옷 따위는 없었다.

그 외에 베키오 다리 인근의 명품샵 등등에 명품속옷 같은 거 있을까 싶어서 달려갔지만, 문 닫은 건 마찬가지였다.

삼단우산은 걸레짝이 다 되었고 결국 나도 비로 샤워한 꼴이 되었다. 외투는 그래도 방수재질이라 속의 티와 외투는 괜찮았지만 바지와 신발이 문제였다.

돌아오니 시오리는 이불을 몸에 두른 채 앉아 있었다. 입으라고 준 내 옷들은 곱게 개어져 침대에 놓여 있었다. 칼라 달린 니트와 겨울철의 하반신 추위를 막아주는 기모 든 타이즈. 여자가 입을만한 속옷이야 없었지만 적당히 몸을 가릴 수 있는 것들로 골라줬는데, 끝내 죄다 거부한 것이다.

그 꼴을 보니 이 비오는 날 괜히 나까지 온몸 다 적셔가며 난생처음 여자속옷을 사야 한다는 부담감도 잊은 채로 무턱대고 달려갔던 내가 바보 같았다.

결벽증이라도 있는 것일까.

하지만 그리 따진다면 저 이불도 이 방을 빌린 내 것이어야 맞다.

"어디를 갔다 오셨어요. 이렇게 비오지 않습니까."

그나마 벌떡 일어나 이불 질질 끌며 다가와서는 수건으로 내 젖은 머리를 닦아는 주려고 하니 누그러질 뻔도 했지만, 그 정도 행동으로는 진정이 안 될 정도로 이미 내 짜증은 머리끝까지 치솟아 있었다.

"그렇게까지 나한테 신세지기 싫습니까? 내 옷, 저거 프라하에서 딱 한 번 입은 니틉니다. 입으라고 했잖아요? 뭐 냄새라도 나요?"

목소리 톤을 높여서 혼내듯이 말하니 시오리도 당황한 듯 말을 떨었다.

"그, 그게…… 제가 입으면 따로 또 세탁을……."

"그런 거 필요 없이 그냥 입고, 나중에 내가 알아서 세탁을 할 테니까.

"세탁비도 들고. 제, 제 냄새가 밴단 말입니다."

고작 4유로에서 5유로 정도 하는 세탁비? 그래, 그럴 돈이 없겠지.

"님. 냄새가 뭐 어때서요? 내가 냄새났으면 이 방 안에 들였겠습니까? 정말이지. 누가 뭐 해달랬나? 내가 뭐 재워주면서 뭐라도 시키던가요? 호의를 좀 호의로 받아들이면 어디가 덧나냐고? 나와요. 씻을 거니까."

"화, 화 나셨나요? 왜, 비를 맞고."

"당신 입을 옷 사러 갔다 왔다. 왜? 이불은 잘 덮고 있네. 그거 이 방 빌린 내 거 아닌가? 그럼 이불도 내 거인데. 왜 덮지?"

"아……."

소리를 버럭 지른 다음에 밀치고 욕실로 들어갔다. 우선은 그나마 잘 나오는 온수로 샤워를 했다. 조금은 화가 난 머리가 식는 것 같았다.

그렇게 약간 진정된 채로 둘러보니 욕실에는 수건이 없었다. 게다가 내가 안 가져온 탓이지만, 시오리와 묵으면서는 속옷 등을 욕실에 가지고 들어와서 갈아입었었는데 그것도 없었다.

꼼짝 없이 우스꽝스럽게 알몸으로 나가야 하는 상황이었다.

팬티나 바지를 다시 입는 것도 정말 짜증나는 상황이었다. 젖었을 뿐만 아니라 흙탕물도 튄 것 같아서 팬티째로 벗어다가 물 흐르는 욕실 바닥에 던져놓고는 빨래도 할 겸, 발로 밟아놨다. 오죽 날 믿거나 하지 않는 시오리에 대한 분노가 남아서 이불빨래 하듯 거칠게 밟았다.

웃옷은 입고, 외투는 하체를 가린 뒤. 욕실 문을 여니, 잘 포개진 홈웨어와 수건이 놓여 있었고, 내 니트만 입은 채인 시오리가 무릎을 꿇고 정좌해 있었다. 그리고는 곁눈질로 내 눈치를 보며 얌전히 앉아 있었다. 엉덩이까지는 가려지는 겨울옷 하나만 입고 다리는 드러내고 있었다.

"잘못했습니다. 용서해주셔요."

"이젠 입네? 세탁비 주실 수 있으신가보죠?"

"……그럼 벗겠습니다."

"그러시든가. 바지는 또 왜 안 입었대."

"그건, 그, 여자라서. 속옷 없이 입으면 정말로 세탁해야 합니다."

"왜 세탁해야 되는데요? 그냥 입어요."

"이상한 게……묻습니다. 그건 안 좋습니다."

"이상한 게 뭔데요?"

알 것도 같았지만, 몸에 열이 오르고 머리가 달아올라서 굳이 별 생각 없이 물었다.

대답하지 못한다. 뭐 오줌일수도 있고, 사람의 하체는 새는 게 많으니. 그 외의 것일 수도 있겠지. 하지만, 그 대답 대신 시오리는 내 니트를 뒤돌아서 다시 벗기 시작했다.

"일단 다시 벗어 드리겠습니다."

"아, 아 됐어요. 입고 있으라고요!"

"제가 세탁비를 물, 그게 안 됩니다. 그 이상 신세질 수는 없습니다."

"거, 웃옷은 괜찮잖아요. 위에서도 뭐 묻을 거는 아니잖아."

무릎을 꿇고 있어서 보이지는 않았지만, 팔을 빼고 옷을 잡아드니. 무릎을 꿇어 잡아당긴 종아리에 닿아 있던 시오리의 엉덩이 틈새가 그대로 보였다. 이윽고 배까지 보이는 수준이 되니. 더는 내 옷 내놓으라는 소리를 할 수 없었다.

나는 내가 전혀 그럴 거라고 생각하지 않았는데 지아 녀석과 함께 한 방을 쓰면서 며칠 지내니까.

여자가 왠지 살짝 빈틈만 보이면 다짜고짜 내 고추 녀석이 하늘 향해 우쑥 솟는 것을, 덩달아 샘솟는 음심을 막을 방법이 많지 않았다.

시오리는 작은 몸집과는 별개로 드러난 엉덩이는 작지만 실했다. 살이 많지 않음에도 하체가 탱탱했다. 지하철 같은 교통을 이용하지 못하는 고로 엄청 걸었을 테니 허벅다리가 펌핑이 된 것일지도.

"그렇긴 하지만, 저는 입고 있을 자격이 없습니다. 고집을 피워서 옷도 버려왔고. 괜한 걱정을 끼쳐서 지원 씨 옷도 이렇게 다 젖지 않았습니까. 이제는 지원 씨도 마땅한 옷이 없지 않습니까. 입어서 말리면 더 잘 마릅니다."

설마 내가 화난 것 같아서 풀어주려고 입은 것이 아니었던 것인가. 그 겁먹은 것 같은 행동에는 귀여움을 느꼈지만 여전히 고집을 버리지 않는 걸 보니 화가 치솟았다.

"입고 있으라니까!"

팬티도 안 입었으면서 치마처럼 가려주고 있을 내 옷을 눈앞에서 벗는 패기는 어디서 나오는 건지 모르겠다. 나는 시오리가

목을 빼내고 내 옷을 벗으려는 걸 다급히 다가가서 말렸다. 그 사이 안 그래도 습기도 많고 씻고 나와서 물기도 많은 내가 바닥을 잘못 밟으면서 휘청이고 말았다.

서로 벗어 놓은 젖은 옷들이 한가득이라 바닥에 물기가 많았다.

나는 무게중심을 제대로 잡았지만 내가 붙들고 있던 시오리는 역으로 엉덩방아를 찧고 말았다. 방이 좁아서 넘어진다 하더라도 트윈룸 침대여서 다치진 않았고 그저 쿵했을 뿐이다.

노팬티로.

내 니트는 배꼽 즈음까지 걷어진 채였다. 정전기 꽤나 일으키게 생긴 의상이다보니 접힌 부분이 말려버리자 쉽게 내려오지 않았다.

잔털조차 없었다. 엉덩이와 허벅다리는 나름 튼실하고 살집이 있었는데. 분홍빛 실선과 그 살 아래 튀어나오려는 포동포동한 분홍의 그것이 입술을 앙다물고 있었다.

봤다. 그것도 여자 실사 보지를.

뭔가 몹시 민망한 상황이 되고 나니 오만가지 생각이 다 들었다. 하지만 나는 여전히 화가 완전히 풀리지는 않은 상태였기에 접힌 부분만 바로 내려주고 뒤돌아서서 내 캐리어에서 일단 내 옷들을 챙겨 입었다. 그러면서 경고했다.

"옷 벗으면 더는 안 참습니다."

"어떤 걸, 안 참으십니까? 내쫓나요?"

당연히 내쫓는다고 말해야 되는데, 시오리의 살빛과 매우 잘 어울리게 포동하게 부풀어 오른 털 없는 보지가 머릿속을 스쳤다.

전체적으로 상체나 팔뚝을 보면 마르고 볼품은 없는 몸매인데도 시오리는 하체가 몹시 발달해 있었다. 종아리나 허벅지가 두껍거나 알이 박혔다거나 한 건 아니지만, 골반이 넓고 허벅다리와 엉덩이에 살집이 있었다.

그걸 생각하니 얼굴이 새빨갛게 달아올랐다. 캐리어를 뒤져서 어떻게든 좀 사이즈 작은 드로잉사각팬티를 그녀에게로 건넸다. 그리고 말을 하지 않았다.

"이거라도 입어요. 어서. 바지도 일단 저거 입고. 또 안 된단 말 하면 진짜 내쫓는다."

"……네."

시오리가 내 남성 팬티를 입었다. 엉덩이와 허벅다리가 토실해보여서 맞을 지도 모른다고 생각했는데. 그녀가 그걸 입고 서는 순간. 다리 사이로 주르륵 내려가 버렸다.

"안 맞습니다."

토실해 보이는 눈대중과 달리, 역시 여자의 허리와 내 허리가 완전히 동일하진 않은 것일까. 아니면 남성용 팬티는 아무래도 뭔가 지탱할 것이 하나 더 있음을 상정하고 만들어져서 그런가?

"그렇다고 노팬티로 있을 수는 없는 노릇 아닙니까."

"입고 있으면 마를 거 같긴 합니다."

"저 팬티……. 벌써 일주일 넘게 입었잖아요? 여기 빨래비누라도 있었나."

"봐, 봤습니까?"

"씻으러 들어갈 때마다 맨날 거기쯤에다 벗어두고 들어가던데?"

"그, 그건 로마의 숙소가 욕실에 그걸 둘 장소가 없었습니다. 그리고, 캐, 캐리어가 없으니 어쩔 수가 없지 않습니까?"

"내일, 내가 한 벌 꼭 사줄게요. 제발 이제 갈아입어요!"

"내, 냄새 났습니까?"

시오리는 라지에이터에 말리고 있던 제 팬티를 집어서 코로 맡으려다가 그만두었다. 그림이 아무리 봐도 이상했다.

"아, 매, 매우 변태 같습니다. 내, 냄새가 났다면 정말 죄송합니다. 어쩔 수가 없었습니다. 더 세탁 하겠습니다."

"새 걸 하나 사준다니까. 정말. 그 정도는 괜찮아요."

"그걸 제가 돌아갈 때 벗어주고 가면 되는 겁니까?"

"아니오! 사람을 뭘로 보는 겁니까? 누굴 변태로 알아요? 내가 그런 사람이었어요?"

여자와 섹스를 좋아한다고 한다면 아니라고 부정할 수 없겠지만 입던 속옷 냄새 맡는 취향은 없다. 엉뚱해서 웃기긴 했는데. 그래도 이것만큼은 소리를 안 지를 수가 없었다.

오늘 내가 화를 내는 모습을 몇 차례 보았던 시오리는 눈을 휘둥그레 뜨고 고개를 푹 숙이더니 말했다.

"중학생 때, 몹시 혼나서 가출을 한 적이 있었습니다."

"뭔 소리죠?"

"갈 데가 없는데, 잘 해주던 오빠가 재워준다고 하기에 갔습니다. 그치만, 그냥 재워준다는 건 말 뿐. 나한테 바라던 건 명백히 섹스, 였습니다. 호감이 있던 오빠였지만. 그날이 무서워져서 더는 마음에 담아두지 않게 되었습니다."

"……흠."

뭔가 있었을 것이라 생각은 했지만 저런 사연이 있었구나.

"다행히. 별일은 없었지만. 그날 이후로 남자의 호의에는 분명 좋지 않은 속마음이 있다고 생각을 했습니다. 바리항에서 강도를 당하고 그 이상한 아저씨를 보며 그런 생각이 더 했고, 거기에 지원 씨도 그럴까봐, 정말 걱정을 했는데. 아무래도 제가 그때의 경험 때문에 너무 왜곡되어서 쓸데없는 의심을 했던 것 같습니다. 죄송합니다. 변태 아닙니다. 절대로 아닙니다."

오히려 시오리가 이렇게까지 아니라고 하니까는 내가 되레 반항심이 돋는다.

일단 아닌 건 아니니까.

시오리와 같이 다니면서도 지아와 같은 생각을 아예 안 한 건 아니다. 신뢰를 저버리기 싫어서 실천을 안 했을 뿐이지.

'야 솔직히 성인남녀가 한 방 쓰는데. 야릇한 생각 아예 안하고 온 건, 흡, 아, 아냐. 아흣!'

계획적으로 날 따먹을 생각이었음을 내가 자궁 가까이까지 쿡쿡 찔러 댈 때야 실토한 지아 녀석의 대사가 머릿속에 맴돌았다.

"제가 변태가 맞다고 하면 어쩌려고요?"

"에에, 변태, 였습니까?!"

휘둥그레 놀란 표정을 지어 보이던 시오리는 살짝 뒷걸음질을 쳤다. 하지만 약간만 물러선 채로 미소 지으며 오히려 본인이 고개를 저었다.

"아니었던 것 같습니다."

"뭐 팬티를 좋아하거나 그걸 쓰거나 냄새를 맡는 변태는 아니긴 하죠."

"제게 흑심이 있었다면, 정말로 변태라면, 로마에 묵을 때 거기 훔쳐보기 좋은 구조였습니다. 좁고, 방과 구분도 안 되어 있고 샤워 커튼만 있었잖습니까. 그때 계속 살펴봤는데. 아예 나가시거나 그냥 먼 산만 보셨습니다. 경계한 건 죄송한데, 저는 지원 씨 변태 안 같습니다."

실제로 로마에서 묵었던 호텔은 욕실까지 거의 일체된 일체형이었다. 혼자 쓰는 싱글룸에 애써 침대만 하나 더 박은 듯한 구조였다. 욕실이 따로 없고, 샤워부스와 그 부스에 치는 플라스틱 재질의 커튼만 존재했다.

흔히들 생각하는 여성 캐릭터 샤워 훔쳐보기가 충분히 가능했던 구조였다. 약간의 관심만 기울이면 실루엣은 물론이오 다리와 엉덩이를 모두 다 볼 수 있었을 것이다. 하지만 나는 그러지 않았었다. 그리고 시오리는 그러했던 나를 믿는 듯 했다.

하지만 오늘 나는 몹시 기분이 좋지 않았다. 저 말만 들어도 시오리가 그동안 나를 경계하였고 멀리하고자 하였던 것이 보였다.

경계를 했다고? 어떻게든 도와주려고 했던, 사심은 있되 흑심은 없었던 나를 믿는 듯 지금은 말하지만 당시만 해도 사실은 전혀 믿지 않았던 거다.

그것을 생각하니 다시금 괘씸한 생각도 들었다. 아까부터 괘씸해서 소리를 질렀지만 그나마 하는 짓이 귀여워서 누그러뜨리려던 거였다. 하지만 이제 아니었다.

"뭐 그때야 그랬는데. 지금은 팬티를 안 입은 상태잖아요? 사준다고 해도 거부하고. 그러면 내일도 노팬티일 텐데. 아니 적어도 지금은 그대로 노팬티로 자게 되지 않겠어요?"

어찌됐건 말 자체는 내가 새 속옷을 사줄테니 순순히 받으라는 식으로 몰아가려는 거였는데 음란한 생각이 자꾸만 머릿속에 침투했다.

내가 지금 방금처럼 시오리를 밀쳐 넘어뜨리고 발목을 붙들기만 한다면 그녀의 토끼의 오물거리는 볼 같은 토실토실한 보지를 다시 볼 수도 있었다.

"아, 지원 씨. 오늘 이상합니다."

내 분위기가 변한 것을 본 탓인지 시오리가 침을 꿀꺽 삼켰다. 내 눈을 피한 뒤. 그녀는 바닥에서 침대로 옮겨 앉았다. 그런 다음. 긴 내 옷 밑단을 잡고 엉덩이와 그곳 사이로 끼웠다. 마치 수영복처럼.

팬티가 없다는 것은 최후의 방어선이 없는 것과 같았다. 그 생각을 하니. 나도 시오리를 꼬드겼던 남자들과 별 반 다를 바가 없었다.

지아와 열흘이 넘도록 관계하며 한동안 몸의 엑기스를 죄다 뺐던 기분이었지만. 시오리와 다니면서는 자위조차도 불가능했다. 여자 맛을 실컷 보았던 자지는 여전히 그 시기를 잊지 못하고 있었다.

"내 옷인데."

"아, 죄송합니다. 지원 씨 옷이지요. 참. 아. 늘어나면……."

"그러게요. 내 옷인데. 이제 그만 입을래요?"

"그럼 이불은 써도 됩니까?"

"방을 빌려준댔지. 이불을 빌려준단 말은 그러고 보면 우리 계약에 없네요? 아까 보면 이불도 필요 없고 팬티도 필요 없고, 내가 빌려 준 옷도 필요 없다던데. 저 이제부터 그냥 진짜로 방만 빌려드려도 될까요? 빌려 준 옷 함부로 막 잡아 늘이는 거 보니까. 못 빌려주겠는데."

방금까지 내가 화를 내고, 우리 갈등의 이유였던 시오리의 극단적인 편집증을 물고 늘어졌다.

"아…… 아, 아, 으, 으. 음 벗어 드리겠습니다. 저기. 그런데. 아."

"왜요? 못 빌려주겠다는데. 내가 뭘 해주는 거 다 돈이니까. 그거 못하니까 어쩔 수 없다면서요? 그러니까. 애초에 처음에 비상금 빌렸으면 됐잖아요? 이럴 일 없었겠지."

"아, 알겠습니다. 잠시만. 아."

시오리는 안 마른 속옷을 입으려다가 축축해서인지 그냥 내려놓았다. 그런 다음. 내 눈치를 보며 뒤로 돌아서서 내 니트를 벗어놓았다.

엉덩이에 비해 몹시 잘록한 허리와, 좁은 어깨가 드러났다. 브

라가 있었던 자리에 눌린 자국이 있었다. 시오리는 뒤를 돌아보지 않은 채, 벽을 보며 엎드려 누웠다.

"침대는 빌려도 되겠지……흐앗!?"

제 딴에는 최대의 면적을 가리고 가급적 등짝만 보여 준 것이었지만, 그녀가 다리를 쭈그리며 앉을 때 슬쩍 벌어진 엉덩이 사이에서 분홍빛 외음부가 형광등의 조명을 받아 미끈한 무언가의 빛깔을 본 나는, 곧장 그녀의 발목을 붙들었다.

그러자 다리 사이가 그대로 열렸고, 앙증맞은 빗금이 있는 항문과 그 아래의 핑크빛 입술을 벌리고 있는 무모증 보지가 고스란히 내 눈에 와 닿았다.

그리고 입에도 와 닿았다.

시오리는 그게 닿는 순간 필사적으로 발버둥을 쳤다. 하지만 힘이 약했다. 발목 하나만 손으로 제압해도 나머지 발로는 침대를 두드리는 것이 전부였다.

"아, 아, 아, 저기, 저기 지원 씨. 뭐, 뭐하려는 겁니까?"

"솔직히 말씀드리죠. 시오리 씨. 당신 날 하나도 못 믿었어요. 그쵸? 돈을 빌려줘도, 밥을 사줘도, 표를 끊어주는 것도 대부분 거부한데다가, 듣자니 로마에선 나 경계하면서 씻었다고요? 어이가 없네요. 그리고 뭐 사주면 그것만큼 바라는 게 있을까 봐? 지금까지 이런 거죠. 그쵸?"

"죄, 죄, 죄송합니다."

"내가 옷이랑 빌려주고 팬티도 사준다고 했죠. 그래도 일주일 째 입은 저걸 다시 입어요? 별게 다 묻어 있겠네. 돈 다 떨어졌으니까 비상금 빌려 준다고 했죠. 근데 그것도 싫다고 하고는 유료화장실 1유로도 없어서 오줌 싸고서 그거 쪽팔려서 못 들어왔죠? 그리고 그렇다고 내 옷도 빌리기 싫어서 지금 나랑 있는 방에서 알몸으로 있다고 선택을 한 거죠? 그죠?"

"네, 네……."

"그런데, 당신 같은 젊은 여자가. 알몸으로 있는데. 같이 방 쓰는 남자가. 가만히 있는 게 당연하다고 생각해요? 로마에서도 눈치 보면서 경계했다면서, 지금은 행동이 오히려 그 반대 아닌가? 안 그래요? 이 오줌싸개. 피렌체 실금녀."

"아, 아, 아니, 아닙니다. 그, 그, 그치만."

나는 한숨을 쉬었다.

순간 욱하긴 했지만, 막상 겁먹고 당황해서 필사적으로 고개를 젓는 그녀를 보고 있자니 마음이 약해졌다.

이대로 선을 넘었다간 시오리의 경험담의 그 오빠나, 바리 중앙역의 중년 아저씨와 같은 짓을 해버리는 것 아니겠는가.

이제 이 정도로 겁을 줬으면 앞으로는 빌려주는 옷이나 내일 사줄 팬티도 기꺼이 받아 입고, 피렌체 곱창버거와 피렌체 젤라또도 같이 맛볼 수 있을 것 같아서 조건부로 그만두기로 마음먹었다.

"자, 남은 여정동안 내가 사주는 밥 같이 먹고, 내가 사줄 속옷도 입겠다고 약속하면 여기서 그칠게요. 별 생각 없이 도와주려고 같이 다녔는데 경계대상이었다는 소리를 들어서 순간 좀 화가 났어요. 이제 여정도 며칠 안 남았는데 그냥 맘 놓고 다녀요. 옷도 지금 입고, 정 뭐하면 팬티 대신 수건이라도 속에 두르고요."

"그, 그건 할 수 없습니다."

몸을 돌려 누운 시오리는 한 손으로는 제 외음부를 가리며 아랫입술을 지그시 깨물며 고개를 저었다. 다리 한쪽은 접어 올려서 그 안을 인체공학적으로 막아내게끔 방책을 세우기도 했다.

나는 당연히 이제는 내 말을 듣겠지 싶었는데, 이쯤 되니 뭐임? 싶은 기분이었다.

"나 이 방에서 알몸으로 있는 여자 두고 그냥 못 잘 거 같은데요?"

"저, 저와 섹스하려는 건가요?"

너무 직접적으로 말하는 게 음란하게 들렸다. 이 시점에서 자지가 폭발할 것 같이 섰지만, 별로 안 좋은 남자들의 예를 떠올리며 진정시켰다. 그래, 예를 들면 그 바리 중앙역 대머리 중년 아저씨라거나. 너무 비호감이었다. 만약 내가 여기서 시오리를 범한다면, 나이만 다를 뿐이지 그 외에는 뭐가 다른가?

비록 자지는 섰지만 머리는 점점 현자가 되었다.

"옷 입고, 거기 가리고 내일 나랑 같이 쇼핑하면서 내 속옷 선물 받기라 하면 더는 안 한다고요. 약속만 해주세요. 저 시오리 씨랑 남은 베네치아까지 여정 계속 하고 싶은데 자꾸 서로 떨어져서 여행하고, 맛있는 거 나 혼자 눈치 보면서 먹어야 하고, 굶주려 하는 시오리 씨 눈치 보느라 굶고 그러고 싶지 않네요. 지금까지 돈 많이 아꼈으니 나머진 같이 여행하게요. 그냥 좋은 친구처럼."

"아……."

"이렇게까지 안 하면 말을 안 들으니까. 전혀 안 들잖아요. 자, 이불 덮어요."

내가 생각해도 내 자신이 좀 너무 멀쩡하게 군다는 자각은 있다. 하지만 오직 선의만으로 그런 건 결코 아니다. 신고할지 어떨지는 모르겠지만, 여기서 시오리가 울며 뛰쳐나가기라도 한다면 이국에서 나는 쇠고랑을 차고야 말 것이라는 불안감도 있었다. 일시적으로 분노와 성욕에 휘말려 여기까지 왔지만, 적어도 옷은 그녀 스스로 벗은 것이긴 하지만.

아무튼 상황을 무마할 생각으로 이불을 둘러 주려 했는데.

시오리가 몸을 다시 돌렸다. 그리고 침대 앞의 내게 무릎으로 기어서 다가왔다. 그런 다음. 날 올려다보며 말했다.

"해도 됩니다."

"네?"

워낙에 뜻밖의 말이 들려서 내가 기가차서 바라봤는데. 시오리가 재차 말했다.

"섹스 해도 됩니다."

나는 그녀가 부리는 몽니로 밖에 느껴지지 않았다.

이제는 완전히 주객이 전도되었다. 몸을 지키기 위해 남자에게 가급적 받지 않으며 위급상황을 견뎌 온 그녀가, 역으로 남자에게 공짜로 무언가를 받는 것을 거부하려는 제 고집과 신념을 지키기 위해 성관계를 하자는 것이 아닌가?

이쯤 되면 신념이 전도되어 본질을 잃은 타락한 종교를 믿는 사람을 보는 기분이었다.

"지금 나랑 싸우자는 겁니까. 내가 저대로만 해주면 그만 둔다니까요? 안한다고요."

"아니오. 대가 받지 않을 테니, 하셔도 되는 겁니다."

왠지 기 싸움을 벌이며 끝까지 도리어 나를 길들이려는 듯 보이자, 너무나 괘씸했던 나머지 나는 더 이상 참을 수 없었다.

"하, 어디 그럽시다. 그럼."

열 받아서 어디 진짜. 그러나 보자. 싶은 마음에 나는 시오리를 밀치고 나도 옷가지를 벗어버렸다.

그런 다음 젖가슴의 끝을 핥으며 거칠게 손가락을 아래로 밀어내려 시오리의 보지를 탐했다.

여자의 몸은 각자 다 다르겠지만, 더듬거릴 것 없이 내게는 가장 익숙해진 지아가 좋아하는 스타일대로 시도했다. 지아는 동시공략을 좋아했다. 특히 가슴은 부드럽게 혀로, 보지는 손가락 여러 개로 한 개는 삽입해서 내부를, 나머지들은 외부를.

배운 게 도둑질인지라, 나는 생전 만져본 적 없는 여자를 상대로 마치 수십 번 다뤄본 것처럼 애무했다.

다만 지아와 달리 시오리에게는 주변의 잔털이 없어서 훨씬 매끄러웠고 보지, 외음부 자체가 그리 넓지 않았다. 손가락이 중지와 검지조차도 보지를 넘은 살갗, 허벅지에 닿았다.

"웃, 으응, 아항."

그리고 시오리는 신음을 냈는데, 일본 야동과 같은 느낌으로 냈다. 간드러지면서 엥엥거렸다. 동영상을 켜면 나오는 AV배우들의 전형적인 신음소리 비슷했다.

일본인이라 그런 것인지 아니면 날 더 흥분시키려는 계략인지 알 수 없었다. 내가 자봤던 지아 녀석은 소리 내면 지는 느낌이라며 아예 입술을 깨물고 버텼기 때문이다. 아직까진 여자 경험이 일천한 나로서는 그 신호를 포착할 만한 기질은 없었다.

하지만 지아 녀석의 끝까지 참아내는 신음보다 내 자지에 더 익숙한 것은, 동영상에서 봐오던 여인들의 간지러운 신음이었다. 약간 더 흥분되는 효과도 있는 것 같았다.

물기는 지아보다 많지 않았고, 털이 없어서 젖어 있던 털에 맺힌 애액으로 계속 부벼서 덜 마찰열이 나게 할 수 있었던 것과 별개로 금방 말랐다.

그 때문에 중지손가락으로 시오리의 질구에서 점액을 퍼와서 계속해서 칠했다. 양이 지아보단 많지 않아서 안 흥분했나 싶었지만, 나오는 건 계속 나왔다.

이게 나오는 이유는 그냥 질 내부를 지키기 위한 여성신체의 작용이라고 알고 있지만. 손에 흰 것이 묻어 나오는데 흥분 안 하기도 어려웠다.

여기서 멈춰야 하지 않을까, 하는 생각이 스쳤다. 하지만 그 생각은 시오리의 말에 의해 깨끗이 사라졌다.

"……천천히 너무 거칠게만 말고 조금만 천천히요."

나는 어리가지로 화가 나 있는 상태였기에 이번 일본말은 못 알아듣는 척 했다. AV로 익힌 일어듣기인지라 이런 종류의 말

은 특히나 매우 잘 알아먹어야 하지만 전혀 모른 척, 매섭게 비
볐다.

"으, 아, 아아, 아아앗."

시오리는 몸을 자꾸 비틀었다. 나는 내 손가락 속력에 비해 시
오리의 그곳이 말라가는 속도가 빨라지자 손에 침을 뱉어 그곳
에 비벼 계속해서 촉촉하게 만들었다. 지아 녀석이 물이 많긴
참 많았구나.

또한 원망하는 마음을 담아서 그곳을 찰싹 내리치기도 했다.

검지를 살짝 입구에 밀어넣으려 했을 때, 흠칫하는 요동이 느
껴졌다. 젖는 건 이미 충분히 젖어 있었다. 침이 묻어 있는 시오
리의 유두는 이미 빳빳했다.

오래 만지진 않았다. 그래도 손을 떼니 시오리는 가쁜 숨을 몰
아쉬었고 그 숨을 쉴 때마다 배가 요동쳤는데. 그 배가 요동침
과 동시에 질구도 어항 속 금붕어 뻐끔대듯이 뻐끔댔다.

……아니 콧물 찔찔 흘리는 어린애들이 콧구멍에서 숨 쉬려
다가 콧물비눗방울을 만들 듯이.

시오리는 질구에서 애액방울을 만들었다. 기포가 생긴 채. 이
내 툭 하고 터져버렸다.

그 모습을 보니 더는 참기도 힘들었다.

애당초 하도 말 안 듣는 여자 동생 동행인의 길을 들이기 위한
것이었으니까.

자지를 시오리의 질구에 대고 비볐다. 크기가 좀 차이가 나는
터라, 귀두만 대어도 시오리의 클리토리스와 외음부는 죄다 커

버되었다. 그만큼 외음부가 작았다. 소위 불고기처럼 늘어지지도 않았고 아래위로 넓지도 않았다. 골반은 넓은데도 가운데는 이러니 언밸런스하게 보였다.

양쪽의 핑크빛 보지의 음핵을 살로 접어 닫아버리면 의도적으로 털을 묘사하지 않는, 2D의 CG에서나 볼 수 있는 그림보지의 느낌이었다.

나는 안 들어갈 것 같은 시오리의 보지를 좆 끝으로 두드리다가 끝부분부터 살포시 밀려들어가는 걸 보고는 그대로 끝까지 밀어버렸다.

"아, 아하아아아악!"

시오리가 왼손은 침대 시트를 그리고 오른손은 내 왼팔을 거칠게 잡았다. 손톱이 부러지고 내 팔에 상처가 날 정도로 꽉 쥐었다.

팔의 상처는 깊었지만 그걸 인식하는 건 나중이었다. 지금은 그 고통보다 자지에서 느껴지는 기운이 더 확연한 감흥을 주고 있었다.

시오리의 질내에 입성한 내 자지는 이상신호를 보내왔다. 한 번 허리를 들썩였을 뿐인데. 바로 쌀 뻔 한 것이다.

"앗, 흐읍. 하아. 이래도 내 말 아, 안 들을래요?"

"이미 다 집어넣고서 무슨 말씀입니까. 훗, 응. 아응. 이상합니다."

나는 말을 걸면서 간신히 멈췄다. 이런 말이 맞는지 모르겠지만. 시오리는 보지 속만 살찐 것 같았다. 살갗이 누르는 압박감이 부드러웠지만 강렬했다.

지아가 항문에 힘준다 할 때마다 느껴졌던 찰싹! 하고 보지의 살갗이 나를 감싸는 느낌이 확 왔다. 힘을 준 것도 아닐텐데도.

시오리를 두고 지아 생각을 자꾸 해서 시오리에게 은근 미안한데. 일단 바로 일주일 전에 관계한 상대의 생각이 안 나는 것도 이상하잖은가. 딱히 지아 녀석이 넓게 느껴졌다 라는 건 아니다. 발랑 까지긴 했지만 처녀였으니까. 그렇지 않아도 지아의 질 내부는 여러모로 내게 애액칠을 해주었으니까.

그렇지만 시오리의 것은 애당초 질 안이 살로 가득 찬 것 같았다.

그래서 그 감촉이 자위의 압력보다 강했다. 보지에서 내 자지를 쥐어짜서 정액을 빼내려는 것 같은 기분이었다. 함부로 허리를 움직이다가는 금방 퍼부어 버릴 것 같았다.

그리고 한편으로 자지의 뿌리부분까지 완전히 입성을 못했다.

나는 지아가 좋아했던 것을 떠올리며 짧게, 그리고 부들부들 떨 듯, 사각사각 갉아먹을 듯이 움직였다. 이러면 내 감흥은 좀 덜하지만 대신 여자는 좋은 것 같았다. 지아만 좋은 것이었을지도 모르지만, 확인해보면 될 터.

"앙앙앙앙앙앙앙앙! 앙앙."

그 소리에 맞춰 시오리가 앙증맞은 비명을 질렀다. 토끼 짝짓기 급의 짧고 약한 리듬인데도 거기에 맞춰 소리를 죄다 내주었다.

쌀 것 같은 느낌이 치솟아서 머릿속으로 호국영령과 순국선열

에 대한 묵념을 했다. 그리고 눈도 꼭 감았다. 내가 움직일 때, 가슴이 출렁이거나 입을 벌리고 가쁜 숨을 내쉬는 배 밑에 깔린 여성의 반응을 보면 내가 빨리 쌀 것 같았으니까. 별로 출렁거리진 않았지만.

기댈 것이 없었는지 시오리는 내 팔을 쥐면서 등을 팔로 감았다가 자꾸 뭔가로 내 몸에 의지하려 했다. 그 상황에서 자연스럽게 그녀의 얼굴은 내 가슴에 안긴 것이 되었는데. 눈 앞에 보이는 내 가슴을 그녀가 핥았다.

서늘한 침이 식어가면서 나는 감촉에 머리가 아찔해졌다. 귀두 못지않은 자극이었다. 그 때문에 나도 모르게 신음을 냈다.

시오리를 나는 양팔로 잡아들고 배 위로 올렸다. 이는 그녀도 하려는 의지가 정말 있었던가를 확인하고 싶은 이유도 있었고, 단순히 내게 자극이 좀 심해서 일시적인 안녕을 구하려는 수단이기도 했다.

그러자 시오리는 꽂힌 채로 행위예술적인 다리돌림 드리프트를 통해 내 위로 올라섰다.

"아, 으아아⋯."

그녀는 고개를 천장으로 들며 입을 벌리고 두 눈을 허공을 보았다. 다 들어가지 않았던 내 자지가 이제는 거의 뿌리까지 들어갔으며, 덕분에 그 압박은 훨씬 더했다. 거기에 시오리의 돌출한 핑크빛 클리토리스가 내 음모 부분에 부딪혔다.

괜찮냐고 묻지 않는데, 물어볼 필요는 없을 것 같다. 버거워하던 시오리가 허리를 어설프게 움직였다. 다리를 쭉 벌려 노출

된 클리토리스 부분이 내 털과 살갗에 같이 비벼지자 오히려 더 민감하게 반응하며 몸을 비틀었다.

나는 셀카 유출 야동에서 왜 그리들 자세를 계속 바꾸는가를 알 수 있을 것 같았다. 여전히 조였지만 시오리의 몸 흔들기는 어색한 감이 있었다.

그래도 나는 살찬 보지의 감촉이 내 자지를 문 것에 대한 감동을 느끼며 최대한 흥분도를 진정시켜 사정게이지를 낮췄다. 그 사이 뜨거운 물이 흘렀다. 내 고환을 타고 흐른 물은. 침대 시트를 물들였다.

"지원 씨."

"왜요?"

그냥 내 위에 꽂힌 채로 아, 습, 으, 앙. 이런 비명만 하던 시오리는 갑자기 날 부르더니 물었다.

"그, 아까 말씀하셨던 오줌싸개. 라는 말이. 오줌을 지리는 여자. 라는 뜻인가요? 실금녀는 저도 알 것 같은데…….."

"맞아요. 오줌을 지리는 어린애라는 말이 더 맞겠지만. 으. 헙?"

"그, 그렇게 한 번만 더 불러주시면 안되겠습니까?"

"오, 오줌싸개! 피렌체 실금녀!"

"아, 아흥. 아, 아, 아, 악, 아, 아, 아!"

시오리가 격하게 신음을 지르면서 쭈그러뜨리던 다리를 침대 빈동에 맞춰서 움직였다. 그녀의 가냘픈 몸이 별로 발달된 인상이 없었던 외음부를 노출시키며 내 자지를 먹었다 토해냈다를 반복했다. 붉은 것도 묻었고 흰 것도 묻은 내 자지는 시오리를 꽂고 지탱한 채로 버텨내고 있었는데…….

"하, 한 번만 더요."

뭔가 좀 이상하다고 느꼈지만, 이쯤 되니 속이 살찐 보지가 나 또한 정신을 혼미하게 만들어서 시키는 대로 내뱉게끔 만들었다.

"이 오줌싸개, 지린내 나는 보지, 이태리에서 오줌 지린 동양의 수치!"

저 말을 하자, 시오리는 무릎이 아프고 허벅다리가 땡기겠다 싶은 정도로 자기 엉덩이를 내 고환과 만나게 했다. 시오리의 꼬리뼈와 엉덩이가 올라갔다 내려갔다 하는 속력이 점차 가속도가 붙어서 내 불알이 찰지게 흔들리며 붙었는데, 그것 때문에 좀 아팠다.

그녀의 몸이 내 배와 살을 때리다 보니 퍽, 퍽! 하는 정말 떡치는 소리가 났다. 배도 아프고 사타구니 부분, 음모가 있는 그쪽도 아프게 찍어댔지만 허벅다리는 살이 풍만해서 약간의 타박상 정도만 입는 느낌이었다.

뭐 이 정도 아픈 것은 참을 수 있었다. 하지만 그 이상은 아니었다.

시오리의 교성은 극에 달했고 나는 이 방음도 잘 안될 것 같은 호텔 방 앞에서 다른 나라 사람들이 문 두드리며 항의할 것을 겁내야 했다. 자지를 시오리가 좁다란 가랑이로 자기 멋대로 먹었다, 뱉었다, 틀었다, 부볐다 해서 꺾일 것처럼 아파서, 그 작고 가느다란 허리를 꽉 잡아 쥐었다. 남이 간질이면 간지럽지만 스스로 하면 안 간지럽듯이, 시오리가 멋대로 하니 아프지 내 맘대로 하면 안 아플 터였다. 그래서 나는 시오리를 잡아 쥔 두 팔에 힘을 줘서 내 힘으로 힘차게 푹푹 박아 넣기 시작했다. 침대 스프링에 허리를 튕기며 도망갈 곳 없이 푹푹푹푹 연거푸 깊게 처박자, 아등바등하던 시오리가 그때마다 얻어맞은 듯이 얼어붙었다. 무슨 얼음땡 하는 것도 아니고.

그러다보니 근육이 좀 당겼지만, 다른 데 아픈 건 아랑곳없이 제 혼자만 발사 카운트다운을 마쳤다.

시오리의 단단했던 외음부가 돌출되듯이 늘어지려는 기미가 보였고, 그녀가 약간 허리를 젖혀 드러나는 클리토리스 부분과 자지와 그녀의 질이 마찰하되 틈이 있는 부분에서 물방울이 튀어 내 배 위를 적셨다.

이게 어떤 물방울인지 느낌이 왔던 나는 뽑으려 했다. 여자가 싸는 것으로 지아도 애액 말고도 저런 물을 흘렸다. 야동을 볼 때도 그 장면에서 지려왔던 나는 실전에서도 이 타이밍에서 참기가 힘들었다. 이제는 한계에 다다랐다. 그래서 진심으로 기어코 뽑으려 했건만. 시오리는 결코 놓아주지 않았다.

밀쳐넘기려 했건만. 시오리는 못 밀치게 상체를 다시 엎드려서 내 몸에 붙인 채로. 엉덩이만 들썩거리며 나의 끝을 유도했다. 그 엉덩이를 들려 했지만. 매미처럼 붙어서 얼굴을 붙인 채로 아앙아앙 하는 모습에 그만 비명과 괴성을 질렀다.

"아, 안 되요. 나, 나, 나옵. 아. 아. 아악."

"지원 씨도, 싸 버려요. 아, 아, 아, 아, 나, 나, 나, 나도, 나도,

아아아아아아아!"

　시오리는 들썩이던 몸을 그제야 뽑았다. 그리고 급히 손가락으로 클리토리스와 질구를 막으려 했는데. 폭포수처럼 물이 흘렀다. 배 위를 적시던 물방울은 전조였고, 폭포수는 얼마 안 되는 간격으로 시오리의 보지가 움찔거림과 동시에 발로 누르고 있던 수도호스를 조금씩 떼는 것처럼. 거칠게 사방으로 튀었다.

　아래에서 관찰하던 내게 물을 한 번 배출할 때마다 보짓살이 요동치는 것은 실로 장관이었다.

　쌍꺼풀이 생기고 다래끼가 날 것처럼 두툼하고 게슴츠레한 눈이 된 시오리는 그 물이 나올 때마다 제 핑크빛 콩알을 매만졌다. 그리고 그걸 만질 때마다 더 부들부들 떨었다. 그녀의 종아리는 내 옆구리에 닿아 있어서 그 떨림의 진동이 그대로 느껴졌다.

　그 떨림이 오는 진원지는 클리토리스에서 보짓살인 것 같았다. 물이 흐를 때마다 진원지에서의 진동이 몸으로도 느껴졌으니까.

　물론 그 물세례는 밑바탕에 있는 내가 다 맞았지만 현자타임을 즉시 날려버릴 만큼 음란한 모습에 이미 그 물은 그리스도의 피와 다를 바가 없게 느껴졌다.

　유럽 성당 성상이 갑자기 쓰러져 깔려 죽어도 될 만큼 모독적 생각인가.

　시오리는 다 쌌는지 으슬대다가 그녀의 몸에서 배출된 물로 샤워를 한 나를 보며 고개 숙여 사죄했다.

　"……죄송합니다. 오줌싸개네요."

우리말로 오줌싸개라고 말하면서 죄 지은 어린아이처럼 다소곳하게 음부를 집고 있는 그녀를 보며 나는 발사했음에도 다시 자극이 오는 것이 느껴졌다.

그날, 시오리의 침대는 젖어서 쓸 수 없었고. 한 이불을 덮었다.

그 밤, 시오리의 두툼한 보짓살은 내가 뿌린 단백질 시럽을 생고기의 지방층처럼 둘렀다.

고집쟁이이고, 밥이고, 강도고, 일정이고 없었다. 이제 그런 건 아무래도 좋았다.

침대 시트가 매우 엉망이었다. 우리는 도망치듯이 호텔을 나섰고, 나는 처음으로 호텔에 2유로 동전을 팁으로 놓았다.

피렌체는 그 다음 날도 비가 계속 내렸다.

피렌체에서 상점을 찾아 속옷을 사는 건 취소하고 우선은 역으로 가서 다음 도시로 이동을 먼저 하기로 했다.

시오리의 베네치아 행 기차표를 취소시킬 수도 없는 노릇이었다. 나는 세탁 가능하고, 좀 시설 좋은 베네치아의 본섬 호텔을 예약했다.

가뜩이나 베네치아는 숙소 값이 더 비쌌지만, 별 도리가 없었다.

그렇게 일단 베네치아로 이동했다. 행여나 맑은 날씨이길 기원하며.

그리고 베네치아는 침수됐다.

"……."

멀쩡하게 다들 여행 잘 하기에, 말로만 침수된다고 하는 줄 알았건만 정말이었다.

내게는 허벅다리까지. 시오리 같은 경우는 아예 허리까지 물이 찼다.

정말로 망했다. 이러면 시오리는 물론이고 나까지도 옷이 없어지고 만다.

거기다가 호텔도 베네치아 산타루치아 역과 가깝지 않았다. 수상버스를 타야 된다는데 지금은 운행을 안 하는 것 같았다.

빗방울 떨어지는 이 날. 물에 잠긴 캐리어를 끌며 기어코 호텔을 찾아갔다. 베네치아는 침수되는 구도심과 이런 생활이 싫어 떠난 사람들이 건설한 신도심으로 나눠졌는데, 상황이 상황인지라 신도심 호텔로 바꾸고 싶어졌지만 역시 돈이 웬수여서 별도리가 없었다.

그리고 우리는 오후부터 베네치아 관광을 하기로 한 일정은 취소해야만 했다.

애써 마른 속옷마저 도로, 그것도 퀴퀴한 냄새가 심한 이상한 물에 젖어버린 나와 시오리는 너나 할 것 없이 옷가지를 벗었다. 나야 아직 최후의 갈아입을 옷가지가 남아있었지만 시오리는 이제 정말 입을 옷도 줄 옷도 없었다.

"후……. 이번에야 말로 속옷 사줄까요?"

"아니오. 괜찮습니다."

"또 그러네. 아까 피렌체 맥도날드에서 빅맥 같이 먹었으면서."

타박하자 시오리는 내 말은 들은 체 만 체 한 뒤. 욕실로 갔다.

내가 뒤따르자, 옷을 모두 벗은 다음. 다리를 살짝 벌리고 제 보지 역시 양 옆으로 잡아 늘렸다. 그리고 좌변기 위에 올라선 채.

그대로 지렸다.

"저 이제 오줌 지려도 빨래할 팬티는 없으니까. 정말 괜찮은 겁니다."

오줌방울이 멎음과 동시에 저 속으로 자지를 우겨넣었음은 물론이다.

베네치아를 어찌 저찌 여행하긴 해야 하니, 감기를 각오하고 어차피 젖어버린 옷을 그냥 입긴 했다. 다만 호텔에서는 그 젖은 것을 입을 수 없고 그렇다고 풀 알몸으로 돌아다니기도 뭣한 고로 시오리는 외국인 행상이 팔던 우비 하나를 사서 입었는데……

이 우비를 입히고 섹스를 하니 시오리의 그곳에서 튀는 것들이 우비 안에만 송글송글 맺혀서, 나중에 중심으로 모아서 잘 치우면 호텔 시트를 누렇게 더럽힐 일이 없게 되었다.

몇 달 뒤.

"여, 여기요."

귀국한 뒤의 이야기다. 연락처를 기어이 알아 갔던 시오리가 날 불렀다. 밥 한 끼로 될 것 같지 않지만. 우선 밥 한 끼로 그때의 거둬주고 거둬먹였던 은혜를 갚아주겠단다.

나머진 차차 더 갚아 나가겠다고.

베네치아에서 헤어지기 전에 같이 맞췄던 유리공예 목걸이도 하고 나왔고 키는 작지만 짧은 치마를 입은 것이 의외로 어울렸다.

비싼 걸로 한 끼 얻어먹고, 그 뒤로도 뭔가 더 사주겠다고 하는데. 생각나는 건 딱히 없고 이탈리아에서 마셨던 에스프레소가 왠지 자꾸 기억나서 커피나 하자고 했다. 문득 건물2층에 있는 카페로 올라가던 도중에 그녀는 원피스를 살짝 내 앞에서 들어 올렸다.

"입고 왔습니다."

작은 핸드백에는 그때 입던 속옷도 들어 있었다. 그리고 우리는 왠지 카페 대신에 카페에 부속된 화장실로 먼저 가버렸고. 허벅다리에 걸린 시오리의 속옷과 그 속옷이 가리고 있던 보지에 내 자식들로 영역을 표시하니. 그 위로 시오리가 마찬가지로 오줌으로 영역표시를 가했다.

그녀의 행태를 피렌체에서 영역표시 했다고 포장해 줬더니. 한국에도 영역표시를 한단다.

나중에 그녀의 분수 발사와, 그 발사 시에 몸을 떠는 것을 지진 해일이라고 했다가 일본 사람 그렇게 놀리는 것 아니라고 꼬집히고 말았다.

　정확히 알 수 없었지만, 오줌을 지리거나 하는 것을 가지고 놀리거나 비참하게 만들면 만들수록 시오리는 흘리는 양과 신음 소리가 비례해 많아지고 커지는 것 같았다.

◆ 난바 시오리 어학연수 중인 대학생

Traveler Information

Our travelogue on world cultural heritage

Profile

Age : 21
Height : 151cm
Weight : 40kg
Nationality : Japan

◆ Behind Story

Traveler Information

캐릭터 설정 : 외조모가 재일교포였기에 한국에 친척이 있었던 여학생. 체구는 작지만 강단이 있다고 스스로 생각 중이었지만 막상 강도를 당한 이후에는 패닉상태에 빠져서 헤매고 있었다. 쉽게 말해 허당. 경찰에 가거나 돈을 빌리거나 하면 될 유연한 사고를 제 고집에 빠져 전혀 하지 못하고, 믿은 것, 믿어버린 것, 믿지 않은 것에 대한 생각을 절대 쉽게 바꾸지 않는다. 가출도 그 시기에 시도했던 것. 지원은 다행히 그녀에게 믿는 존재가 되었고 그녀가 믿은 만큼의 신뢰에 대한 보상은 아주 충분히 돌아왔다. 그 고집은 긍정적인 것으로도 발현, 본인의 작은 신체 사이즈와 육체에 대한 자부심도 충분하다. 하지만 그런 자긍심이 무너질 때의 그 발가벗겨진 기분이 그녀를 음란하게 만들곤 한다.

작가 코멘트 : 여행담은 아니지만 일본 여성과 미국 유학 중에 사귀었던 지인의 썰을 참고 이미지로 캐릭터를 만들었습니다. 물론 본 소설의 설정과는 큰 관련이 없습니다. 나라끼리는 안 친한 것 같지만 해외에선 한국 일본 국적끼리 친해지는 경우가 많다더군요.

Our travelogue on world cultural heritage

3. 앙블와 성의 여성주님 : 클레멘티

프랑스 루아르 강.

그곳에는 강을 따라 강변에 지어진 프랑스식 푸른 지붕의 고성들이 드리워져 있다. 이 고성들은 유네스코 세계문화유산으로 지정되어 있기도 하다.

여행책자에서 소개하는 성만해도 40여개. 대표적인 성으로는 레오나르도 다 빈치의 무덤이 있는 앙부아즈 성, 디안 드 푸아띠에가 기거했던 여인의 성 슈농소 성, 기즈공작 암살사건의 블루아 성 등이 있는데, 지금 말한 성들 말고도 유사하면서도 각기 다른 미적 감각을 갖춘 성들이 줄지어 자태를 뽐내고 있다.

한편으로 이 강변에서 좀 떨어지면 가이드북에 소개된 성들 외에도 유명하지는 않지만 전통과 문화를 가득 담은 고성들이 즐비하며, 그 수는 초기 포켓몬스터의 숫자보다도 많다. 그리고 그 중 하나가 바로 이 '앙블와' 성이다.

앙블와 성은 다른 유명한 성들처럼 역사와 문화가 새겨져 있거나, 독특한 미적 건축양식이 있거나, 여행자들이 찾아오기 쉽게 교통의 요지에 입지한 성도 아니다.

하지만 가문에 내려오는 품종의 포도로 담근 수백 년째 풍미를 더해가는 성 지하실의 오크통 와인들은 고가로 거래되었고, 불편한 교통과 낮은 인지도는 은밀한 고위급 인사들의 비밀별장으로 이용되기엔 최적이었다.

그런 방탕한 상류층의 비밀방문이 이어질 때마다 성주는 두 딸을 성의 외진 첨탑에서 나오지 못하게 했다.

이곳에서는 검은 돈 거래와 함께, 고급 와인을 매춘부의 알몸에 뿌리며 노는 퇴폐적인 일들이 일어나곤 했으며 이 관광안내에도 찾아보기 힘든 외진 성을 운영하는 성주 부부는 이를 묵인하며 초고급 와인에 생기는 가격거품을 이용하여 세금탈루를 돕고 그 대가로 그들 또한 검은 돈을 받았다.

공주 같은 모습의 어린 두 딸의 초상화가 지켜보는 그 파티홀에서.

하지만 앙블와의 성주 부부는 결국 이 검은 돈 흐름이 프랑스 검찰에 포착되어 쇠고랑을 차고 말았다.

◇

"세바스찬 아저씨."

"괜찮을 겁니다. 곧 관광청에도 등록 될 거고, 문화재 허가도 받을 겁니다. 인수하겠다고 관심을 보이는 중국인 부자들도 가혹 오갔습니다. 힘내요. 잘할 수 있을 겁니다."

클레멘티 앙블와는 오늘 20년 간 자신을 공주처럼 모셔주던 집사를 해고했다.

앙블와 성의 관리인이자 집사이며 앙블와 고성호텔의 총 지배인이었던 집사 세바스찬은 그저 웃으며, 클레멘티의 양 뺨을 맞대며 정중히 인사하고는 어렸을 적 클레멘티와 리젤 두 소녀와 함께 타고 놀아주었었던 킥보드를 타고 오솔길을 떠났다.

그런 그의 등 뒤로 클레멘티는 소리쳤다.

"메흐씨(Merci, 고마워요)!"

세바스찬마저 떠나보낸 앙블와 성은 몹시 을씨년스러웠다.

이 덩치만 큰 성에, 다니던 대학을 그만두고 급히 고성호텔을 경영하고자 내려 온 성주부부의 큰 딸인 클레멘티 앙블와 혼자 남았다.

전 성주인 클레멘티의 부모는 탈세, 횡령 혐의로 징역형을 살게 되었다.

이제 성인이 된지 얼마 되지 않은 장녀 클레멘티는 중등교육부터는 이 부부의 원 주소지인 파리의 저택에서 지냈기 때문에 이 고성호텔에서 벌어지던 고위층의 탈세와 향락의 파티에 대해서는 알 수 없었지만, 파리의 저택도 팔아야 하는 가문의 급격한 몰락 와중에 아무도 인수하지 않은 이곳 고성 말고는 갈 곳이 남지 않은 상황이었다.

여동생 리젤은 아직은 기숙학교를 다닐 수 있었지만 클레멘티 그녀는 달랐다. 성인이 된 이상 엄연히 가문의 유산을 이어 나가야 할 위치였던 것이다.

불명예스럽게 수감된 부모님의 뒤를 이어 그녀는 고성호텔의 경영인이자 성주로서 자리를 이었다.

그러지 않으면 막대한 추징금으로 가산을 탕진한 앙블와 가문은 정말 집도 절도 없는 홈리스가 되어 버리고 말 것이었으니까.

쉬운 일은 아니었다. 정원사는 이미 그만둔 지 오래라 정원은 그대로 숲으로 변해버렸다. 정원뿐만 아니라 앙블와 성의 어느 곳도 크게 다르지 않은 상황이었다. 그럼에도 노스트라다무스(1503~1566)보다는 조금 동생인 앙블와 성은 원형 그대로의 모습을 거의 보존하고 있어 무척이나 고풍스러웠다.

하지만 앙블와 성 고성호텔은 기본적으로 몹시 장사가 안 되었다.

위치도 개판에 이미 많은 고성호텔들이 영업하고 있었고, 심지어 여태껏 홍보도 신경쓰지 않고 고위급 인사와 졸부나 축구 스타들의 환락파티의 장소로 이용되던 곳인지라 그들의 발걸음이 끊기니 이 고성에는 사람 한 명 오지 않았다.

옛날에야 귀족가문이 살았으니 최첨단의 건축기술과 주거시설을 갖췄을지 모르겠지만 화장실 문화가 제대로 자리 잡은 이후에서야 목욕시설과 하수시설을 급히 추가했으며, 화려함과는 별개로 단열과 같은 설계는 없어서 여름에는 시원한데 봄, 가을에는 '엄청' 시원하며 겨울에는 '시원해 죽을 지경'이었다. 지붕으로는 비도 새며 전기 시설도 페탱시절이라는 히틀러가 프랑스 제집안방치럼 드나들던 시절에서야 들여온 뒤로 제대로 관리가 되질 않아 2차 세계 대전에서 멈춘 문명의 한계를 마치 박물관처럼 보여주고 있었다.

고로 이 앙블와 고성호텔은 숙박료는 비싼 데에 반해 어지간 해선 다시는 오고 싶어지지 않는 곳이었다. 호텔 예약 사이트를 찾아봐도 몇 명 있지도 않는 숙박 경험자들이 숙소 인테리어 점수를 제외하고는 모든 면에서 악에 받친 점수테러를 감행하여 검색에 뜨는 경우도 잘 없었다.

"후우."

빗자루를 들고 이 성을 바라보던 클레멘티는 깊은 한숨을 내쉬었다.

여자아이 장난감이나 인형의 집도 아닌, 이 앙블와 성은 진짜였다. 지금은 거의 주거용이 되었지만, 성곽과 화살과 해자도 있었다.

이곳을 그녀가 홀로 다 청소해야 했다. 그건 너무나 힘든 일이었다.

사실 클레멘티도 이곳을 계속 경영해 나갈 생각은 별로 없었다. 다만 여동생과, 아무리 나쁜 일을 했다 해도 어찌되었건 부모님들인 두 분도 감옥에서 나와서 살아 갈 곳이 필요할 것이다.

외진 고성은 그래도 아직 가치가 있었다.

다른 루아르 강변의 고성들은 프랑스 관광청의 지원을 받고 유네스코 문화유산으로 등록되어 관람 및 보존 이외의 목적으로는 활용이 어려운 데 반해, 앙블와 성은 문화유산 등록을 거부하고 호텔로 일정 부분 개조가 되어 사용되고 있었기에 매매

절차가 까다롭긴 하지만 불가능하지는 않았다.

실제로 한 중국인 거부가 프랑스 영주권과 해외 부동산, 조세 피난을 노리고 앙블와 성이나 비슷한 처지에 있는 성들을 수소문하고 있다는 소문을, 클레멘티는 집사에게서 인수인계 받았다.

그들이 제시한 금액은 적어도 파리 중심가의 19세기에 지어진 4층 아파트 정도는 살 수 있는 금액이라고 알려졌다.

역사와 전통이 있는 교외의 고성보다 수도권 중심가의 아파트가 호텔 접객업을 하기에도 훨씬 이득이 컸다. 이곳이 팔린다면 앙블와 가문은 남은 자산을 통해 가족이 다시 일어설 여지가 생길 것이다.

관리되지 않아 무성하게 자라는 정원수들을 보면서 클레멘티는 씁쓸한 표정을 지었다. 정원수들조차 조경업자에게 팔아야 할 정도로 경영상태가 좋지 않았다.

기존에 쌓아둔 자산 덕분에 추징금을 내고도 빚까지 지진 않았지만, 적자로 돌아서는 것은 시간 문제였다.

가능하다면 여동생과 가족들의 생계를 위해 이 호텔을 계속 경영하기보다는 사겠다는 사람이 있을 때 매각해야 했다.

어릴 적의 추억과 앙블와 가문의 영광이 담긴 성이었지만 성인이 된 그녀에게는 책임져야 할 가족이 있었다.

"초, 치원, 초 치아."

클레멘티는 내일부터 6박 동안 투숙예약을 한 두 사람의 영문 이름을 다시 읊었다.

같은 성의 이름도 유사한 2인의 동양계 이름의 사람들이 예약하고 있었다. '초'라는 성에서 클레멘티는 어릴 적 봤던 유명 마법사 영화의 동양계 여배우 이름을 떠올렸다.

'아마 이 사람들이 그 거부거나 그 대리인일 겁니다. 아가씨. 손님으로 가장하고 성들을 알아보러 다니고 있지 않나 싶군요. 우리 성에는 아가씨가 태어나기도 십 년 전, 왔던 일본인 관광객 빼고는 동양인 여행객은 이번이 처음입니다.'

내국인뿐만 아니라 이 인근까지 여행 오는 유럽연합의 여행객들도 드물었는데, 아무리 인터넷에 특가세일 공지를 올렸다고 하더라도 조금만 지도를 볼 줄 아는 사람이라면 이런 곳에까지는 들어오지 않았다. 거기다 평소에 홍보도 부족하고 인지도도 낮았으니, 애초에 영업 전략도 고위층을 위한 비밀별장 식으로 할 수밖에 없었던 이유가 있었다.

심지어 예전에는 그나마 고가의 호텔가에 마차 픽업 가격을 포함하여 경영을 했었는데. 마차와 마부는커녕 말들도 다 팔고 두 마리밖에 남지 않았기에 엎친 데 덮친 격으로 교통도 불편했다.

기본적으로 워낙에 고가의 호텔이다 보니 숙박부를 보면 오래 휴양했던 사람도 많지 않았다.

그런데도, 아무리 특가로 내놓았다지만 6박이나 묵는 손님이라니. 그것도 클레멘티가 태어나기도 전, 버블경제 시기에 왔었던 일본인 관광객 이후로 처음 오는 동양인 휴양객이었다.

이쯤 되면 거의 확실했다. 그 성을 구한다는 중국인 갑부가 시장평가 등을 하기 위해 온다는 소문이 아마도 진실에 가까울 것이다.

어쨌건 이 성을 사려는 클라이언트에게 잘 보이기 위해서, 이미 정원사도 집사도 메이드도 없는 이 성을 성주인 클레멘티 혼자서 어떻게든 꾸미고 청소해야 했다.

"해보자."

클레멘티는 고성 하녀로 일하던 쟌느 아주머니의 앞치마와 두건을 두르고 본격적으로 고성 청소를 시작했다.

[잘 데 없으면 먼저 가 있어. 스페인 북부가 생각 외로 볼 게 많아서 좀 늦어.]

"참…… 나 원."

로마에서 피렌체, 제노바 등 이태리 서부를 기차를 타고 올라와 이태리 북서부에서 예전 이탈리아 영토였던 니스를 거쳐 프랑스에 접어들었다.

한편으로 지아는 저가항공을 타고 스페인, 포르투갈 인근을 제 혼자 알아서 돌고 북상 중이었고 나와는 프랑스 남서부에서 만나기로 했다.

프랑스 남서부의 카르카손이라는 고성이 아주 잘 보존된 도시에서 민나기로 이야기를 마쳤는데, 결론적으로 말해서 지아에게 일단 바람을 맞았다.

때문에 카르카손에서 다음에 갈 행선지였던 투르 인근의 루아르 고성지대의 고성호텔에서 만나기로 했다.

아직 우리가 여행을 출발하기 전에 한창 계획을 짜던 와중에, 2개월이 넘는 여행계획의 딱 중간지점인지라 나도 그렇고 지아도 그렇고, 슬슬 지칠 시기라며 배낭여행의 피로를 풀 곳을 정하라고 녀석이 제안을 했다.

지중해 휴양지의 호텔, 혹은 이곳이야말로 유럽이다 싶은 유럽 시골 고성 호텔 중 하나를 골라서 어디 돌아다니지 말고 맛있는 거나 먹고 들고 온 노트북으로 늘어지게 게임이나 하면서 한 일주일 쉬자고.

그런데 느낌 상, 지중해 휴양지는 조금 이상했다. 뭔가 수영복도 있을 것 같고 누드비치도 있을 것 같고 거기서 지아 녀석하고 수영을 한다거나 신혼여행을 온 부부들과 마주친다거나 하는 이벤트가 있을 것 같았다.

물론 지금은 할 말이 없게 되었지만…… 그 당시만 해도 애인하고나 가야 할 곳을 왜 너 따위랑 가냐 싶은 심정이 없잖아 있기도 했고, 바닷가의 좋은 리조트라고 해봤자 사실 정동진만 가도 있는 거 아니냐는 생각을 했기에, 나는 굳이 고성 호텔을 택해서 일주일 간 그곳에서 쉬기로 계획을 잡았다.

헌데 막상 이제 오니까 갑자기 지아 녀석이, 성에서 쉬는 일정보다는 스페인에 더 체류하겠다며 강짜를 부리지 뭔가. 이미 예약한 호텔은 취소해봐야 돈만 드니. 나더러 대신 혼자라도 묵으란다. 나중에라도 가겠다면서.

"겁나 먼데."

슈농소라는 여인의 성. 기차역도 없이 무인티켓에서 표를 끊어야 하는 무인간이역에, 역 주변인데도 고작 레스토랑 두어개 있는 시골에서부터 더 깊숙이 평야지대로 들어가서, 구릉이 있는 산골로 넘어가야만 했다. 차가 없으면 다소 가기가 하드한 위치다.

심지어 난 이곳 언어도 모르고 정보도 모르고 차편도 안내가 안 되어 있고, 그나마 찾아볼 수 있는 것도 죄다 불어였다.

프랑스 철도(SNCF) 직원의 '캔낫스피크 잉글리시' 거절을 몇 차례 들으니 여기서도 영어로 의사소통을 할 생각은 버리는 게 옳아 보였다.

지도를 보니, 역에서부터 거리는 16km.

우리네 동네 시골에 택시 다니는 거 봤는가? 여기도 마찬가지인 모양이다. 눈 씻고 찾아봐도 택시란 없었다.

예전에 연락을 주면 마차로 픽업을 온다는 광고도 본 것 같은데, 기억이 가물가물했다.

일이 이런 상황이다보니 그냥 슈농소 역 인근에도 호스텔이란 광고를 붙여 놓은 집이 있는 것 같아서, 차라리 내 돈으로 생돈 내고 가까운 곳에 묵을까 고민도 했지만…… 그래도 이미 한 달 내내 여행을 하면서 좀 지치기도 했고, 가급적 돈을 아끼기 위해서 호스텔과 1~2성급 호텔을 전전하며 헝그리하게 다닌 것도 있었다.

시오리와 돌아다니면서 비를 잔뜩 맞은 터라 짐 속에는 물 먹은 빨랫감도 쌓여 있었고. 생각해보면 좀 재충전이 필요한 시기라는 판단이 들었다.

그래, 이리 되었으니 고성호텔에서 지아 녀석을 기다리면서 기차 시간에 안 쫓기며 한 며칠 체력 충전을 해보자. 쉬엄쉬엄 가면 오늘 내로는 도착하겠지. 싱그러운 햇살이 내리쬐는 정원에서 가이드 북도 읽으면서 말이다.

걸어서 16km라, 40kg 군장을 메고 40km 거리를, 그것도 유탄발사기를 단 총을 짊어진 채 묵직한 군화를 신고서 완주도 해봤던 내게는 아무 것도 아닌 거리지!

…….

"학 시발 후, 하. 하. 하, 여기가 맞어?"

아무리 프랑스 영토가 방대하다지만 맵이 안 터져서 알 수 없었다. 하지만 이 근방에 남은 성이라고는 여기뿐이었다.

어느덧 해는 졌고 날씨는 추워졌다. 물론 나는 땀이 나고 열이 났다.

고성체험호텔은 매우 단가가 비싸다고 알고 있는데, 왜 지금 가는 곳이 굳이 특가로 나왔는지 알 것 같았다.

길이 사람 다니는 길이 아니었다.

선진국에서 비포장도로를 볼 줄이야. 길도 완전 시골 중의 시골에, 오면서 본 거라곤 고작 농가 하나뿐이었는지라 노숙해야 할지 걱정부터 해야 했다.

말도 안 통하는데 농가에 들어가서 여보 주인장, 할 수 있는 노릇도 아니었으니까.

어쨌든 한참을 걸어서…….

그렇게 고생 끝에 도착한, 한동안 묵기로 한 고성호텔 샤토 디 앙블와.

밤이라서 그런지, 성의 모습은 노크하면 홀로 사는 드라큘라 백작이 박쥐들과 함께 관짝 열고 맞아줄 것처럼 생겼다.

문 앞의 불빛이라고는 가로등 하나 뿐. 성에서도 무수한 창문 중에 불빛이 흘러나오는 곳은 단 한 군데뿐이어서 더욱 그랬다. 내가 생각하던 호텔의 이미지가 아니었다.

고성의 팻말 달린 문 앞에는 어둡지만 어렴풋이 보이는 리본 달린 종이 달려 있었다.

마녀가 살 것 같은 외딴 성인데, 문에 달린 리본과 종은 어쩐지 소녀의 감성이 느껴졌다.

방울이 울리면 소녀 뱀파이어가 나오는 건 아닐까?

나의 피 뿐 아니라 정기를 빨아먹는……?

기이하게도 이 유럽에 온 이후로 여러모로 정기를 많이 빨려서 별의 별 생각이 다 들었다. 시오리를 떠나보낸 지도 벌써 일주일이 넘었으니, 나도 슬슬 게이지가 다시 차오르긴 할 때였다.

일단 팻말을 확인해보니 지아가 보내 준 예약된 호텔이 맞았다. 지아 녀석이 전송해준 예약 바우쳐 그대로였다.

그런데 날이 어두워서 그런가, 얼핏 봐도 영 상태가 좋지 않아 보였다.

지아 녀석이 워낙에 이런 걸 좋아하다보니 아예 컨셉이 유령의 성인가 하고는, 들어가려고 마음은 먹었지만 뭔가 불길한 상상이 드는 건 어쩔 수 없었다.

끼이이이이이이익.

밤을 울리는 종소리를 뒤로 하고는 삐걱대는 정문을 열고 들어갔는데 무척이나 어두컴컴했다. 거의 배터리가 다 된 스마트폰을 켜서야 카운터가 보였다. 어딜 봐도, 빛도 사람도 없었다.

시발 소리가 절로 나왔다.

욕을 하고 싶어서 하는 게 아니라. 욕이라도 하면서 두려움을 떨쳐내고 싶었다.

이거 진짜 무슨 유령의 집, 마녀의 고성 아냐? 날 놀래고는 그걸 관찰하면서 즐기는 공포특집 몰래카메라라거나?

"저기요, 여기요, 메이 아이 헬프유."

팟!

아이고 깜짝이야, 했는데. 그냥 불이 켜진 거였다. 나는 얼떨떨해지는 정신을 추스르며 주변을 두리번거렸다.

금발의 여주인이 모습을 드러냈다. 성에서 사는 공주님 같이 드레스를 입고 있었다.

그런데 드레스 위에 몸에 이불을 두르고 있었다.

"봉스와."

"아 헬로 봉쥬."

여주인으로 보이는 금발 여인은 눈웃음을 보이며 고개를 숙였다.

교복 곱게 차려 입은 여고생들이 상체에 두꺼운 패딩 입듯이.

색이 옅은 금발머리와 푸른 눈동자가 이색적이었다. 눈은 똘망하고 컸다. 속되게 놀린다면 왕눈이라고 놀릴 수도 있었겠지만, 눈이 큰 만큼 겁이 많아 보이고 선해 보이는 인상이었다. 마른 얼굴로 얼굴이 갸름했다. 살집이 적어 목에는 뼈가 조금 보였다.

헐리우드의 개성 있는 모델출신 미녀 배우 같은 외모. 지금껏 유럽에서 스쳐 지나가며 봤던 길거리의 금발 미녀들 중에서도 한참 시선을 가게 만드는 미모였다.

다만 헐리웃 미녀배우 같은 당돌한 눈빛은 없이, 매우 순하고 선해 보이는 얌전한 눈망울이었다. 눈동자가 검으면 담비 같은 초식동물이 연상될지도 모르겠다. 하지만 푸른 눈이었다. 지금부터 살아가면서 내가 '백인 금발 미녀'를 연상하면 아마도 왠지 이제부터는 이 여인이 떠오를 것 같았다.

동양인은 서양인이 보면 동안으로 느껴진다는데 그 반대도 그랬던 것일까? 나이를 짐작하기 어려웠다. 적어도 카운터를 보는 것 같으니 성인이 아닐까 싶었지만.

"봉쥬."

여인은 눈웃음을 보이며 다시 내게 인사하고 카운터로 갔다. 되게 오래되어 보이는 컴퓨터가 한 대 있었다. 보안PC현대화 사업이라는 걸 할 때, 한창 우르르 폐기되던 컴퓨터 모니터 같았다.

뭔가 말을 더 걸어볼까 싶었지만, 프랑스어 회화로 적당히 인사, 길 묻기, 예약하기 정도만 배워 왔을 뿐이다. 생각해보자니 프랑스 인사나 이탈리아 인사나 새삼스레 유사하게 싶다. 본죠르노, 봉쥬르. 알파벳으론 똑같이 쓰는 걸까.

가까이서 봐도 여전히 미인이었지만, 밝은 불빛에 보니 다크 서클이 좀 있었다. 마른 몸과 함께 피골이 상접해 보였다. 피곤해 보였다.

"초 치아?"

"아, 지원."

별반 문제없이 체크인이 진행됐다. 다만 여자는 연신 입김을 불었고, 당장 처음에 안 어울리는 이불을 여미며 나타난 것이 몸이 썩 좋아 보이지 않았다.

큰 배낭을 짊어지고 16킬로를 걸어오다 보니 몰랐었지만, 성 안에 들어와서 가만히 있다보니 새삼 냉기가 스멀스멀 기어드는 느낌이 들었다. 그리고 보면 카운터가 있는 홀이 지나치게 넓다. 연회장 같았다. 식당인 듯 고급식탁도 있었다.

여자는 열쇠를 내밀며 손짓했다.

"컴 온. 팔로우 미."

나도 영어는 안 되지만 알아들을 정도였다. 발음이 콩글리시 같아서 오히려 알아먹기 쉽다.

"캔 유 스피크 잉글리시?"

"낫 굿."

계단은 자수정이나 호박을 박아 놓은 듯한 대리석이었다. 정말 고급호텔이다 싶은 느낌이 들었다.

2층으로 올라가니 아래층과 비슷한 홀에, 벽난로와 각종 휘장과 장식 그리고 초상화들이 있었다. 불빛은 이곳에만 있었다. 앞서 관광하며 보고 왔었던 슈농소 성 내부 구조와 유사했는데,

적어도 계단은 더 고급스러웠다.

벽에 걸린 초상화 중에는 벽난로 가장 가까이에 놓여 있는 두 금발 소녀의 초상화가 있었는데 놀랍게도 매우 닮아 있었다.

나는 신기해서 삿대질을 하며 한 번 물어봤다.

"유 어 도터?"

"도터? 아, 노, 노, 노. 미. 푸훗."

여자는 초상화를 보더니 두 소녀 중에서 좀 더 언니로 보이는 소녀를 가리키며 자신이라고 했다.

공주님 같다는 생각과 그림이 미화되기 마련인데, 그림보다 실물이 낫다는 생각이 들었다. 저 모습에서 자라서 그런가.

그런데 그림보다 낫다. 라는 말을 영어로 뭐라고 하지.

"유? 와. 어. 음……. 유 프린세스?"

문법과 단어가 전혀 생각이 안 나서, 일단 너 공주임? 이라고 물었다.

"푸하하하하하. 노, 노."

그러자 여자는 호탕하게 웃었다. 가냘픈 목소리인데 웃음소리는 대장부 같았다. 보통 유럽여인들이 좀 내숭 없이 털털하게 보이긴 했지만, 첫인상 때문에 유독 더한 느낌이었다.

그리고 이어서 뭐라 뭐라 하는데 알아먹을 수가 없었다. 뭔가 영어로 말을 하려다가 마치 나처럼, 떠오르지 않는 단어로 어떻게든 말을 만들려다가 말아버린다. 그리고는 멈춰 서서 고민하더니 내게 스마트폰을 내밀었다.

그리고 거기에 대고 단어를 적는다.

내가 군 입대 전에 쓰다가 공기계가 된 예비폰보다 한 세대 이전의 휴대폰이었지만, 번역 앱 비슷한 것이 있었나보다. 나도 그래서 같이 휴대폰의 번역 앱을 켰다.

그녀가 웃으며 보여주었다.

[키스를 한다고 잠이 깨진 않습니다.]

잠자는 공주에 빗대어서 자기는 키스를 해도 깨지 않는 사람이니 공주가 아니다, 라고 돌려서 이야기 하고 싶었던 모양이다. 물론 그렇게 말하면 나는 못 알아먹는다.

오호라, 이 여주인은 잘 때는 입술을 훔쳐도 모른다는 건가? ……아니 무슨 이상한 생각을.

왠지 짓궂게 키스 말고 다른 걸로는 잠이 깨냐고 묻고 싶었지만 관뒀다.

한국말로 조용히 지껄여볼까도 싶었지만 그 역시도 매너가 아니었다. '섹스로는 잠이 깹니까.' 라고 하면 바로 이상하게 보이겠지. 섹스는 한국말이 아니잖아. 가장 유명한 영단어 중 하나일걸.

대형 홀에서 복도를 따라 나아가니 문양이 멋진 목조 여닫이문이 있는 방들이 있었다. 숫자 대신 알파벳으로 뭐라 단어가 있었다. 알아 볼 수는 없었지만. 방에다 새 이름이라거나 꽃 이름이라거나 도시 이름을 붙이는 느낌이었다.

그 중 홀과 제일 가까운 방으로 나를 안내했다. 문을 열자, 더 블룸 침대보다 큰 침대가 있었는데. 침대에 커튼을 칠 수 있었다.

정확히 말하면 커튼이 달린 침대였다.

침대 하나 딸랑 달려있고, 흔들의자가 있었다. 뒤에는 십자가 성상이 걸려 있고, 거울 하나와 좀 오래되어 보이는 가구와 응접테이블 등이 있었다. 그림이 수놓아진 양탄자가 벽에 걸려 있었다. 전자제품은 없었다. 개인실이었지만, 화장실이나 욕실은 달려 있지 않았다.

그래도 콘센트 꽂는 곳은 있어서 다행인가.

그런 다음 종이지도를 하나 줬다. 성의 구조였다.

위층에는 증기샤워 시설이, 아래층에는 식사. 2층의 로비는 여행자 시설로 몇 시까지 개방된다거나 하는 설명 따위가 적혀 있었다. 그 외 승마체험, 와인시음 등등의 프로그램이 적혀 있었지만 왠지 실선이 그어져 있었다.

그 외의 아침 먹는 시간, 그리고 나갈 때, 다른 곳에 갈 때 어떻게 해야 하는지 등등의 정보도 담겨 있었다.

여주인은 이것까지 주면서 눈인사를 건네며 나갔다.

"흐음. 분위기만 좋네."

말 그대로 분위기만 좋았다. 침대 하나는 끝내줬다만, 욕실과 화장실이 모두 공용이었다. 그나마도 화장실은 층마다 있다지만. 욕실이 공용이라는 건 좀 별로였다.

그리고…… 추웠다.

바람이 세서 그런가……와 별개로 실내가 아닌 듯한 느낌이 든다.

아예 바깥보다야 괜찮지만 도무지 실내의 포근함을 느낄 수 없는 그런 방이었다.

어두운 바깥 차창으로 달빛과 가로등이 살짝 비친 을씨년스러운 나무와 나무의 흔들림이 보였다. 유리가 흔들리며 소리가 났다.

"으 왜 이리 쌀쌀해. 난방 없나?"

벽난로 비슷한 게 딸려 있긴 했는데 불은 안 들어와 있었다. 너무 진짜 고성 같았다.

다른 방이나 인기척이 전혀 없었다. 설마 여기 나 혼자 묵는 건가?

와장창창창.

"뭔 소리야?"

느닷없이 볼링장 볼링핀이 나뒹구는 것 같은 소리가 동시다발적으로 났다. 방음이 거의 안 되는 듯, 상당히 시끄러웠다. 뭔가 싶어 일단 나갔는데.

2층 홀과 1층 홀을 잇는 계단에 여주인이 주저앉아 있었다. 그리고 그녀의 주변으로는 나뒹구는 나무토막이 한가득이었다.

"메이 아이 헬프유?"

여주인은 괜찮다고 했다. 내가 할 일은 아닌지라 일단 두고 보았다. 눈에 눈물을 찔끔 머금은 여주인은 얼마 안 가 나무토막들을 주워 모아서 제 품에 앉고는 다시금 일어서려 했는데, 다리, 허리, 팔이 죄다 후들거렸다. 누가 봐도 후달렸다.

결국 다시 내려놓고, 여주인은 양손으로 나무토막 두 개만 들었다. 그리고는 내 방으로 와서 그것들을 벽난로에 두고 나갔다.

느낌이, 난방은 캠프파이어처럼 장작불로 하란 거지? 성냥도 있었다.

보일러고 뭐고 없는 고성은 좀 불편하긴 해도 앤티크해서 취향에 맞긴 한데, 암만 그래도 장작은 미리 채워놔야 되는 것 아닌가?

게다가 나무토막은 장작패기가 전혀 안 되어 있었다. 도끼날을 먹은 자국은 있었다만.

상당히 무거웠다. 가냘픈 여주인의 팔을 생각하면 이걸 양손에 들고 왔다는 게 믿기지가 않는다. 내가 들어도 묵직하네. 운동해도 되겠다.

그리고 고작 나무토막 두 개로 난로를 피울 수 있을까.

하지만 잠시 뒤, 여주인이 어찌되었건 낑낑대며 장작패기 안 된 나무토막을 추가로 가져왔다. 이 겨울에 땀 뻘뻘 흘리는 것을 보고 있자니 안 됐다 싶어졌다.

아니 뭐 다른 사람 없나. 혼자 하나?

슬슬 미안해져서, 여주인이 이번에 또 두 개 놓고 내려가자 뒤를 밟았다. 이번에도 어찌저찌 널브러진 장작을 일부 들어다가 낑낑대며 올라오려는 것을 보고는, 나는 총기거치대 옮기는 상병을 보고 달려드는 이등병처럼 말도 없이 이를 스틸했다. 여주인은 고마운 건지 당황하는 건지 모를 표정으로 항의를 했지만 나는 '헬프, 유 헬프. 오케이. 하는 짧은 영단어로 진정시켰다.

뭐 손님이 하면 안 된다는 것 같기는 한데, 저런 몸으로 아령보다 무거운 장작더미를 들고 계단을 오르는 건 좀 심하다 했다.

어쨌든 여주인의 노력 덕에, 일단은 불은 피울 수 있었다. 나무가 너무 커서 좀 제대로 타는 맛은 없었지만.

문제는 덕분에 장작을 때고도 여전히 별로 추위가 가시질 않는다는 점이다. 왜 여주인이 이불을 동여매고 다녔는지 알 것 같은 기분에, 오늘은 패딩을 덮고 잤다.

◇

끄응. 어째 호텔방에서 자고 일어나는데도 영하20도 혹한기 훈련 침낭에서 일어나는 것 같냐.

아무래도 살아오면서 군생활 외에는 크게 고생을 안 해봐서인지, 살다가 극한에 몰리면 죄다 군생활에 비유를 하곤 한다. 전역하고도 사고회로가 여전히 그 범주에서 돌아가는 것은 문제가 있다고 생각하지만, 반 년 밖에 안 됐고 여하튼 진절머리 나는 경험과 시기였다보니 무심코 그쪽 경험이 떠오르고 만다.

한약방 스폰서 표기가 어딘가 붙어 있을 것 같은 큼직한 괘종시계가 아침을 가리키고 있었다. 조식 시간은 08시 부터였다. 조식은 제공이고 석식은 추가요금으로 먹을 수 있다고 했다.

고생스럽게 호텔까지 오면서 주변에 마땅한 레스토랑 같은 것을 본 적이 없고, 앞으로 일주일간은 굳이 이 호텔에서 다른 곳으로 마실 나가고픈 생각은 없었으므로 제공해주는 조식을 황제처럼 먹고, 석식은 적당히 지불하고 먹을 생각이었다.

우선 공용욕실로 내려가는데, 1층의 식당에서는 앞치마를 두른 여주인이 분주했다.

여주인이라 말은 하고 있었지만, 해 뜨고 보니 밤에 봤을 때보다 한결 더 앳되어 보이는 게 알바생 정도로만 보인다. 어젯밤에 초상화를 보며 딸들이냐고 물은 건, 물론 외국인을 상대로 긴장을 풀려고 하는 농담 같은 거였고.

게다가 카운터도 보고 장작도 옮기더니만 음식도 혼자 하나 보다.

지도를 보며 좀 더 돌아다녀보니 지하에는 주방이 있었고, 욕실도 있었다. 더 지하에는 와인보관소가 있다고 했다.

욕실은 비교적 현대적인 욕실이었다. 샤워부스가 여럿 있었다. 다만 남녀구분이 좀 희미했다. 사람이 아무도 없어서 좀 살펴봤는데. 문도 없어서 여성 샤워부스 구역으로 넘어갈 수 있었다.

거의 장식으로 남녀구분을 한 셈이다.

아침이라 세수도 하고 아침부터 샤워도 할 사람들이 있지 않을까. 했는데. 꽤 넓은 샤워실에 나 혼자였다.

"아무도 안 씻, 아, 차가!"

샤워기를 트니 그야말로 얼음물이 나왔다. 샤베트나 스무디처럼 얼음알갱이 섞인 물로 샤워할 뻔 했다.

뭐 이해할 수 있다. 시설이 좀 후줄근하면 당연히 그럴 수 있으니까. 따뜻한 물이 나올 때까지 온수로 쭉 맞춰놓고 대기했다. 이러다 보면 언젠가는 너무 뜨거운 물이 나와서 중간으로 맞추게 되겠지, 라고 생각하며.

하지만 아무리 기다려도 그런 일은 없었다.

끝내 포기하고는, 보일러 기름 빼돌리고는 혹한적응훈련이라는 별 개풀 뜯어먹는 소리로 한겨울 냉수샤워 하게끔 만들던 생계형비리의 현장을 직접 체험해야 했던 기억을 되새기며 일단은 씻고 올라왔다.

"핫 워러!"

씻고 나온 뒤, 온수가 안 되는 현실에 대해 여주인을 추궁했다. 물론 자세히 따질 줄은 모르고 '핫 워터 노?, 아임 베리 콜드. 푸엣취.' 하면서 몸을 일부러 부들부들 떨었다.

그러자 그런 내 모습을 걱정스런 눈길로 보던 여주인이 곧장 달려가더니. 얼마 안 가……

루이보스 차를 내왔다.

"……"

향은 좋네. 맛도 있고.

뜨끈한 차를 마시니 몸과 마음이 동시에 풀리는 기분이었는데. 친절한 여주인이 한 잔 더 준다는 제스쳐에 그냥 분노를 삭혔다. 나중에 핸드폰으로 번역해서 말하자.

1층 식당에 들어갔다. 테이블이 여러 개가 아니라 마치 호그와트 아이들이 기숙사별로 먹던 것처럼 대형 식탁이 하나 덩그러니 있었다. 무지하게 길어서 모르는 사람 옆에 껴서 먹을 필요는 없어 보였는데, 어쩐지 그 넓은 식탁에 와인잔과 냅킨, 그리고 포크와 나이프가 세팅되어 있는 자리는 단 두 개였다.

여기가 내 자리인가? 이 큰 호텔에 오늘 묵는 사람이 둘뿐이었어?

　내 경험상 호텔 조식은 보통 뷔페식으로 적당히 차려놓고 간단하게 먹게끔 하던데, 여기는 그렇지 않고 레스토랑 식인 듯했다.

　그렇다고 정말 레스토랑 수준을 기대하진 않았고, 여주인은 그릇에 크루아상 두 덩이와 잼을 우선 내어왔다.

　그 다음으로는 계란프라이와 구운 빵, 베이컨 정도를 내어왔다.

　뷔페식으로 먹던 호텔 조식과 크게 다를 바는 없었는데. 여주인이 어찌됐건 빵 등은 구워 온 것 같았다.

　한 자리가 더 세팅되어 있었는데. 여주인은 금방 내려가더니 내게는 그릇 세 개를 사용해서 내온 음식들을 한 그릇에다 죄다 담아서 나왔다. 그런 다음 스마트폰으로 프랑스 한국으로 번역해서 내게 글을 내밀어주며 멋쩍은 듯 웃었다.

　[맛있게 드세요]

　뭔가 본인이 저리 해놓고 본인이 웃기다는 양. 부끄러워하며 웃어대는 걸 보니. 괜히 기분이 좋았다.

　나는 지아 외의 사람과 같이 밥 먹는 게 오랜만이었다. 그나마 그 은행장 형님 정도였나. 밥이 아닌 술자리였지만. 시오리와는 사실 제대로 된 식사를 한 적이 없다. 나와 관계한 이후에도 남는 것만 저 던져주세요, 라는 느낌으로 내가 먹는 걸 바라보고만 있었다. 무슨 개 취급 하는 듯해서 꺼려졌지만, 개 취급을 하면서 먹을 것을 같이 먹으면 그 뒤로 갑자기 내 온몸을 정말 개처럼 핥았다. 대체 뭐였담.

"셰셰, 감사합니다, 그라치에, 땡큐, 그라시아스, 아리가또, 메흐씨."

뭐 어쨌건 고맙다는 말의 최상격으로 전세계의 감사합니다. 로 인사하고 칼질을 시작했다.

"메흐씨."

여주인은 입 가리고 웃다가 마지막 프랑스어로 고맙다는 말을 듣고는 가볍게 내게 목례했다.

그나저나 그 넓은 호텔에서 홀로 식사를 하고나니. 이곳에 나 혼자인가 싶은 생각이 들었다.

객실 로비인 복도를 돌아다니며 나는 다른 객실들을 들여다보았다.

문들이 굳이 잠기는 것 없이 열렸는데, 마찬가지로 다들 비어 있었다.

한밤중에 본 첫인상은 마녀의 성이었지만, 이렇게 해 뜨고 보니 채광도 좋고 성도 넓고 볼 것도 많았다. 그냥 성 자체가 하나의 관광지 같았다. 금방 질렸지만.

와이파이는 있었다만 아무 곳에서나 신호가 잘 잡히지는 않았다. 와이파이 게이지가 차는 곳을 따라 가니. 2층의 로비에서 가장 잘 터졌다.

투숙객 시설들이 있었는데, 그곳의 명칭은 거울의 방이었다. 넓다 보니 방에 있는 것보다는 썰렁했지만 그래도 차차 햇살이 들어와서 햇빛을 쐬면 춥지는 않았다.

거울의 방이라는 이름답게 거울이 많긴 했다. 천장의 양초를 놓는 크리스탈 장식과 조화되어 서로를 비추며 거울을 사이에 두고 두 개의 화려한 연회장이 있는 것 같은 착시를 불러 일으켰다.

다만 이것이, 알제리계 매춘부의 육체가 더욱 다각도로 보이게끔 만들어진 구조라는 걸 알게 되는 건 좀 나중의 일이었다.

3층은 나중에 차차 보기로 하고 밀린 예능이나 드라마 등을 볼 심산으로 노트북을 켜고 콘센트가 있는 소파에 앉아서 다리를 쫙 폈다.

좀 관리 안 되어 보이는 정원이 보였지만 그래도 해자용으로 사용되던 작은 하천에 어우러진 정원은 멋스러웠다.

겨울철임에도 별 풀이 다 자라 있었지만 그 또한 하나의 멋으로 받아들일 수 있었다.

그렇게 맘 편한 시간을 보내고 있자, 창밖으로 보이는 마구간 인근에 여주인이 나타났다. 여주인은 예의 드레스 대신에 부츠와 작업복으로 무장한 채였다.

신경이 쓰여 보고 있자니 그녀는 그 주변의 도끼와 창고에 쌓여 있던 장작들을 가져왔다. 두 개씩만 들고 뻘뻘대며 움직인다. 어제처럼.

도끼를 들고 심호흡을 하던 그녀는 장작 위로 도끼를 들었다. 머리 위로 쭉 도끼를 치켜들자 소매가 걷어지며 햇살 아래 얇은 팔이 드러났다. 그리고 내리찍었다.

땅바닥을 말이다.

그 다음에는 장작을 올려둔 밑동을.

그리고 그 다음에는 어찌저찌 장작을 때렸는데, 도끼가 튕겨 나갔다.

……저러다 발등 찍을 거 같은데?

'장작을 패다' 아니라, '장작을 두들겨 패다'라고 말해야 할 정도로 도끼를 휘둘러 장작 윗부분만을 공격하고 있었다.

장작 패려는 게 아니라, 사실은 장작 윗부분을 세밀하게 깎지 않고 과격하게 조각해서 나무에 대한 경각심과 생명의 존엄성을 표현하며 제목은 '원래는 장작을 패려고 했었다.'라고 붙인 나무조각상을 만들려는 게 아닌가 싶을 지경으로 생쇼를 하고 있었다.

역시 호텔주인도 조각을 만드는 예술과 낭만의 프랑스…… 라고 실드치기엔 좀.

그렇게 여주인은 한참을 장작과 씨름을 하다가 결국 포기하고 창고에서 다른 걸 꺼내왔다.

삽과, 어, 저건, 분명 예초기……?

뭔가 행복한 군생활의 추억을 떠오르게 만드는 아이템들을 보니 그대로 지릴 뻔 했다.

아까도 말했지만 보면 겨울임에도 이곳의 풀은 무성했다. 입춘이 지나기는 했다마는 여전히 쌀쌀한 날씨인데도 풀들은 잘도 자랐다.

옛 이 성 가문의 문양을 그대로 형상화해서 높은 곳에서 그 모습이 드러난다는 정원의 모습은 풀이 무성해서 그런 느낌을 받기가 좀 어려웠다.

사실, 풀은 풀대로 자라게 해야 좋은 것 아닐까. 싶은 생각이 내게는 있었지만 내가 아닌 다른 사람이 보기에는…… 예를 들어 학생 대신 화단에 더 깊은 애정을 쏟으며, 방학 도중에 학교 봉사일이랍시고 불러다가 손에 녹색물 들일 정도에 이만한 봉투만큼 풀 안 뽑아오면 봉사점수도 없고 또 나와야 한다고 강짜 피우던 교감선생이나, 그리고 분명 전날 풀 다 뽑아 없앴는데도 작업 하나도 안했냐며 한여름의 주말 휴일 시간에도 다 집합시켜서 도로 풀 뽑게 만드는 깐깐한 당직사관, 그들 같은 사람들의 관점에서 본다면 작업 시킬 만한 광경이었다.

그런데 저 여주인, 아무리 봐도 예초기 돌릴 줄 모르는 거 같은데? 전원 켜는 것도 모르나?

차창에서 바라봐서 자세히는 알 수 없었지만 여주인은 마치 부시맨이 컴퓨터 보고 이게 뭐하는 물건인고? 고민하는 듯한 느낌으로 이곳저곳 건드리고 있었다. 저거 조심해야 할 텐데…….

불행인지 다행인지 결국 켜지를 못하고 삽질을 시작하는데. 한때 신병시절 귓가에 붙었던 선임의 몹쓸 말버릇이 반년이라는 시간을 넘어 도로 내 속을 비집고 나오려는 걸 꾹 참았다.

'일 존나 못하네.'

'야, 열심히 하지 말고 그냥 잘하란 말야.' 등등.

생판 처음 해보는데 어떻게 그냥 잘한단 말인가. 새삼 빡이 올랐다.

어쨌든 예초기도 못 켜면서 삽질도 못한다. 편견 같지만 생긴 대로였다.

참 애잔하게 일을 하길래. 일 못하고 어리버리 할 때의 내가 생각나서 더러운 추억에 젖었다.

그래도 지켜보고 있자니 진득하게, 홈런 못 치는 타자처럼 삽을 짧게 잡고 휘둘러서 삽날을 써서 풀도 뽑고, 화분에서 자라고 있는 꽃들도 가져와서 옮겨 심으려고 하는 등 뭔가 열심히 정원을 가꾸려고는 하고 있었다.

진도가 안 나가서 문제지.

계속 여주인을 안타깝게 지켜보던 나는 좀 더 근원적인 질문을 하게 되었다. 이 성, 관리구역이 장난이 아니었다. 성 내부도 넓고, 성 바깥은 더 넓었다.

저 여자, 어떻게 저걸 다 커버하려고 그러지. 어쩌면 주인이 아니라 농노 아닐까. 생긴 건 공주님처럼 생겼던데. 아니 그 전에 농노를 왜 초상화를 그려줘?

거기다 일하는 모습을 보아하니, 생전 이런 일을 안 해본 티가 났다.

한편으로 슬슬 나는 그동안 모아 왔던 빨래를 빨아야 하겠기에 어찌 해야 할지 물어보고 싶은데, 지금 이 성 안에는 정말 나 혼자만 있었다. 저기서 삽질하는 여주인 외에는 물을 곳이 아무 데에도 없었다.

결국 나는 와이파이를 연결해두고 밀린 예능 프로그램 다운로드만 걸어놓은 채, 성 바깥으로 나서서 빨래해도 되냐고 물어보기로 했다.

그럴 셈으로 나왔는데…….

직접 보니까, 정말이지, 일을 너무 못했다.

잡초를 뽑고 따로 화분에서 키운 꽃들을 옮겨 심으려는 것 같은데, 일단 땅을 못 파고 있었다.

저럴 거면 삽을 왜 쓰는지……. 맨손으로 파는 게 더 잘 파겠다.

하지만 그거야 손님인 내가 신경 쓸 문제는 아니고, 지금은 밀린 빨래를 처리하고 싶다.

나는 입으로 말은 잘 안 나오지만 어찌저찌 영어로 문장을 만드는 것과 문장을 보고 이해는 가능한 정도의 외국어 어학능력은 있었다. 독해와 쓰기만 좀 된다고나 할까? 그래도 근래에 생존영어를 하다 보니 회화도 아주 약간 늘은 것 같지만, 영어는 끝내 한계가 있었다.

영어는 다들 잘 하던 독일이나 오스트리아 사람들에게나 통하는 거였고, 이탈리아와 프랑스에서는 영어가 먹히는 곳이 많지는 않았다.

특히 내가 프랑스 관광은 오래 한 건 아니지만, 유독 프랑스 사람들은 좀 더 그랬다. 이탈리아 사람들 같으면 그냥 영어를 못하니까 영어로 물으면 난감해 하는 느낌이라면, 프랑스 사람들은 왜 여기까지 와서 영어 쓰고 자빠졌어? 하는 느낌인 경우를 몇 차례 느꼈기에 어설픈 영어쓰기가 꺼려졌다. 쓰면 손해니까.

하기야 느낌상, 금발머리 서양인이 한국에 와서 나한테 일어

로 말을 묻고, 한때는 일본이었던 적 있지 않습니꽈? 왜 못 알아
듣습니꽈? 이러면 한 대 치고 싶어질 것 같긴 하다.

어쨌건 세탁해도 되냐고 물으니, 여주인은 불어로 무심코 말
했다가 내가 전혀 못 알아들으니 뭐라고 영어로 말하려고 했다.
하지만 나보다 딱히 영어를 더 잘 하는 것도 아닌 여주인은 할
말이 생각이 안 나는지, 작업복을 입은 채 땀을 뻘뻘 흘리다가
결국 스마트폰으로 답변해주었다.

지아나 내 동생처럼 엄지손가락을 쓰는 속도가 빠르다. 여자
아이들이 폰을 만지는 건, 어딜가나 비슷비슷한 걸까?

그렇게 영어로 답변을 해주어서 보니까 기묘한 이모티콘도 붙
어 있었다. 우리나라 카톡에 있는 고양이나 개들과 유사한 것도
사용한다. 메신저는 다른 것 같긴 한데.

[지하의 공용욕실에 세탁기를 쓰셔도 됩니다.]

이런 시골 고성의 여주인답지 않은 도시 여성의 느낌이 나서
왠지, 대하기가 좀 편해졌다.

[일할 사람이 없나요?]

[나 혼자야.]

[영어로 문장 잘 쓰는 것 같은데요.]

[영어 잘은 못하지만 배우긴 했는데. 말보다, 쓰는 거나. 읽
는 건 잘 되는 것 같아. 책은 읽을 수 있는데 그걸 말로는 못하는
것?]

편의상 임의해석은 했지만 대충 맞겠지. 여튼 역시나 그녀도
나와 비슷한 것 같았다. 독해도 되고 빈 칸에 영단어 써넣기는

잘 하는 것 같은 느낌? 그리고 한편으로 저런 단어를 쓰면서 채팅을 하듯, 꼭 이모티콘을 붙였다.

[그런데 왜 일할 사람이 없죠?]

[경영난에 처해서.]

[당신이 사장님? 젊어 보이는데.]

[아니. 성주.]

lord of the castle. 영어로 보니까 뭔가 더 거창하다.

이 여주인은 단순한 호텔 지배인이나 카운터 여직원이 아니었던 모양이다. 하기야 초상화부터가 보통 비범한 것이 아니었다.

장작을 안고 오다가 와장창 하지만 않았다면 말이다.

[나이가……?]

라고 쓰려다가 저 정도 회화를 모르면 아예 초등교육부터 안 받은 것 아니겠나 싶어서 직접적으로 물었다.

"푸후."

그러나 하우올드아유를 쓰는 날 보며 그녀도 웃기긴 한 모양이다. 그 정도는 말할 수 있을 것 같았지만. 여주인은 일부러 스마트폰에 직접 숫자로 써서 적어주었다.

19.

[난 당신 나이 알아. 21살.]

여권에 적혀 있는 걸 꽤 유심히 본 모양이다?

내가 세는나이로는 23세니까. 계산은 해외에서 일반적인 만나이로 한 것 같은데……. 대충 계산해봐도 그녀는 이제 세는 나이로는 21세인 모양이었다. 딱 대학 새내기 정도의 나이. 여동생이랑 같은 나이였다.

외모는 처음부터 그 정도로 보여서 납득은 했다만 성주라는 직책이 어울리는 나이는 아니었다.

[남의 여권, 열심히 보네요?]

[어려보여서. 미성년자는 호텔 혼자 투숙이 불가능하다고 말하려고.]

여주인은 내가 못 알아들을 것 같으면 앱에서 한국어를 눌러서 어설픈 기계음의 번역도 해주었다.

그럼에도 웃는 이모티콘이 있었고, 여주인은 그 이모티콘처럼 생긋 웃었다.

옆에는 꽃이 핀 화분들이 있었고 간만에 몹시 맑은 햇빛이 성을 인근의 해자에 비추어 거울처럼 넘실거리는 것도 보였지만, 꽃과 멋들어진 풍경보다도 볼에 흙먼지를 묻힌 여주인이 더욱 어여뻐보였다.

그 모습을 보자 나도 모르게 감탄사가 나왔다.

"예쁘네."

여주인은 그 말에 고개를 갸웃했다. 영어인 줄 알았나 본데. 그건 아니었고 나는 무심코 입을 막을 뻔하다가 그냥 어깨를 으쓱하는 제스쳐로 그만둬 버렸다.

뭐, 한국말 알아듣겠나.

어쨌든 어려보인다니 나야 고마운 소리였다. 칭찬에 고맙다고 대응한 뒤 도와줘도 되겠느냐고 물었다.

도와준다니까 뭔지 몰라 하다가, 삽을 들고 꽂는 것처럼 삽 없

이 삽질하자 고개를 저었다. 그리고 마치 본인이 얼마든지 일을 할 수 있다는 것을 보여주겠다는 듯이. 삽을 땅에 꽂았다가 돌부리에 튕겨져 나온 삽 손잡이에 턱을 어퍼컷으로 맞고 뒤로 넘어갔다.

"......."

일단 투숙객이니까, 그리고 투숙객을 위해서 하는 일인데, 투숙객이 나서서 도와 줄 필요는 없다고 하는 것 같았지만…… 슬슬 내가 갑갑해서 못 참겠다.

신병이 병장 빗자루 뺏듯이 빼앗았다. 물론, 내가 병장일 때 그런 신병은 못 봤다만.

군생활 때 지긋지긋한 인연이었던 이놈을 다시 잡고 무성한 잡초 밭과 마주하니, 새삼 간부식당 가는 길의 나무들을 가지치기하고 꽃나무를 옮겨 심고…….연대기념비의 위치를 바꾼다느니 뭐니 했던 보람 없는 기억들이 샘솟는다.

여주인도 일단은 비슷한 작업을 하려는 것 같았다.

그리고 나는 너무 잘했다. 적어도 이 여주인에 비해서 말이다.

모처럼이니 삽질의 기본, 예초기의 기본, 땅파기의 기본을 그대로 보여주었다. 장작패기도 어려울 건 없었다. 왠지 죄다 기억 속에 있는 작업 중의 하나였다. 정글도로도 나무를 베어 그 나무덤불을 훑어내어 위장용으로 썼었던 추억.

그냥 어쩔 수 없이 조국의 부름에 응하여 아까운 젊음을 보낼 수밖에 없었던 나의 전직의 경험이, 여주인이 하려던 호텔 및 정원 관리에 발휘되고 있었던 것이다.

심지어 정원수를 세심하게 깎아 내는 일조차 간부의 갈굼을 먹어가며 해봤던 작업 중의 하나였다. 이쯤 되면 정원지기로 바로 취직해도 되겠다 싶다.

처음엔 내게서 도구를 빼앗으려던 여주인은 작업하는 내 모습을 보더니 그대로 다른 삽을 가져와서 따라했다.

나는 그런 여주인에게 몸소 시범을 보였다. 삽질은 이렇게 하는 것이고 나무는 이렇게 베는 것이다. 라고.

덕분에 여주인과 함께 허리를 숙이고 뜬금없이 정원을 가꾸게 되었는데 여주인은 이런 나를 보며 감탄을 금치 않았다.

손뼉을 치거나 오, 와우, 하는 등 리액션이 좋았다.

솔직히 금발미인에게 칭찬과 감탄을 받으니 여행 와서 이게 뭔 삽질이냐 싶었음에도 기분이 나쁘지 않았다.

익숙하기도 하고. 안 익숙했으면 싶었지만 말이지. 반년이 지나도 아직 몸에 배어있다니, 원.

여주인은 내가 삽질을 하면 혼자 쉬지를 않았다. 어떻게든 자기도 보고 따라하거나, 저쪽은 건드리면 안 될 듯한 예초기를 돌릴 때에도 어떻게든 자기도 잡아보려고 안 통하는 말로 떼를 썼고 장작도 역시 같이 팼다.

도끼질은 테크닉으로 하는 것이라고 강연하니 옆에서 장작을 같이 팼는데, 삽질이나 예초기질에 비해서 도끼질은 자주 하던 것은 아닌지라 나도 실수가 나왔고, 그에 반해 여주인은 잠시 헤매다가 갑자기 '아하!' 하고는 뭔가 알았다는 듯, 느닷없이 장작에서 깨달음을 얻어서는 갑자기 나와 경쟁을 시작했다. 덕분에 쌓여 있던 장작은 정말 순식간에 없어졌다.

[예전 정원사 아저씨보다 잘하는 것 같아. 한국에선 뭐했어?]

"군인."

여주인은 웃으며 고개를 저은 뒤. 주섬주섬 폰을 내밀었다. 화면에는. 영어로.

[거짓말.]

"노, 노, 노 리얼, 리얼. 리얼리티!"

경례까지 절도 있게 해보이며 믿게 만들려 했지만, 군인은 총을 쏘고 훈련 받고 어쩌구저쩌구 하면서 여주인이 직접 삽을 들고 총처럼 쥐면서 리액션을 한다. 자기가 무슨 특수부대원이라도 되는 양.

느낌이 군인이면 총질이지 무슨 삽질이냐. 라고 묻는 것 같은데. 이 아가씨가 뭘 모르네. 진짜 군인은 총보다 삽을 실전에서 더 많이 다루는 법이다. 일단 한국군은 그렇다.

하지만 삽질보다 저게 더 설득력이 있다면 못 해줄 것도 없다. 좀 더 전문적으로 삽을 총처럼 끼우고, 온갖 사격 자세를 취해 보았다.

그런데 그게 웃겼는지 여주인은 꺄르르 웃더니, 갑자기 내 손목을 잡았다. 그리고는 묘한 냄새가 함께하는 마굿간으로 나를 데려갔다. 그런 다음. 백마 한 마리를 끌고 나와서는 자기가 잠깐 올라타더니, 나를 부른다. 그리고 안장을 가리킨다.

말을 타보라고 하는 것 같긴 한데. 아무래도 이 여주인의 망상 속의 군인은 말 타고 총 쏘는 용기병이라거나, 중세 기사 같은 존재인가보다.

"아, 아하하하하. 노노노노."

평소 마차를 타보고 싶기는 했는데, 말에 직접 승마를 하는 건 뭔가 불안했다.

이제 막 성인이 된 여성이 그것도 도끼질, 삽질, 예초기 전원도 못 찾고 도끼로는 발등 찍을 뻔한 그런 애가 말이라고 잘 다스릴까? 싶은 의구심도 없는 건 아니었고, 그럼에도 생각보다 여주인이 말을 잘 다스리기는 하는 것 같지만 그래도 역시 다짜고짜 타라는 것에는 거부감이 있었다.

여주인은 내가 거부하자 자기가 대신 백마에 올랐다. 그리고는 자랑하듯이, 몇 발자국 말을 타고 걸었다.

나는 여동생이 선물로 사다달라던 초콜릿이 문득 생각났다.

"고다이바?"

"고다이바?"

여주인은 입가를 가리고 웃었다.

날 보며 자주 웃어주는 게 좋긴 했다.

피곤에 찌들어 보였지만 웃을 때의 여주인은 소녀와 같았다. 그 웃음이 내가 외국어를 못하거나 문화적으로 받아들여지지 않는 행동에 대한 헛웃음이나 비웃음이여도 괜찮으니, 그렇게 행동해서 억지로라도 저 웃음을 볼 수 있다면 좋은 기분이었다.

"예쁘게 웃으시네."

한국말을 못 알아들으니, 편한 면이 있었다. 맘대로 혼잣말도 할 수 있고.

며칠 전에 시오리에게도 들었고, 지아와 메신저를 주고받으면서도 들었던 이야기다. 지아는 현지어를 듣고 말할 수 있는 능력이 있어서 되갚아주긴 했지만, 일부 초딩이나 어린애들이 우리가 못 알아들을 것이라 생각하고 현지어로 은근히 놀리는 경우가 있다고 한다. 당장 나도 이탈리아 남부의 초딩들에게 왠지 그런 느낌을 당한 적이 있었으니 뭐.

이번에 내가 한 것도 비슷한 일이지만, 욕이나 놀림이 아니라 칭찬이다.

지아도 예쁘다고 느끼지만 굳이 그 느낌을 말로 표현하지는 않는다. 부끄러우니까. 그런데 왠지 이 여주인에게는 알아듣지 못할 것을 알면서도 그런 말을 하고 싶었다.

예쁘단 말을 하는 순간에 눈을 껌뻑이는데, 그때 유독 눈이 크고 순진해 보였다.

"클레멘티, 마이네임 이즈. 앙블로 클레멘티."

여주인이 자기 이름을 말했다. 굳이 물어보진 않았었는데. 먼저 이야기 해 주었다.

뜬금 자기소개를 들은 나는 내 이름도 소개하려고 했는데. 여주인, 클레멘티가 나를 가리키며 말했다.

"초지, 원."

성은 원씨에 이름은 조지인 외국인 이름 부르는 것 같은 느낌이다.

부모님이 내 이름 지으실 때. 약간 글로벌화 시대에 맞게끔 의도한 것도 있다고는 했다.

"노 고다이바."

클레멘티는 자신이 고다이바가 아니라며 어필한다.

그러고 보니 고다이바는, 전설인지 실제 기록인지 모르겠지만 세금을 혹독하게 뜯는 영국의 한 영주에게 독실한 가톨릭 신자이며 영주의 부인인 고다이바가 세금 좀 적당히 걷고 백성을 굽어 살피라고 간하자, 영주가 그 부인에게 그러면 당신이 알몸으로 말 위에 타고 성내를 걸으면 그리 해주겠고 했더니 고귀한 신분임에도 옷을 홀라당 벗고 말을 탄 고사에서 비롯되었다 들었다.

"아하?"

의도한 건 아니고 성주님이라고도 하고 말도 타기에 문득 초콜릿 포장지가 생각나서 한 말인데 아무래도 섹드립처럼 들린 건가?

클레멘티의 볼이 약간 상기되어 보였다. 물론 그 고다이바의 고사처럼 그녀가 저 위에서 옷을 벗어준다면야 나야 바랄 것이 없겠다만, 아무래도 프랑스 여자에게 고다이바라는 말은 한국으로 따지면 '애마부인!'이라고 놀리거나 옷을 벗어라? 정도의 은유가 아닌가 싶었던지라 나는 황급히 쏘리, 쏘리. 하며 미안해했는데. 왜 미안해하는지는 모르는 표정이었다.

해야 할 일이 워낙 많아서 오후가 되어서도 마칠 수는 없었고 클레멘티는 적당히 도중에 과업을 마쳤다.

일을 하며 느낀 건데, 클레멘티는 나로 하여금 일을 하지 않으면 죄스러울 것 같은 능력을 갖추고 있었다. 가만 두면 예초기

돌리다 발목 자르거나 도끼로 정말 발등 찍을 것 같았다. 내가
비록 이 호텔의 투숙객 입장이지만, 보고 있는 것부터가 갑갑해
서 견딜 수가 없었다.

다행히 경력 덕분에 일이 어렵지만은 않았다.

비유하자면 이제 막 컴퓨터 만지는 법을 배우는 어머니의 뒤
에서 이래라 저래라 참견하고 싶어지는 심정이랄까.

클레멘티는 매우 고마워하며 원한다면 투숙하는 동안 디너를
죄다 제공한다고 했고, 나는 손이 시릴까봐 가져왔던 장갑을 벗
었다. 목장갑 대신 유용하게 썼다.

"메흐씨!"

클레멘티는 내게로 쪼르르 다가와서 갑작스럽게 나를 껴안으
며 볼을 맞대었다. 내 오른쪽 볼에 뺨을 맞댄 뒤. 쪽 소리를 귓가
에 울리게끔 냈고 그 다음에는 내 왼쪽 볼에 뺨을 맞대고는 다시
한 번 쪽소리를 냈다.

프랑스 식 인사인 '비쥬' 라고 하는 것 같았는데. 클레멘티의
볼이 와 닿는 느낌에 심장고동소리가 들릴 지경이었다.

그리고 클레멘티는 외부의 작업을 끝내지도 못했는데도 곧장
들어가서는 성 청소를 시작했다.

청소 견적도 성이 워낙 넓어 장난이 아니었다. 청소도 도와줄
까 싶어 물었지만. 청소는 자기가 잘 할 수 있다고 한다.

이런 아가씨가 어째서 이 큰 성에 홀로 있는지 궁금한 점이 많
았지만, 차후에 묻기로 했다.

◇

　저녁 역시도 클레멘티와 단 둘이었다.

　여러 가지를 물었다. 스마트폰 대신 노트북 번역으로 좀 더 심도 있게 대화할 수 있었다.

　고다이바 이야기에서 벙 찐 이유는 자신은 그런 귀부인은 아니란다. 결혼을 안 했다고.

　듣자니 부모님은 잘못을 저질러 프리즈너가 되었고, 추징금 때문에 고용인들의 봉급을 유지할 상황이 안 되는데 그녀에겐 챙겨야 할 여동생이 있어서 어떻게든 생계를 꾸려가야 하는 생계형 성주라고 했다.

　중국인 갑부가 이 성을 매입하는 것에 관심을 보인다고 하기에 내가 그 중국인 갑부인 줄 알았는데, 아닌 것 같단다.

　왜냐 물으니, 일을 잘해서란다.

　간혹가다 이상한 한국말을 몇 마디 하는데 그건 무슨 뜻이냐고 묻는다. 혹시 자기 바보냐고 놀리는 거였냐며 묻는데, 난 묵비권을 행사했다.

　서로 영어를 못하긴 했지만, 회화보다는 독해와 문제풀이에 치중된 교육을 받은 사람들끼리 컴퓨터를 두고 말을 바꿔가며 대화하는 것도 꽤 재미있는 일이었다.

　클레멘티도 나와 마찬가지인지 입가에 미소가 떠날 줄을 몰랐다.

　그걸 보며 또 한 번 혼잣말로 예쁘다고 했다. 그러자 클레멘티는 의심스럽다는 양 표정을 찌푸려보았고, 그제야 나는 사실대로 말했다.

'프리티' 라는 뜻이라고.

"프리티? 미? 푸흐흐, 아하하하하. 땡큐, 메흐씨, 아, 감사합니다."

못 믿겠다는 듯, 두 눈을 휘둥그레 뜬 클레멘티는 자기를 손가락으로 가리키며 호쾌하게 웃었다. 그러면서 방금 내게 배운 한국어 회화로 인사를 전했다.

나는 조금 민망하긴 했지만 아무렇지 않은 양 어깨만 으쓱하고 말았는데, 클레멘티가 다가왔다.

클레멘티는 고맙다고 다시 한 번 볼뽀뽀를 했다. 볼을 맞대고 입을 대지는 않지만 춥! 소리가 대놓고 나게끔. 나는 얼떨떨하게 그걸 그대로 당했는데, 당황해하는 날 보며 꺄르르 소리나게 웃더니 나더러는 귀엽단다.

식사를 마치고 나는 내 방으로 돌아왔다. 뜬금없는 막노동을 하긴 했지만, 클레멘티와 조금은 친해진 것 같아서 기분이 썩 나쁘진 않았다.

적당히 편한 옷으로 갈아입고 화장실을 갈 겸 해서 나왔는데, 아직 이른 시간이었지만 벽난로 앞에서 클레멘티는 잠들어 있었다.

아무리 벽난로가 가까이 있다지만 가뜩이나 난방이 잘 안 되어서 으슬거리는데, 담요도 덮지 않은 채였다.

피곤했나 보네.

나는 근방의 담요를 그녀의 가슴께까지 덮어주었다.

◇

왠지 나는 그 다음 날도, 또 다음 날인 지금도 일을 잔뜩 해주고 말았다.

나도 계속은 안 하려고 했는데 오늘은 클레멘티가 근육통으로 뻗어서 계단을 오르내리는 것조차 못하였다.

어제는 날이 급격히 추워져서 정원을 파야 했는데, 클레멘티는 정원의 땅이 거의 얼어버린 고로 내놓았던 꽃들을 죄다 온실로 옮기고 언 땅을 팠다. 혹한기에 텐트를 치고 자 본 나는 괜찮았지만. 뱁새가 황새 따라온다고 내가 일하는 걸 한 없이 죄스러워하던 클레멘티가 삽자루를 부러뜨릴 정도로 열심히 일하더니만 끝내 일을 낸 것이다.

근육이 뭉쳐서 부들부들 떨면서 지하에서 만든 아침식사를 옮기는 것을 보고 나니 가만 있을 수가 없었다. 그래서 졸지에 나혼자 노동을 뛰는 중이었다.

몸 아프면 쉬라는데도 클레멘티는 미안하다고 나와서 안 해도 된다고 나를 계속 말리는데, 나로서는 솔직히 쉬면서 할 게너무 없긴 했다. 와이파이가 아주 빵빵해서 하루 종일 웹서핑을 할 수 있는 깃도 아니고.

더군다나 여기서 합류하기로 한 지아 녀석은 합류 대신 다른 거점에서 만나자는 연락을 해 왔다.

원래는 자기도 생리기간 쯤에 맞춰 휴양을 하기로 했는데. 약을 먹다 보니 피 배출양이 줄어서 여행하는데 별다른 문제가 없다는 것이다.

그 시간 동안 자기는 스페인을 더 구경하겠다는 뜻을 내비쳐 왔다. 내 투숙이 끝나는 날, 혹은 그 이후에 파리 리옹역에서 만나자는 톡을 보내왔다.

지아 녀석과 이런 고성에서 함께 지내는 것도 왠지 미묘한 선에서 멈춰 있는 우리 관계를 진전시킬 수 있는 기회이지 않을까, 하며 설레이던 맘이 아예 없지는 않았지만 할 수 없지.

한편으로 클레멘티는 무상 저녁 서비스를 제공했고, 계속 일을 해주다보니 어제는 더는 줄 것이 없다면서 혹시 이곳에서 더 묵고자 한다면 얼마든지 묵어도 된다는 무상숙박쿠폰을 주었다.

제대로 인쇄된 것이 아닌 그녀가 직접 그려 만든 이 쿠폰은 마치 어린애들끼리나 주고받는 그런 장난용 쿠폰 같았지만, 그래도 클레멘티의 필체는 여중생처럼 또박또박 귀여움이 묻어났다.

3일째 일도 같이 하고 식사도 같이 챙기다 보니 말은 좀 안 통하지만 많이 친해졌다.

"클레멘티, 장작이 이제 얼마 안 남았는데?"

문득 보니 오늘 장작이 거의 다 떨어졌다. 갑자기 급격한 한파가 닥친 탓에 나뿐 아니라 클레멘티도 몹시 추위에 떨기에 벽난로 화력을 좀 세게 땠고, 평소에는 불을 때지 않던 오전 오후에도 불을 떼지 않으면 몹시 추워서, 마침내 남은 장작이 얼마 없게 되었다.

클레멘티는 얼마 남지 않은 장작을 내 방에만 가져다 놓으라고 했다. 그리고는 요양병원의 무릎 다치신 할머니처럼 걸으며 어디선가 종이들을 가져왔다.

클레멘티는 주로 거울의 방에서 생활했다. 따로 방이 있다지만 여기가 가장 아늑했고 자기 방은 너무 춥단다.

예전 병사들이 머물며 감시탑으로 사용했다는 3층의 클레멘티의 방은, 구조가 과연 옥탑방과 다를 바 없는 형상이었다. 안 그래도 추운 이 성에서 유독 찬바람이 입 돌아가게끔 들어왔다.

그곳을 본 나는 남은 장작들을 죄다 거울의 방에 넣었다.

클레멘티는 화들짝 놀라서 팔을 매섭게 저었지만 어차피 일어나서 적극적으로 말리기엔 그녀의 땡기는 허벅지가 용인하질 않는다.

[농, 이러면 당신 너무 추워.]

[나는 영하 20도의 겨울에서도 눈을 이불삼아 총을 베개 삼아 자고도 살아남았으니 괜찮음.]

그런 뒤, 절대로 안 된다고 그러던 클레멘티를 이걸로 부심부릴 줄은 몰랐던 혹한기 훈련 부심으로 진정시켰다.

"……시발."

그리고 나는 그것이 자살행위였음을 내 방에 돌아와서 깨달았다.

혹한기 훈련 3일차의 야간매복에서 졸고도 버틴 것은 깔깔이와 핫팩이 있어서 가능했던 것이었다.

이 기괴하게 넓은 구조에 주변에 포도밭을 쫙 깔고 가운데 혼자 우뚝 선 앙블와 성은, 마치 주변의 바람을 죄다 여기로 모으는 것 같았다. 무슨 진공청소기냐.

차창은 흔들렸고 오늘은 아예 눈보라까지 휘몰아쳤다.

이불과 패딩을 둘렀음에도 흐르는 콧물이 내 상태를 말해주고 있었다.

똑똑.

그때 마침. 노크 소리가 났다. 노크 할 사람은 클레멘티 밖에 없었고 문도 굳이 잠그지는 않아서 오케이 사인을 내리자, 클레멘티가 여전히 다리를 약간은 절면서 차를 한 잔 가지고 들어왔다.

클레멘티가 잘 타는 쇼콜라떼였다.

그러던 그녀는 내 방에 들어오자마자 오한 환자처럼 이불을 두른 나와 이 방이 한기를 보며 입가를 가리며 웃었다. 응접테이블에 쇼콜라떼를 놔두더니 스마트폰으로 적어 말한다.

[것 봐. 춥지?]

나는 그제야 첫 날 이곳에서부터 클레멘티가 어떤 모습으로 나왔는지를 기억해냈고, 거울의 방에서 오늘은 쉬라는 그녀의 제안을 거부할 수 없었다.

따스한 차와 함께 한숨 돌리면서 왜 이리 춥냐고 물었더니 자초지종을 설명하는데.

진즉 단열재로 리모델링을 했어야 했는데 그녀의 조부의 고집 덕에 그러지 못했다는 것이다.

때문에 부모님들도 딸인 자신과 여동생은 파리의 아파트로 보내어 살게 했었고 이곳은 정식 호텔보다는 비밀별장 정도로만 이용되어 왔었다나. 하지만 그 비밀별장으로 사용하던 사람들이 죄다 법의 철퇴를 맞아 발길이 끊겼고 일반인을 상대로 영업한지는 얼마 되지 않았다고 한다.

이것이 계속 궁금증을 자극하던 그녀의 사정이었다. 결론은 가문과 여동생 그리고 죗값을 치르고 돌아 올 부모님을 위해서 경험은 없지만 어떻게든 이곳을 꾸려나가고 있다는 것.

서로 필담이 통하는 것을 알고 나니까, 내 노트북을 거울의 방에 두고 적어서 대화를 나누는 건 재미있었다. 순차대로 문답을 나누는데 메신저를 쓰지 않고도 메시지를 주고받을 수 있었다.

거울의 방에는 누워서 쉴 수 있는 간이침대와 쇼파 등이 있었다.

그나마 거울의 방은 벽난로도 있고 구조 상 바람을 더 많이 맞게 생긴 객실들이나 3층의 가족실등에 비해서는 온난했고 난로도 잘 돌아가고 있었다. 클레멘티의 볼에 숯검댕 자국이 약간 있었다.

나는 간이침대 하나를 차지해서 여기서 자겠다고 했고, 클레멘티는 그 말을 듣더니 '굿나잇'을 말하며 다가와서 클레멘티는 '비쥬'라는 볼에 하는 키스를 가하며 쪽! 소리를 냈다.

그녀가 내가 객실로 늘어살 때니 아침에 일어날 때 해주는 키스 인사였는데 여전히 익숙치는 않다.

뭔가 좀 부끄럽기도 하고, 잘 채비를 하고 누웠는데 그리 해주니 마치 어린아이 재우는 부모 같다는 느낌이 든다.

그런데 이번엔 사고가 났다. 클레멘티가 진짜로 내 볼에 입술을 대었던 모양이다.

양뺨이 아닌 한쪽 볼에만 했던 걸 보면 실수였던 것 같은데, 여전히 내가 부끄러움을 타는 것을 보며 즐기려고 했는지 내 안면을 둥글게 웃는 눈으로 쳐다본다.

그 순간 그녀의 파리한, 그리고 겨울임에도 립밤도 없이 메말라 튼 입술이 왠지 너무 맛있을 것 같다는 생각이 들자마자.

나도 모르게 클레멘티의 입술을 허락도 없이 훔쳐버리고 말았다.

대놓고 화들짝 놀라 떼는 게 이상하지만, 정말이지 삽시간에 벌어진 일이었다.

지금 내가 할 수 있는 일은 사과밖에 없다고 느꼈고 나는 급히 일어나 고개를 숙였는데 그런 내가 머쓱하게끔. 클레멘티는 '얘가 지금 뭐하는 거야? 웃기네.' 스러운 느낌으로 웃고만 있었다.

이게 지금 문화적으로 별반 문제없이 용인이 되는 것일까?

그냥 서양에 대한 편견이 아닐까. 싶기도 했지만……. 그러고 보니 이곳은 프렌치 키스라는 말의 발상지이므로 그 정도가 아니면 애정표현이 아니지 않을까 싶은 생각도 들었다.

"디스 이즈 프렌치 키스?"

"프렌치 키스? 우흐흐흐. 농."

클레멘티는 다시금 나와 볼을 맞췄는데. 쪽 소리를 이제는 정말 입술로 냈다.

양뺨에 두 번씩만 하고 끝날 줄 알았는데, 세 차례를 더 한다.

뭔가 기분이 좋다. 어린애 취급 같기도 하지만. ……좋다.

미녀의 입술이 볼에 와 닿았는데 싫을 수가 있을까.

내가 무심코 했던 입술 맞대기는 그저 박치기나 접촉사고 정도와 애정 대신 친애의 표현인 것 같기도 하길래. 한 번 더 시도해보았다.

클레멘티는 별로 없던 볼살이 계란처럼 떠올랐고, 보조개는 쏙 들어갔다. 눈은 웃고 있었다.

그리고는 손을 저었다. 이건 프렌치 키스가 아니라는 투였다.

내가 여자아이 아랫도리는 경험해 보았어도 입술을 입술로 맞댄 적은 없었다.

어쩌다 내 고기막대를 머금어 준 입술과 혓바닥의 감촉이, 때로는 보지 속보다 감미로울 때가 있다는 것을 알고는 동경해왔지만 실제로 이를 입으로 취하진 못한 것이다.

그녀는 나한테도 해보라는 듯 볼을 내민다. 볼을 맞대는 키스, '비쥬'라고 계속해서 어필을 한다.

이미 저질러 놓은 것도 있어서 하란 대로 했다. 볼과 볼을 맞대면서 볼에다 입술 가져다대기.

입술을 대니깐 싫어하지는 않는데 웃으면서 쪽! 소리를 냈다. 원래 소리만 내고 좀 더 친밀한 사이만 성밀 입술을 가져다 댄다는 것 같다.

나는 이게 '비쥬'인 것인지, '프렌치 키스'인 것인지 헷갈렸다. 무슨 영화나 커피 이름만 그건 줄 알았는데. 이게 프랑스식 인사이자 키스인 것인가.

그래서 계속 다시 묻자, 클레멘티가 푸흐흐 웃더니. 적어서 보여주었다.

[프렌치 키스는 이거야.]

프랑스인의 키스를 보여준다며 클레멘티가 입술을 할짝였다. 그녀의 작은 입에서 죠스바의 속살 같은 혀가 나왔다. 이윽고 그 혀는 내 입술을 고루 칠했는데.

입술이 몹시 간지럽고 민감해졌다.

이렇게 간지러울 것이라고는 전혀 생각도 못했다.

솔로 인생이 길어지면서, 남들 보기에는 우습지만 나름 진지하게 혼자 키스하는 느낌을 내본답시고 입술을 입 안으로 말아 넣고 혀로 핥은 적이 있었는데, 실전은 그것과는 전혀 달랐다.

나만 간지러우면 이상한 놈 취급을 받을 것 같아서 나도 클레멘티의 입술을 핥았다.

"우흐, 우흐흐흐흐."

간지러움을 태웠을 때의 반응 같았다.

클레멘티는 더는 참을 수 없었는지 입을 뗐다. 간지러워서 그랬는지 입술은 가리고 있었다.

그러니까 지금 상황이…… 나는 이게 여기 사람들도 흔히 그냥 하는 것인지, 아니면 호감이 없이는 유럽 사람들도 절대 못할 일인지를 고민해보았다.

약 한달 여를 돌아다니면서 느낀 바대로 생각해보면, 볼키스는 몰라도 이건 아마도…… 그저 친하다는 이유만으로는 할 수는 없는 것 아닐까?

설마 아니겠지 싶었지만, 나는 불쑥 대고 말했다.

"원 모어?"

이상하게 영어로 말하면 한국말보다는 더 **뻔뻔할** 수 있는 느낌이 들었다.

실수에 가까웠지만, 말해놓고 한 없이 부끄럽거나 그러지는 않았다. 기분 좋았으니 더하고 싶었던 게 맞다.

"원 모어? 푸훗. 아하하하하하하."

클레멘티는 호탕하게 웃었다. 입도 안 가린다.

나는 폰을 충전시켜놨기에 바로 달려가서 가져오진 못했고 어떻게든 영어와 프랑스말을 조합해서 내 뜻을 전달했다.

이 키스는 그러니까, 친구들끼리도 되는 건가. 아니면 연인들끼리 해야 안 이상한 건가. 우리 같은 사람들이 그냥 해도 이건 프랑스의 문화라서 괜찮게 받아들여지는 것인가?

물론 뜻과는 달리 현실은 개판이었다. 디스 키스, 프렌들리? 벗 러블리? 디스 키스 프렌치 트래디셔널 컬쳐. 등등. 단어만 늘어놓았다.

어떻게 알아들었는지 몰랐지만 클레멘티가 흘러내리는 금발 머리카락을 쓸어 올려 귓등으로 넘긴 채. 얼굴을 가깝게 들이밀었다.

그리고는 삿대질로 자기와 나를 번갈아 가리키며 말했다.

"프렌드?"

나와 클레멘티가 친해진 것 같긴 하다. 아무도 투숙하지 않은 고성에서 단둘이 땀을 흘리며 일하는 작업동료?

고개를 끄덕이며 답했다.

"프렌드."

클레멘티는 본인도 못하는 영어로 대답한다. 노와 농은 불어와 영어의 차이지만 유사해서 차치하고 말하기를.

"프렌드, 농, 프렌치 키스. 농."

역시 프글리쉬 같은 느낌이지만, 나도 알아는 들었다. 친구끼리는 이걸 안 한다는 것 같다. 그리고 입술을 살짝 맞댔는데. 우리 기준에서 키스일 이것을 두고 이게 프렌드십 이라고 말했다. 혀를 빼꼼 내밀며 프렌치 키스는 안 한다고 한다.

"프렌치 키스, 티칭. 프렌치 컬쳐. 익스페리언스."

프랑스 문화를 가르쳐주는 거라는 의미인가.

확실히 예전에 인터넷에서 찾아봤을 당시의 정보에 따르면, 고성전통문화체험 프로그램이 투숙객에게 제공된다는 듯했다. 승마라거나, 정원관리라거나 청소라거나, 장작패기라거나, 난방 제대로 안 되는 시절의 고성의 을씨년스러움이라거나.

그러니까. 혀 댄 키스는 문화체험이고, 내가 한 건 프렌드십 키스니까 괜찮다는 말 같은데.

방금은 프렌드가 아니라며?

"미 프렌드 농?"

그냥 일개 투숙객이겠지만, 삽질을 같이하며 친해져서 적어도 친구인 척은 할 수 있을 것 같았는데. 그런 건 아닌가?

"음, 마이 나이츠?"

"아?"

못 알아듣는 것 같으니 클레멘티는 잽싸게 번역기를 돌려 내밀었다.

[일당을 드릴 수가 없어, 자유시식, 자유호텔이용권을 드렸는데. 3일째 일당으로는 전투경력도 있고, 일도 잘해서 기사 작위를 드립니다. 나는 성주니까요. 시종으로 삼으려 했는데. 군인이었다니까. 특별히.]

고성이라지만 여기서 기사 작위를 받다니. 나도 이제 조지 원경으로 불릴 수 있는 건가.

날 기사로 삼는다는 말에 웃겨서 킥킥 웃었다.

3일간 내가 일한 걸 보면 시종이나 농노가 맞는 것 같은데. 2년여의 전투경력이 있으니 기사로 임용됐다는 모양이다. 나라에서도 안 쳐주는 가산점을 프랑스 여성주가 해주네.

그런데 기사라고 한들 뭐 특별한 이득이 있었나? 세금징수권이랑 땅 몇 마지기를 봉지(封地)로 받아야 기사도 기사 아닌가? 농담이지만 이러다 정말 땅 한 마지기 떼어준다면 프랑스에 땅을 산 부동산투자가가 되는 것이었던지라 확인에 들어갔다.

'봉지는 주니요?'라고 물으려는데 내가 봉지란 말을 영어고 불어고 알 리가 없었다. 그래서 결국 답답함을 이기지 못하고 스마트폰을 가져와서 나도 번역을 황급히 해서 내밀었다.

그런데. 클레멘티의 반응이 영. 뭐야 이건 싶은 느낌이었다.

한참을 보고 가만히 있던 클레멘티가 조심스레 내게 물었다.

"유 원트……섹스?"

"……왓?"

클레멘티가 볼을 붉히며 고개를 푹 숙였다.

"어, 어, 어, 어, 세, 섹스? 미? 어, 어, 어?"

나는 이 너무나 갑작스런 그린라이트에 황송해하다가, 황당해 해야 하는 것임을 깨달았다.

예스라고 말할 뻔 했지만, 우선 클레멘티가 왜 그랬는지를 파악해야 해서 스마트폰 화면을 다시 보았다.

헉.

내가 적었던 한국말의 봉지의 'ㅇ'이 누락되어 보지로 번역되어 있었다. 늦게 누른 탓인지 보ㅇ지 라고 필터링 피해서 적는 것처럼 적혀 있다. 아니, 왜 제대로 쓰지도 않았는데 음란한 단어로 번역이 되는 거야?

불어는 잘 모르겠지만 어찌됐건 내가 실수한 걸. 이 번역기는 아주 친절하게도. 보지는 주나요? 라는 섹드립 돌직구로 번역을 해서 보여준 모양이다.

거기다 직역도 아니고 아주 스마트하게 의역을 해서…….

화들짝 놀라서 나는 두 손을 저었다.

"노노노노노노노노노 미스테이크, 마이 미스테이크. 어스, 땅! 영토. 영지!"

봉지를 번역하니까. 가방으로 나온다. 나는 영토나 땅 등의 단어 대신에 봉지란 말을 떠올려 낸 판타지적 세계관에 몰입한 내 머릿속에 일침을 가하며 고개를 좌우 헤드뱅잉, 하고 엎드려 빌며, 영토, 영지, 봉토 등등의 모든 말을 적어 넣었다. 그러니까.
땅 달라는 거였다고!

"아하하하하하하하. 꺄하하하하하."

클레멘티는 그야말로 대폭소했다. 눈물이 날 만큼 웃었던 그녀는 뒤이어 번역결과를 줬다.

[한국말로 그 말이 그건 가봐?]

"위! 예스, 네! 씨!"

"……."

[변태]

기계음인 말소리로 번역 되는 게 있었는데 클레멘티는 그 버튼을 잘 누르지 않았는데 이번에는 연속으로 그 버튼을 눌렀다.
들리게.

"변태, 변태, 변태."

이 여자, 날 놀린다…….

실수라지만 할 말은 없었다. 한때 날 경계하던 시오리와 있던 일에서 느낀 거지만, 섹드립을 함부로 쳐도 괜찮은 상대는 20년 간 볼 꼴 못 볼 꼴 다 보고 살아 왔던 지아 빼곤 없었다.

여성에게 성과 관련된 농담을 잘못 말하면 분위기가 싸해지고 나를 취급하는 게 달라지는 법이었다.

내가 좀 시무룩해하자, 클레멘티는 날 놀리는 것을 그만두고 다시금 진지하게 부드럽게 웃으며 말했다.

[땅은 거의 팔려서 줄 곳이 없는 걸. 말이라도 드려야 할까.]

장난이었다는 양 클레멘티는 내 양 어깨를 붙들고 안마를 했다.

나도 묵직한 배낭 메고 다닌 턱에 뭉친 게 없지는 않아서 시원하다.

실수로 받아들여주는 분위기이긴 해서 나도 웃고 말았다.

하지만 그러다 문득. 섹스를 원하냐고 했을 때. 예스!를 하며 고개를 끄덕였으면 어땠을까. 하는 생각이 자꾸만 샘솟았다.

이곳 호텔은 우리 둘 뿐이다.

외부인의 접촉은 거의 없었다. 어제 오전 우편물이 온 것 외에 찾아오는 이도 없었다. 내일은 장작대행구매가 온다고 했다. 그 정도였다.

생각해보면 여자와 단둘이 있는 상황이다.

심지어 키스도 나눠 버린 사이다. 뭐 저쪽은 별 생각 안하는 것인지도 모르겠지만.

일이야 내가 갑갑해서 뛴 것이긴 하지만 대가로 받은 것들은 썩 도움 되는 것들은 아니었다. 내가 아무리 군대에서 일당 안주는 노동에 익숙하다고 한들. 나는 자원봉사자가 아니라 엄연히 이 호텔의 투숙객이니까.

[내일도 일감이 있고 새 장작은 내일 도착한다는데, 그럼 내일도 일해주면 뭘 줄 건데요? 성주님?]

[그러게 뭘 드리지.]

순간 속이 울렁였고 이 말을 해도 되는가 안 되는가, 싶은 마음이 있었다.

그리고 그 망설임에서 나는 약간 틀었다. 아무래도 겁이 안 나는 건 아니었으니까.

"프렌치 키스?"

클레멘티는 하? 하며 입을 가렸지만 이내 싱긋 눈웃음을 지으며 대답했다.

"······위(Oui, 예)."

그 말과 동시에 내가 먼저 그녀의 입술을 덮었다. 거부하지 않았다.

어정쩡한 자세였지만 내가 눕는 곳에 클레멘티가 살포시 앉아서 날 편하게 했다. 그러면서도 입은 떼지 않았다.

어설픈 손은 그래도 매너 손으로 아무 곳도 만지지 않았다. 그저 혀를 계속 부비며 입술을 핥았다.

장난스럽지 않고 농염했다. 할짝 하며 장난을 치는 게 아니라, 영화에서 보듯 숨을 거칠게 몰아쉬며 하게 되었다.

혀가 간지러웠고 입술도 간지러웠다. 그리고 매우 부드럽고 촉촉했다. 귀두만 느끼게 할 감촉이 아니었었다.

왠지는 알 수 없었지만, 분명 키스만 할 뿐인데. 내 그것이 발딱 서기 시작했다.

가볍게 입는 츄리닝이라 바지에 막히지 않고 늘어졌다. 그리고 그것이 클레멘티의 몸에 닿았다.

나는 허리를 죽 뺐는데. 그래도 몸에 닿아서 결국 얼굴도 떼야만 했다. 그러면서 밀치려고 했는데.

"스톱?"

입가에 반질거리는 것을 흠뻑 묻힌 클레멘티가 물었다. 그렇다고 나는 그만두고 싶지는 않았는데 고추가 너무 발딱 서서 난감했다.

클레멘티의 시선도 살짝 내려가더니 푸훗, 하고 다시 웃었다. 그녀는 아예 삿대질을 가하면서 눈길로 나를 놀렸다. 말은 안 했지만 눈빛이 누가 봐도 얼레리꼴레리였다.

"농, 스톱!"

놀림을 받았으니 다른 것으로 갚아주고 싶다는 생각이 샘솟아 프렌치 키스 중단을 멈추고 덤벼들었다.

그런 내 모습을 보며 클레멘티는 장난스럽게 피하려고 들다가, 웁. 하며 갑자기 햄스트링을 붙들고 내가 누워 있던 간이침대에 쓰러졌다.

괜찮으냐고 묻는 걱정스런 표정을 지었더니 웃었다. 손사래를 친다.

말을 굳이 통하게 하지 않아도 우리들은 표정만으로도 의사가 통했다. 바디랭귀지. 나는 가슴에 손을 얹고 안도의 한숨을 내쉬었는데. 그녀는 허벅다리를 때리면서 괜찮다는 듯 말했다.

하지만 그러다가 근육이 제대로 뭉쳤는지, 그 상황에서 스트레칭을 시작했다. 다리를 쭉 뻗고 내리고 자전거 타듯 굴리면서. 그런데 그녀가 인식하지 못하는 것이 하나 있었다.

스타킹과 그 사이로 팬티가 비친다는 것이었다.

나는 순간 그 움직이는 허벅다리의 종아리 부분을 움켜쥐었
다.

클레멘티가 묘한 소리를 냈다.

"흡!?"

입고 있던 긴 치마가 흘러내렸다. 뽀얗고도 하얀 다리가 그대
로 드러났다.

말라보였는데, 허벅지가 먹음직스러웠다. 갓 튀겨낸 통닭의
다리부분을 손으로 죽 찢어 튀겨진 껍질마저도 해제된 그런 닭
다리 같았다. 그야말로 괜히 먹고 싶어지는 게 아니었다.

문제는 내가 이렇게 그녀의 다리를 붙들고 들어 올려 토실하
게 솟아 오른 둔덕을 눈앞에 둔 채로 뭘 하느냐였다.

"하아, 하아. 후."

클레멘티는 큼지막한 푸른 눈동자를 불안한 듯 깜빡이며 나는
아무 것도 몰라요 스러운 표정을 짓고 있었다.

보통 동양인보다 서양인이 나이가 더 들어 보이는 법이고, 클
레멘티도 충분히 어엿한 성인이었지만, '나 이게 무슨 짓인지
몰라, 어떤 걸 하면서 놀아주는거야? 혹시 엄마가 하지 말라는
거 아니야?' 싶은 호기심과 두려움이 공존하는 클레멘티의 표
정은 거울의 방에 놓인 그녀의 어릴 적 초상화의 모습과 별반 다
를 바가 없었다.

그린 귀엽고 사랑스러운 표정과 별개로 다리와 엉덩이는 충분
히 풍만해서 언밸런스했지만,

서로 아무 말도 없었고 이대로 말을 무엇을 하냐? 도 생각이

안 나지만. 내 머릿속에는 오만 가지 생각이 다 났다.

주로 이런 경우는 야동에서 주입받은 환상이 많다. 이 팬티를 그대로 들어 올리느냐, 팬티의 중심에 손을 대느냐.

그것도 아니면 이대로 다리를 붙든 채로 아까 원했던 프렌치 키스를 계속 하느냐.

자세가 매우 이상해진 상태였고 여전히 내 자지는 부풀어 올랐다. 속은 울렁거렸다. 때문에 말도 제대로 나오지는 않았다. 그런 상황에서 나는 말했다.

"아, 아이 원트…… 프렌치 키스."

클레멘티는 옆에 있는 스마트폰으로 빠르게 엄지손가락을 놀리어 내게 보였다.

[허벅다리가 이렇게 하고 있으니 아프지 않다.]

나는 그것에 발목을 붙들고 오케이? 종아리를 붙들고 오케이?를 물어보았다.

그녀는 얼굴이 벌개졌지만 고개를 끄덕여주었다. 붙잡아도 된다는 것 같았다.

다리를 들어 올려 당겨진 만큼 팬티가 흡착했고 둔덕은 모여진 채로 더 도드라졌다. 저 안의 튀어나온 부분이 물컹한 것이 있을지, 촉촉한 홈이 있을지 만져보고 싶었지만.

키스에 열중했다.

클레멘티의 다리를 붙들어서 거의 사람을 요가하듯이 접어둔 상태였던지라 키스를 하려면 나도 다가서는 수밖에 없었다.

오른손으로 그녀의 두 다리를 발목을 모아서 토끼 귀를 모아

잡듯이 붙들었다. 다리 두 개가 모였다. 팬티는 그대로 보였다.

저 다리를 내 몸으로 갈라서 벌리고 두 손으로 다리를 들어주는 편이 편했지만 일단은 그 모은 다리를 한 손으로 잡아 포개두고 혀를 탐했는데. 자세가 불편했다.

클레멘티도 빨개진 볼로 내 시선을 바라보지 못했다. 어찌되었건 팬티 한 장에 가려진 그녀의 홀이 내 시선에 그대로 들어왔기 때문이다.

키스를 계속 받아주는 그녀에게 심장이 너무 뛰었다. 성욕도 일었지만 그것과도 다른 느낌이었다. 두근거림이 너무 심해 자지가 아플 정도로 가라앉지 않았고 내 팬티는 축축했다. 야동을 보되, 바지는 내리지 않았을 때처럼. 사각의 작은 링 안은 홍수가 났다.

문득 비아그라의 개발 비화가 생각났다. 심장질환을 고치기 위해 만든 약인데 발기가 되는 부작용이 있어 그것에 주안점을 뒀다고 그리고 여전히 심장질환에도 처방하는 경우가 있다고.

설마 지금의 나는 그냥 섹스를 하고 싶어 서는 게 아니라, 심장이 미친 듯이 뛰어서 이놈이 서는 것은 아닐까. 이것이 흥분인건가.

속을 주체할 수 없게 되자, 나도 가쁜 숨을 쉬었다. 정신이 몽롱해져서 붙들고 있던 클레멘티의 다리를 찢었다.

고간의 부분이 완전히 드러나서 상당히 음란한 자세가 되었다. 클레멘티는 여전히 나는 아무 것도 몰라요. 같은 순수한 표정이었다.

큰 눈을 껌벅껌벅만 대는 것이 횟집 도마에 올려 진 꺼벙한 생선을 보는 것 같았고 이를 고기칼로 마구 유린하고픈 생각이 들었다.

하늘색의 어른스럽지 못한 팬티였다. 색이 잘 티가 나지는 않았지만 접혀진 틈을 타서 손을 가져다 대니, 습기가 느껴졌다.

그 갈라진 틈을 무심코 손가락으로 눌러보았다.

"아!?"

클레멘티는 미묘한 신음소리를 냈는데, 입이 아닌 그 틈에서 나는 것 같다는 착각이 들었다.

손가락을 살살 문지르자, 팬티가 점차 클레멘티의 속살에 접착되었다. 다리의 움직임에 따라 속옷이 더 올라가서 사타구니에 붙을지도 모른다. 하지만, 그다지 어떻게 움직이거나 하지도 않았는데. 풀을 바른 것처럼 흡착되어 갔고 손에서는 습기와 서늘함이 느껴졌다.

문양이 미묘해서 얼룩은 드러나지 않았지만, 촉감은 명백했다.

"왓 아유 두잉?"

놀라서 안 그래도 왕눈이였던 눈이 더 커진 클레멘티가 묻자 난감했지만, 나는 이제 여기까지 와 버린 저 여자를 그저 쓰다듬기만 할 생각은 없었다.

안 그랬으면 팬티 속 보지둔덕을 누르지도 않았다.

"아, 음…… 마사지?"

"마사지?"

뭔가 이상하다는 눈길이 쏟아지자 나는 이 시선을 회피하기 위해 갖은 수단을 다 동원해야만 했다.

"어, 어, 어 프렌치 트레디이셔널, 컬쳐. 프렌치 키스, 유 미. 이스트, 트레디셔널 컬쳐. 익스페리언스. 이스트 마사지. 타일랜드 마사지."

횡설수설이었지만 전하고 싶었던 말은, 프랑스 문화체험으로 프렌치 키스를 받았으니, 너는 동방의 전통 문화인 동쪽의 마사지를 받아볼래? 타이 마사지, 유명하지 않니? 이거였다.

이런 영어도 통하는 어학능력의 클레멘티였기에 다행히 알아듣는 듯 했다.

"아하 타이?"

하지만 조금 다르다며 이빨을 털었다.

묘하게 이런 경우가 자주 생기는 덕에 나는 요즘 능청 떠는 법을 배웠다.

"리얼리티, 이스트 판타스틱 마사지."

"아, 으흠. ……굿. 위."

어디서 마사지 하는 야동 좀 보셨군요. 라는 느낌의 대사로 클레멘티를 기만했다. 이곳 사람들의 동양에 대한 환상에 타이마사지 등이 있을 것이다.

아시아를 묶어서 도매금으로 왠지 아시아인이면 태국사람들처럼 타이 마사지를 할 줄 안다는 소리를 지껄인 것은 아닌가. 싶었지만. 지금 상황에서는 국적이라도 팔아서 저곳을 공략하고 싶은 생각만이 안 들었다.

클레멘티는 왜 그런데 그곳을 누르냐고 묻지는 않았다. 누를 때마다 팬티에 영토를 넓혀가는 이런 음란한 몸을 가졌지만 포르노 한 번을 안 본 모양이다. 프랑스 포르노가 매우 농염하다는 소문을 들었건만.

그래도 완전히 거짓말은 하지 않았다. 소싯적 나는 손아귀 힘과 악력이 좋아 선임병들의 뭉친 살 깨나 매만지던 신의 손이었다. 개중 친했던 선임 한 놈이 잦은 마스터베이션으로 단련된 것 아니냐, 하며 농을 걸 때 바로 반박은 못했던 그런 힘이 있었다.

그런 고로 나는 본 실력을 발휘해서, 뭉쳐서 계단도 제대로 못 내려가는 클레멘티의 허벅다리 안쪽을 매만지며 눌렀다.

"아우, 아하, 아!"

격한 비명을 지르는데, 약간 탁저음의 허스키함이 묻어 있는 클레멘티의 고성이 듣기 좋았다. 저대로 자지를 지를 때마다 음란한 비명을 지른다면 소리만 들어도 쌀 것 같은 울림이었다.

허벅다리를 마사지 해준다고 하면서 엉덩이로 올라가고 혼자 노는 엄지손가락을 팬티와 허벅다리 사이의 경계선에 살포시 문대는 건 덤이었다. 군에서 고간에 흉한 것 달려 있는 남자 놈들을 매만지다, 살도 보드랍고 피부도 연약해서 매만진 부분이 금방 붉게 달아오르고, 움직임에 요동칠 때마다 민둥하지만 그렇기에 더더욱 동적으로 보이는 고간에 붙었다가 떨어졌다가 하며 숨을 쉬는 보지가 보이는 것도 매우 음란했다.

나도 처음부터 정말 마사지 야동처럼 될 것이라고 생각한 건 아니어서 일부러 시도하지는 않았지만.

스쿼트 운동을 한 뒤 펌핑된 것처럼 풍성한 그녀의 허벅다리를 주무르다 보니 허벅다리가 알아서 살이 요동치면서. 알아서 팬티 위의 둔덕을 자극했다.

군대에서 남정네들 마사지 할 때는 전혀 인지하지 않았지만, 여자의 허벅다리를 매만지니 그 허벅다리 사이에 있는 토실하게 부풀어 오른 살은 예상 외로 성감대였다.

내가 그곳을 직접 터치하는 않았다. 하지만 클레멘티의 허벅다리 살을 외부에서 안으로 쓸어서 부비면 반대급부로 허벅다리의 중심에 있는 국부가 튀어나왔고 붙들고 있는 허벅다리 살을 빨래를 쥐어짜듯이 문대면 국부가 솟았고 그럴 때마다 내 손아귀 감촉에 전해져 오는 작은 경련이 있었다.

처음엔 그저 이 묘한 분위기를 이어가 볼 생각으로 한 마사지 제안이었기에 여전히 그곳을 직접 찌르기엔 망설여졌지만, 안 그래도 충분히 음란했다.

여성의 팬티는 왜 이리 얇은 것인지, 성기 위에 걸쳐 있는 팬티의 면적만으로는 사타구니에 부풀어 오른 좌우의 살을 완전히 보호하진 못했다.

찰싹 달라붙은 팬티 옆의, 그리고 허벅지는 아닌 것이 분명한, 팬티의 압박으로 인해 부풀어 오른 살갗엔 미세하게나마 잔털이 삐져나와 있다. 허벅지 살을 만질 때 같이 요동치는 클레멘티의 팬티의 중심에는 짙은 물방울의 원이 점점 짙어졌다.

자연스럽게 나는 클레멘티의 팬티 위를 쓰다듬고 있었다. 하지만 클레멘티는 마사지 안 하고 뭐하느냐 따위의 표정은 짓지 않았다.

표정으로 말하길, '이게 뭐야? 이상해. 재미는 있는데 나쁜 장난 같아.'라는 겁을 먹은 표정이었는데. 그 얼굴만을 봐도 금방 정액을 모조리 토해낼 것 같은 기분이었다.

어느덧 사각팬티 속의 쿠퍼액은 츄리닝 바지의 끝부분마저 적시고 있었다.

허벅다리 마사지로 되돌아가다가 엉덩이로 내려가다가 손가락을 팬티 끝부분에 넣었다.

그리고 약간 시선을 올려서, 심호흡을 한 뒤 물었다.

"누드. 아이 원트 씨 유. 유어 누드. 올 누드."

"……."

클레멘티는 대답하지 않았다. 나는 머쓱해졌다.

이미 여기까지 왔지만, 여전히 의사소통은 완전하지 않았다.

클레멘티가 살짝 일어나서 앉았다. 다소곳해졌다 그곳이 보이지 않았다

그런 뒤 그녀가 말했다.

"미 투."

기계음이 대신 번역해주길, '나도'라고.

클레멘티가 조심스럽게 제 의복을 벗고 누웠다.

나는 그리 말은 해놓고도 여전히 마사지를 계속했다. 상의를 벗은 그녀의 허벅지를 계속해서 만졌다. 허벅지에서 나는 살의 향이 좋았다.

하지만 수줍게 브래지어를 들어 올린 뒤에 눌려져 있다 해방된 가슴을 보는 순간, 일개 마사지맨으로 남겠다는 생각 따위는 버렸다. 지금부터 무엇이 일어날지 궁금해하는 그 순진한 표정이 더욱 나를 자극했다.

곧장 나는 이미 젖어서 찰싹 붙어 버린 클레멘티의 팬티를 그대로 잡아 끌어올렸다. 젖은 팬티는 그대로 서로 달라붙어 꽈배기처럼 말렸고, 피자 치즈 같은 거울의 방 불빛을 반사하며 프리즘처럼 빛나는 물의 실선을 클레멘티의 보지와 아주 잠시 연결하다가 끊어졌다.

이미 물에 젖은 빨래와 다를 바 없는 정도로 젖어 있었다. 별것 없어도 흠뻑 젖는 지아 녀석처럼.

드디어 목격한 클레멘티의 보지는 초밥뷔페에서 보았던 이름 모를 모듬회 같았다. 흰살 생선인데 약간 붉은 빛이 감돌아서 옅은 분홍빛이 감도는, 말하자면 아카시아 꽃잎과 같은 그런 기분이었다.

나는 그 선어회 같은 그곳을 맛보고 싶어 곧장 프렌치키스를 가했다.

아랫입술에 말이다.

"아, 아아, 아아아아. 아홋, 아아아."

몸을 너무 비틀어서 공략이 어렵긴 했지만, 나는 더 락이란 프로레슬러가 마이크에 대고 혀를 굴렸듯이 그곳을 핥았다. 클레멘티는 그대로 자지러지듯, 못 견디겠는 듯 몸을 심하게 비틀었다.

생긴 건 선어회였지만, 몸의 움직임은 싱싱한 활어회가 따로 없었다.

약간 시큼한 내가 좋아하는 맛. 그리고 정녕 회를 핥아서 맛보는 것 같은 연약한 살의 감촉. 그 끝부분의 약간 튀어나온 작은 것이 혀와 부벼지며 미끄러져 도망치는 교묘한 식감이 혓바닥을 멈출 수 없게 만들었다.

미끄러져 도망침이 심해서 손가락으로 집어 벌렸다. 간신히 뒤집어 까서 나온 콩알 같은 클리토리스는 클레멘티의 경련과 함께 움찔거렸다.

"아, 아, 아으, 아아아아. 으, 아."

정말 집요하게 그놈만을 괴롭혔다. 아예 입안으로 빨아들인 채. 혀로 호로로로로, 후루루루룩. 국수처럼 들이마시며 노래를 부른다.

그러자 클레멘티의 보지 안에서 미더덕처럼 물을 쏴냈다. 내 턱과 목이 젖었다.

밑반찬 많이 나오는 고급 횟집에서 환상적인 회를 혀로 맛보는 기분이다.

방금 마사지를 할 때처럼 그저 허벅다리를 매만져보았다. 곁에서 성기에 가까운 곳으로 살갗을 밀었다.

그 사이 팬티 속에서 일어났던 일을 나는 몰랐다. 하지만 어떤 식으로 벌어지는지 지금은 보였다.

그 마사지는 분명하게 효과가 있어 보였다.

허벅다리 마사지를 하자 잘 포개진 클레멘티의 그곳의 벌려진 살갗, 그래 전문학술용어로 음핵이 서로 붙었다 떨어졌다를 반복하면서 입 안에 음식물이 있을 때와 같은 찹찹 소리가 났다. 질이 왜 질이냐고 묻는다면 질꺽질꺽 소리가 나서 그런 이름이 붙은 것은 아니었을까 싶을 정도였다.

약간 짓궂게, 그러니까 보지에 직접적인 영향력이 갔으면 하는 마음을 담고 했던 허벅다리 살 운동에는 분명히 요동쳤다. 엉덩이와 좀 더 가까운 부분에서 매만지자, 클레멘티의 음핵과 다리가 접혀졌을 때 튀어나오는 살갗들이 자동적으로 그녀의 그것을 조이듯 압박했다. 그대로 위 아래로 흔들면 그것들이 알아서 제 속을 비볐다.

그리고 그 속에서 살갗 비빔밥이 된 그녀의 땀과, 희끄무리한 애액과, 여자의 속에서 나오는 맑은 액체의 칵테일 소스가 묻어 있는 물방울 문양의 클레멘티의 핑크속살을 계속해서 미친 듯이 핥았다.

클레멘티는 자기 뒤통수를 자꾸 침대에 박았고 몸을 떨었다.

잠시 마사지의 할 때의 보지가 어떻게 자극받는지를 비교해보고 싶었던 내가 잠시 혀를 떼었다가 손으로 대었을 때와는 자극이 다른지 소리가 격해졌다.

"억, 어헉. 아악."

가녀린 목소리였지만 그 교성이 짙어지자 나는 더욱 재미가 들어 더욱 미친 듯이 핥았다.

괴로운 듯 엉덩이, 다리, 허리 모든 것을 틀어서 클리토리스 콩알 부분을 내 혀끝에서 탈출시키려 들었지만, 나는 그 미끈하고 부드러운 것을 혀에서 절대 놓지 않았다.

오히려 그러면서 혀가 비틀어져 저절로 음핵과 고간, 그리고 그 아랫부분인 질구까지 온통 핥아졌다.

질구에서는 역시 그 묘한 맛이 났다. 하지만 그동안 먹어 왔던 애액과는 달리 잘 곰삭은 평양냉면의 면수 같았다.

손가락을 넣어볼까, 하는 생각은 조금 미안했다. 성에 온 이후로 손이 시려서 자주 씻지는 않았다. 내 손은 추위로 인해서 갈라지고 터서, 지아와 헤어져서 핸드크림이 없어지자 점차 더 심해지는 경향이 있었다.

이곳에 저 안에서 흐르는 우윳빛 생명수를 바른다면 증세가 나아질 것 같다는 망상이 들었지만, 넣는 것은 역시 그만 두고 흘러 나오는 것을 손가락으로 떴다. 그런 다음 발랐다.

그리고 혀끝을 밀어 넣었다.

"흡."

서로 부드러운 것들인지라 뱀장어 들어가듯 끝부분은 들어갔지만, 아무래도 혀다보니까. 죄다 밀어 넣을 수는 없었다. 혀끝을 뻗어 끝을 핥으니 클레멘티의 허리가 고리모양으로 굽었다.

잠시 그대로 혀를 놀렸지만 역시 핥기 난감했는지라 다시금 그 윗부분으로 공략을 올렸다. 여전히 개처럼 놓아주지 않았다.

"헙, 헙, 하, 하, 하, 하, 아, 하, 으, 아, 으, 노, 노, 농! 노오옹."

클레멘티의 숨이 더 가빠졌다. 그리고 갑자기 두 손을 내려서 내 정수리를 밀었다.

머리가 빠질 것처럼 밀고 허벅다리는 뭉쳤을 텐데도 어머니 뱃속에 있는 양 발길질을 했다. 그리고 나는 한 방 제대로 어깨를 차였다.

"아!"

"#$@%?"

클레멘티는 이번에 맞은 나를 보며 놀란 듯 상체를 일으켜 괜찮냐는 듯 물었다.

나는 상당히 아픈 표정을 지어 보였다. 사람 쥐 패는 쇼를 왜 보냐는 꾸중을 정면으로 받아가며 프로레슬링 엔터테인먼트를 시청한 보람이 있었다.

그러나 이 뚜껑 드러내고 과즙을 흘리고 있는 평양냉면 면수 맛 입 벌린 코코넛을 두고 아픈 것이 대수일 수는 없었다.

"흐읍, 노오오오옹!"

걱정하는 클레멘티의 다리를 다시 밀치고 허벅다리를 꽉 붙들었다. 내가 핥고 있는 그 여자에게도 약간 튀어나오는 분홍빛의 콩알을 혀에서 놓치고 싶지 않았다.

내 혀와 몸통이 바이브레이터였으면 하는 마음가짐으로 몰입하여 혀끝을 가벼이 댄 다음 몸을 부르르 떨었다.

허벅다리를 꽉 쥐고 나니, 미꾸라지처럼 몸을 이리저리 틀어서 그 부분을 공략당하려 하지 않던 클레멘티의 요동은 더욱 심해졌다. 심지어 이제는 손으로 허벅다리 속으로 파고들어간 내 손을 떼어내려고 하는데, 할퀴어졌고 나중에 보니 피가 보일 정도가 되었지만 그런 건 전혀 신경 쓰지 않았다.

내 입에서 나온 침으로 흠뻑 젖었다고 생각했지만, 가면 갈수록 내 침이 모인 양 정도가 아닌데? 싶은 수량이 침출수처럼 흐르고 있었다. 농, 농! 하는 그녀의 비명의 강도는 점점 세졌고. 손톱으로 허벅다리를 쥐는 내 손가락을 찢고, 한 손으로는 기어이 내 머리를 밀어내는 힘이 세지다가, 순간. 그것이 멈추더니.

"노오오오오오오오오오옹. 아, 아, 아! 아아아아아."

이미 내 침이 튀었다고 생각했지만 비가 오듯 확고한 물방울이 튀는 것과는 차이가 있었다. 야동에서 본 만큼은 아니지만 꽤 여러 방울의 물방울이 내 얼굴로 튀었고 내가 클리토리스만을 집중공략하기 위해 고정시켰던 허벅다리의 내 손아귀를 풀려 하던 노력을 하던 그녀의 손은 축 쳐졌다.

그와 별개로 클레멘티의 하반신은 요동치고 있었는데. 그 요동과 함께 물방울이 튀었다. 꽤 많은 물방울이 얼굴을 적셔서 살짝 떼 보았더니 클레멘티의 질구에서 움찔하고 그와 맞춰 질구가 음핵과 함께 호흡을 하며 잔뇨가 남은 것처럼 물방울을 흘려대고 있었으며 그녀의 회음부와 항문을 잇는 인중과 같은 공간에는 하나의 시냇물이 지속적으로 흘러 그녀의 항문을 쓸고 내려고 매트에 닿고 있었다.

클레멘티는 고개를 돌리고 눈을 꽉 감은 채, 입만 가쁜 숨을 쉬었다. 입 뿐 아니라 보지도 호흡하듯이 입을 벌리다 말다를 계속했는데. 그때마나 물방울이 튀었다.

이게 절정인 것인가? 에 대해서 궁금했지만 나도 명확한 기준은 없었다. 약간 오줌향이 났지만, 시오리에게서 보았던 실제 오줌과는 좀 느낌으로 물방울이 튀고 있었다.

설마 동서양의 요도가 다를 리는 없겠지?

어쨌든 익숙한 동양 여성과 처음 접하는 서양 여성의 차이야 아직 잘 모르겠지만, 적어도 흥분시켜서 안이 촉촉하게 젖어야 자지가 저항 없이 들어가는 건 알고 있었다.

나는 팔꿈치로 눈을 가려버리는 클레멘티에게 그녀도 보고 싶다던 내 하반신 누드를 공개했다. 개방되지 못하고 팬티 속만 적시던 자지가 드디어 옷 밖으로 나왔다. 구부려졌던 만큼 웅비했다.

룩 앳 미. 라고는 못하고 나는 그것을 가져갔다. 입구에 대자 클레멘티는 눈을 가린 팔을 치웠다.

"아."

그러자 바로 보이는 것은 아마도 내가 아니라 혈관까지 도드라진 자지였을 것이다. 시럽 코팅이라도 된 것처럼, 빛에 반사된 귀두도 보였을 것이고.

"……어, 어, 어, 음. 오케이?"

육봉을 잡은 채 귀두만을 침과 물로 범벅이 된 보지에 대고 있었다. 클레멘티는 대답하거나 그러지 않고 그저 그것만을 바라보고 있었다.

표정은 순진한 소녀가 따로 없었다. 그거 뭐하는 거야? 먹는 거야? 넣을 거야? 이런 느낌이었다. 아니 그 큰 눈만 끔뻑끔뻑대고 있다.

그 귀여운 얼굴과는 별개로 아랫입술은 여전히 울리고 있었다. 질구에서 흘러 항문을 거쳐 흐르는 회음부의 계곡은 이제 멎었지만, 뭔가가 잔뜩 묻은 것은 여전했다.

"오, 오케이?"

"어 아, 음. 퓨, 퓨전?"

섹스라고 말하면 되는 것을 섹스라고 바로 말하기가 민망해서 한다는 소리가 퓨전이었는데. 당연히 그게 무슨 소리냐며 타박하던 클레멘티가 웃기 시작했다.

합체승인을 해달라는 멍청한 소리와 다를 바가 없지 않은가.

"푸흐흐흐흐흐."

신기한 것을 보았다.

클레멘티가 웃을 때, 보지구멍은 더 벌렁벌렁했다. 콧김을 뿜을 때 콧구멍이 커지는 것 같다고 해야 하나.

마치 내가 엉터리 영어나 엉터리 불어를 할 때의 움직임도 어쩌면 저러지 않았을까.

귀두의 끝을 그 촉촉한 곳에 맞추고는 허리를 살짝 밀었다.

"흡. 아."

클레멘티가 숨을 들이마시면서 놀란 듯한 소리를 냈다. 추운 날에 물기가 식어서 차가웠다.

잘은 안 들어갔다. 클레멘티는 자기는 아무 것도 모르는 표정을 지으면서, 엉덩이는 움직여서 자기 다리를 약간 더 벌렸다.

그 앙큼함과 왠지 유립이기씨에 대한 망상에, 이번에는 피보는 일은 없겠거니 싶었다. 촉촉하고 미끄러운 것과는 관계없이 잘 들어가지 않다가 일순간, 미끄덩 하고 클레멘티의 보지 안에

쑥 들어가 버렸다.

감격스러운 순간이었다. 헌데. 그것이 쑥 들어가는 순간 나는 살의 포장지에 감격을 느낄 새도 없이 흠칫 놀라야 했다.

"아, 아흐으윽. 아아. 아아아아아아아아."

그런데 너무 아파하는데다가 클레멘티가 흘리던 차가운 물이 내 불알에 닿다가 이번엔 뜨거운 느낌이 났다. 보아하니, 핏물이 줄줄 흘렀다.

한 번 더 허리를 움직여 보았는데.

거기에 클레멘티도 울음을 터뜨리며 손을 내저었다.

"스톱, 플리즈, 스토토오오옵, 노오오오옹. 으흡."

"어, 아……."

그 모습에 자지가 더 발딱 섰지만, 그래도 아프다고 멈추라고 하는 걸 계속할 수는 없었다.

뭔가 잘못했다는 생각에 무릎을 한쪽을 꿇으며 그녀를 아래에서 올려다보았다.

클레멘티는 눈물을 그렁그렁 담고도 고개를 절레절레 저으며 다시 볼키스를 해주었다.

그런 그녀의 행동에 나는 정액을 싸거나 제대로 클레멘티를 범하지 못했음에도 안도감을 느꼈었다. 하지만. 자기 직전, 물어보자. 그녀는 수줍게 답했다.

"퍼스트……."

◇

서로 괜찮다고 다독이며 잠든 뒤 얼마 안 된 새벽이었다. 이상한 소리가 났다. 그 덕에 잠에서 깼다.

　클레멘티가 3층의 탑에 올라갔다. 오는 소리였다.

　화로 같이 생긴 것을 낑낑대며 여전히 뭉친 근육을 부여잡고 그 안에 장작불을 담아서 그녀는 3층으로 올라가고 있었다.

　3층 방에 불을 넣을 생각인 모양이었다.

　나는 잠에서 깬 김에 그녀를 도울까 생각했다. 특히 계단 내려오는 것에서 근육통을 가진 클레멘티는 매우 고통스러워했으니까.

　부축이라도 해줘야지 싶었다.

　뭔가 되게 다음 날 어색해 질 것 같아서 말이다.

　하지만 그 계단 아래에서 대기하는데, 아무리 기다려도 클레멘티는 내려오지 않았다.

　방금까지만 해도 함께 자던 거울의 방은 나름 후끈했는데, 갑자기 자기 방에서 자고 싶었거나 혹은 시차가 안 맞는 북미에서 갑작스럽게 3층 객실에 예약이 들어왔다거나 그런 걸까.

　그렇지만 그녀가 내려오는 소리는 들리지 않고 기괴한 신음만이 들렸다.

　잠시 더 기다렸지만, 이게 무슨 소린고 싶은 호기심은 가시질 않았다.

　3층, 정확히는 성의 탑이었다. 조금 추웠지만, 불빛은 환했다.

　벽난로의 장작으로 이곳에도 작게나마 불을 때는 모양이다.

몰래 숨어 바라봤는데, 거울이 있었다. 그리고 거울에는 이 성의 탑, 그리고 3층 객실에 있는 쇠창살이 보였다.

그리고 그 쇠창살을 덮는, 거대한 살갗이 있었다.

"으음, 으으음. 하, 음."

클레멘티는 쇠창살에 까인 엉덩이와 그 안의 것을 비비고 있었다.

그러더니, 손가락으로 자신의 사타구니 안을 훑었다. 허벅다리에 미끈한 그것이 묻어있었고 쇠창살은 반질거렸다.

"으, 으, 아."

쇠창살을 엉덩이와 다리 사이로 먹은 채, 그것에 뭔가를 철썩 붙이고는 좌우로 엉덩이를 삼바처럼 흔들었다.

그것만으로는 성에 안 차는지 위아래로도 움직였다.

나는 그것이 무엇인지 알았다.

자위라고 직접적으로 말할 수도 있었지만, 이건 한 술 더 떠서 보지혹사였다.

살갗과 쇠막대가 만나면 맨살과 피부에 쇳독이 오를지도 모른다는 생각이 들었지만, 찰지고 부드럽게 비비고 있었다. 보지를 비비는 게 심했다. 그럼에도 클레멘티는 거칠게 그러고 있다.

쇠창살은 고성과 어울리지 않게 녹슬거나 그러지도 않았고, 쇠창살의 안에는 그동안 보지 못했던 묶어두는 고성기구와 양초 등이 있었다.

사람을 가둬두는 곳보다는 중세컨셉의 하드한 포르노를 찍는

곳이 아닐까. 하는 그런 생각조차 들 지경이었다.

거칠게 문댐에도 살갗과 쇠가 비벼지는 소리가 나지 않았다. 미끈한 물기둥에 비빈다고나 할까. 클레멘티의 그것이 위에서 아래로 올라갔다. 내려가는 순간.

클레멘티의 허리가 보였다.

겨울옷들을 입고 마주하다보니 그녀의 제대로 된 몸매를 볼 겨를은 없었다.

코르셋을 입은 탓일까. 허리와 엉덩이의 모양이 발기된 자지와 흡사했다. 미니어처 된 자지가 된다면 어딘가를 찔러서 질벽의 애액을 긁어낼 수 있을 것 같은 구조였다.

그래 발기된 자지를 상공에서 바라보는 느낌이랄까. 자지와 살이 맞닿은 부분에는 처진 가슴이 처진 불알처럼 흘렀고, 미끈하게 내려오는 육체의 직선이 엉덩이 부분에서 잘록했다. 흉부가 약간 넓지는 않아 보였지만. 그 잘록한 허리는 한 팔로 감기는 게 뭔지 알려줄 것 같았다.

나는 그런 클레멘티의 행위를 감상하다가, 앞서 못 싼 그것이 부풀어 올랐다.

자는 도중 내 자지는 동파된 수도관처럼 계속해서 단단히 적셔왔다. 매너있는 척 굴어도 끝내 싸지 못하고도 괜찮을 리는 없었다. 그것도 싸서 퍼부을 수 있는 곳에 입장까지 했었는데 말이다.

Insert는 안되어도, 왠지 다시 한 번 핥으면서 페니스에 키스해달라고 한다면, 클레멘티의 겁이 많아 보이는 동그란 눈망울에 하얀 우윳빛 비를 내리게 할 수 있지 않을까.

"봉쥬."

"아."

인사를 건네니 클레멘티는 두 눈이 휘둥그레 진 채 어찌 해야 할지를 모르고 주저앉았다. 철푸덕 하며 살소리를 내는 마른 몸매에 덜 어울리는 풍만한 엉덩이가 땅바닥과 접촉하는 소리는 귓가를 음란하게 만들었다.

나는 클레멘티의 엉덩이를 붙잡았다. 그랩을 하듯이.

도대체 지하철 같은 곳에서 여자 엉덩이는 왜 만져? 싶은 도덕 관념을 갖고 살아온 나지만, 일견 이해가 갔다. 상대가 클레멘티라면, 이 엉덩이가 맨살로 나와 있을 때 만지지 않는다면 손이 손으로 태어난 의미가 없었다.

그런 다음, 코와 얼굴을 들이밀었다.

이 각도에서 보는 클레멘티의 보지는 원숭이 엉덩이처럼 붉어 있었다. 약간 부어서 더욱 그랬다. 뒤에서 핥으니, 이번에는 스테인레스 재질의 학교 급식 물컵에 담겨 나온 면수 맛이 났다.

"흐으으으읏?!"

클레멘티가 이를 일어서면서 피하려고 했지만, 팬티가 발목에 걸려서 그러지도 못하는 것 같았다.

도망치려는 듯, 어기적대며 발목을 족쇄처럼 붙드는 팬티를 발길질로 걷어내는데, 밑에서 봤을 때는 몰랐지만 진짜 족쇄와 수갑 등등의 해괴한 물건이 많았다.

"농, 농, 농!"

격하게 말하면서 그녀는 정말 지린 바지 끌고 가는 것처럼 그 방을 탈출했다. 하지만 나는 그 뒤를 얼굴을 계속 붙이면서 따라갔다.

그러다 보니 핥는 것은 그곳만이 아니었다. 하지만 불결한 느낌은 없었다. 와이라인 부분은 말끔히 제모된 클레멘티였지만, 음핵 인근과 항문 근방은 털의 감촉이 있었다.

도망을 제대로 못 가는 것 같아, 앞서 보았던 클레멘티의 허리춤을 들어서 어깨에 짊어졌다. 기본적으로 여성은 몹시 가벼웠다. 클레멘티는 덩치가 큰 편은 아니었다. 허리는 딱 감싸기 좋았고 들기도 좋았다.

내가 힘이 좋은 편이라고 생각한 적은 없었건만 쌀가마니보다 가볍게 느껴졌고, 크게 무리하지 않고 거울의 방의 침상에 그녀를 내려놓을 수 있었다.

핥다보니 느낀 것인데, 이미 충분히 젖어 있었다. 녹물, 스테인레스 컵의 맛이 났지만 물은 흘렀다. 황급히 벗었다.

가슴, 앞서 옷에서 탈출하며 그 존재감을 드러내던 가슴이 보고 싶었다. 옷을 어떻게 벗기는지 몰라서 어려웠고 흥분해서 클레멘티의 브라를 풀지는 못했다. 그래서 풀지 않고 그대로 브라를 올렸고 그 윗부분의 단단히 솟은 젖꼭지를 입안에 흠뻑 담으며, 클레멘티가 가슴에 한창 정신 팔렸을 때 얼추 이쯤이다 싶은 즈음에서 바로 찔러 넣었다.

"아, 흐으으으으윽!"

클레멘티의 그 크고 겁먹은 눈이 휘둥그레지며 핏기가 어린

실선이 보였다.

나는 반동을 짧게, 토끼 섹스처럼 부르르르 하듯이 보지 안을 단타로 마찰하는 걸 좋아했지만 이번에는 보지터널 속에 쑥쑥 밀어 넣으면서, 내 골반과 그녀의 엉덩이 그리고 보지를 찰싹찰싹 붙는 소리를 내게 만들었다.

그러다보니 금방 쌀 것 같아서, 자세를 바꾸고자 클레멘티의 허벅다리 안쪽을 집고 그대로 들어 올렸다.

도움닫기가 없음에도 클레멘티는 금방 들렸고, 나는 이 가벼운 여성을 붙들고 다리를 끌어 올리며 들었다 놓았다를 반복했다.

그래도 40킬로는 넘는 사람을 자지에 끼우고 관계하는 것에서는 쾌감만이 오진 않았다. 안 그래도 뭉친 근육의 뻐근함이 몰려왔다. 하지만 힘을 내는 데에 주저함은 없었다.

내 자지에서 떨어질까봐 내 어깨를 감싸 포옹하며 불안한 듯 부들부들 떠는 팔과 손, 그리고 밀착하며 닿는 가슴과 가슴.

그것에 약간만 자세를 조정하니 클레멘티의 솟은 젖꼭지와 내 유두가 만나 서로 마찰했다.

클레멘티가 내 머리 너머로 돌린 고개를 약간 들자, 키스도 가능했다.

성기와 성기, 유두와 유두, 입술과 입술, 혀와, 혀가 모두 만났다.

하지만 자세가 힘들긴 했던지라 나는 그 상태로 침대에 엉덩방아를 찧었다.

말 타는 자세가 된 클레멘티는 어색하게 살짝 일어나며 자기 사타구니를 내려다보았다.

완전히 합쳐져서 거의 끝부분 외에는 보이지 않았던 내 자지가 점차로 해방되었다.

하얀 액체를 육고기에 그대로 묻힌 채로.

아직 들어 있는 귀두의 끝부분은 보지 안의 살들이 미끄러져 올라가면서 말할 수 없는 쾌감이 밀려왔다.

그 잠시의 휴식에서 나는 엉덩이를 들어 그곳에 마구 찔러 넣었다.

거울의 방은 괜히 거울의 방이 아니었다.

"악, 아, 아홋. 아."

비명을 지르는 클레멘티의 하얀 엉덩이를 상대적으로 탁한 내 피부가 마구 범하고 있는 것이 눈에 보였다.

겁나 추한 자지였지만, 그래도 클레멘티의 보지 속을 들어갔다 나오면서 녹은 우유빙수가 흐르듯이 클레멘티의 안에서 흐르는 것들을 묻혀가는 광경은 자랑스러웠다.

털이 지저분하지 않았다. 매끈한 살갗이 돋보였다. 원래 없는 걸까. 아니면 왁싱은 필수인걸까. 왁싱을 했더라도 음핵의 부분의 부풀어 오른 곳 등에 있는 잔털이 아주 없지는 않았지만 말이다. 하지만 그게 또 좋았다.

서로에게 흐른 물들이 맺혀 있었음에도 매우 깨끗한 보지였다. 오히려 그 미끈한 물들이 묻어서 더 반질거렸다.

그 물이 묻어 축축해진 정액 주머니가 클레멘티의 엉덩이를 치며 흔들리고 그 엉덩이는 물결이 일었다. 작은 알주머니로 큼지막한 엉덩이를 놀래키는 것.

그 상황에서 이번에는 클레멘티를 반대로 돌렸다.

의사소통이 명확하지는 않았고 클레멘티도 나더러 뭘 하라는 건가요? 싶은 어리버리한 느낌이 있었다.

이즈음에서 나는 체력소모가 컸는지라 그녀가 알아서 육체왕복을 해줬으면 하는 바람이 있었다. 하지만 도통 통하는 느낌이 없었다. 행위는 처음이라도 어디서 본 건 있을 줄 알았건만, 잘 모르는 모양이다.

그래서 직접 설명을 했다.

"어, 턴?"

"턴? 아, 위, 오케이. 네, 알게씁니다."

가르쳤던 한국말도 어색하게 한다.

다리 한 쪽을 내 몸 옆으로 둔 채, 그녀는 몸을 돌렸다. 이제 거울의 방에는 클레멘티의 엉덩이 대신에 전신이 보였다. 불편한지, 브라를 알아서 벗었다. 짓눌려서 일부만 보였고 또한 탈출할 것처럼 튀어나와 있던 젖가슴이 모두 해방되었다.

브래지어에 눌려 나머지 부분이 터질 것 같은 가슴도 좋았지만, 그 굴레에 묶여 살에 자국이 남은 개방된 가슴은 내가 엉덩이를 쳐 올릴 때마다, 요동쳤다.

그리고 이렇게 되자, 나는 거울의 방에 비친 내 자지가 박혀 있지만 노출은 되어 있는 클레멘티의 클리토리스의 좌표를 찍을 수 있었다.

상체를 들어 손을 좀 더 가기 쉽게 만들고, 뒤에서 나는 박기를 그치지 않으며 안 그래도 얇은 클레멘티의 허리를 왼팔로 감싸고 남은 오른손으로는 내 자지로 인해 벌어진 꽃잎 속의 암술 같은 그것을 꼬집어 비틀 듯이 만졌다.

"아, 아, 아, 아아아아악. 아, 아, 아!"

비명소리가 점차 커졌다.

나도 조금은 서툴러서 거의 시간차 공격이었다. 찌르고, 문지르고. 하지만 둘 다 격했다. 조금 전의 쇠창살에 비하면, 내 손가락은 순하고 뜨거울 것이다. 마우스 막타 광클처럼 다다다다. 누르니 신음소리는 더욱 격해졌다.

삽입보다는 아마 이쪽으로 더 느끼는 것이 아닐까. 생각이 들었다.

질퍽함에서 보지 안에 축축함으로 변한다 싶어질 즈음이었다.

보지살맛도 좋았지만 여기서 왠지 물딸을 치는 것 같다는 생각이 잠시 스칠 무렵. 거칠게 다루던 클리토리스의 바로 아래에서 수맥이 터졌는데. 그 광경을 보는 순간, 나도 몹시 마려워졌다.

"아, 스톱. 스토옵."

소리를 질렀지만, 괴성을 지르던 클레멘티에겐 들리지 않았던 모양이다. 나는 뽑으려고 손을 돌렸지만 그 손을 손목을 잡아서 움직이지 못하게 한다.

뿌리칠 수는 있었지만, 여자를 보내는 게 먼저라고 생각해서 끝까지 손가락 통증이 올 정도였지만 묻댔다. 이 손목 붙잡음은, 그 손이 하고 있던 일을 계속해 달라는 무언의 신호이리라.

그리고 클레멘티의 몸이 부르르 떨리기 시작할 무렵 내게도 소식이 왔다.

"아, 악 아 잠깐. 잠깐만요."

안에 싸도 되냐? 라는 말이 전혀 통하지 않았기 때문에 몸으로 말했다

나는 급히 그녀를 밀치려 했지만, 이미 몇 방울을 자궁 쪽으로 쏘아 보낸 뒤였다.

"아, 아, 구, 구웃, 아흐, 굿! 나하아아아아."

비슷한 시기에 두 개의 봇물이 터졌다. 클레멘티는 진짜 봇물이었고 내 쪽은 좆물이겠지만. 내 허벅다리에는 클레멘티의 물방울들이 튀었고, 이내 그녀의 뭐에 쏘인 양 벌겋게 달아 오른 빗금에서는 뭉텅이로 내 정액이 흘렀다. 하지만. 내 사정은 그치지 않았고 클레멘티의 젖가슴 까지 내 흰 것이 묻었다.

그렇게 범벅이 된 클레멘티의 육체는 거울을 통해 고스란히 내 눈에 들어왔고, 그 시각적 자극에 짧게나마 있었던 현자타임이 없었다.

몸이 서로의 체액으로 난리가 났으니 씻어야 했지만, 씻기엔 차가운 물인지라 서로를 물티슈와 수건으로 닦아주다가, 가슴이나 그곳을 닦다 보니. 앤지 다시 앞서의 일을 반복하고 말았다.

◇

아침은 구운 소시지였다.

브런치 메뉴와 유사한 구성이다. 헌데 유독 내게 많은 소시지
가 쌓여 있었다.

클레멘티는 포크로 찍은 소시지를 두고 턱을 괸 채 관찰하며
고개를 갸웃갸웃한다.

그 웃음에 왠지 내 소시지를 꺼내도 될 것 같아서 꺼내자, 클레
멘티는 식탁 위로 엎드렸다.

그런 다음 먹던 소시지 중 하나를 엉덩이에 가로로 핫도그처
럼 끼워주고 나머지 내 소시지로는 그것이 미끄러져 떨어지지
않게끔 자지의 윗부분으로 받친 채로 마구 찔러 넣었다.

뒤에서 하는 것이 조금 더 좋다고 했다. 그리고 만져달라고 했
다.

호텔 관리일은 아예 자연스럽게 내 몫이 되어 있었다. 돈 없는
양반 과부댁 머슴 일을 새경이 밀려도 기어이 해주려는 돌쇠의
의도였지만, 클레멘티는 품삯을 섹스로 받겠다는 농담에는 정
색을 했다.

호텔 숙박비를 계좌로 환불해준다고.

마굿간 청소를 같이 하는데. 이번에는 하필 말들이 짝짓기를
하고 있었다.

그 모습을 보고 있는 클레멘티의 작업복 바지를 쑥 내리고 밀
어 넣었다.

푸드득 대는 말들의 섹스를 보며 울타리에 기댄 클레멘티의 보지는 그것을 전혀 거부하지 않았다.

　보ㅇ지는 제대로 보지로 번역해주는 주제에 질내사정은 번역 안 해주는 멍청한 번역기 때문에, 쌀 때는 인사이드? 아웃사이드? 라고 물을 수밖에 없었는데, 그 때마다 대답은.

　"인, 인사이드."

　라고 교성 섞인 신음으로 그녀는 말했다.

　그리고 그 어설픈 영어를 들을 때마다, 내 그것은 더욱 팽창하고 자극받아 더 많은 양을 그녀에게 투하하곤 했다.

　나중에 알고 보니, 그 앱은 이스터에그 같은 게 있어서 보지는 음란단어로 필터링이 되어 제대로 번역이 안 되는데. 보ㅇ지는 성적인 단어로 완역이 되는 해괴한 번역앱이었다. 시1발 같은 욕도 제대로 완역되는 것을 보고 웃음을 터트릴 수밖에 없었다.

◇

　"엥? 아니 이게 뭐야."

　성주님의 퍼스트를 취한 후로 농노를 자처하며 미친 듯이 일하던 나는, 봄맞이 정원의 땅을 파다가 바위 같은 게 걸리는 것을 발견했다.

　바위면 각을 봐서 뽑아내거나 해야지 싶어서 좀 더 삽을 놀리다가, 그것이 바위가 아니란 걸 깨달았다.

　뭔지 몰라서 곡괭이로도 쾅쾅 내리쳤는데. 쩍 소리가 났고. 나무 상자 같았다.

"헤이! 클레멘티! 클레멘티."

놀라서 나는 황급히 클레멘티를 불렀다. 그녀가 달려나왔고, 나나 그녀나 땅에서 발견된 이 상자의 정체에 놀라지 않을 수 없었다.

그리고 그 상자에는, 다량의 골드바가 들어 있었다.

◇

[파리로 그냥 와. 뭐 오기 싫음 말고.]

"흐음."

투숙일 마지막. 어느덧 성주님과의 시간도 끝나가고 있었다.

지아 녀석은 이미 일정상 이곳을 거쳐가긴 힘들다며, 바르셀로나−파리 기차를 직통으로 타고 파리로 간 모양이었다. 그리고는 파리로 직접 오라고 톡을 보냈다.

확실히 검색해보니 안 그래도 교통편이 나쁜 곳인지라, 스페인에서 북상하다가 여기에 오려면 기차 환승을 여러 번 해야 하는 불편한 점이 있었다.

뭐, 무료긴 했지만 지아 녀석을 기다린답시고 하루 연장을 해 놨는데. 이제 아무리 기다려도 녀석이 올 일이 없어졌으니 기다릴 여유가 없었다.

그러니까 애당초 왜 여기다가 숙소를 잡아서……아, 아니지. 잡아주셔서 감사합니다.

지아는 은인이다. 이 은혜 정액으로 갚으라면 내 몸의 골수가 마를 때까지 퍼줄 수도 있다.

나는 호텔 투숙객일 뿐인데, 이제는 아예 호텔 관리인까지 겸하고 있었다.

골드바 상자가 발견된 이후 클레멘티는 골드바를 가지고 인근의 대도시인 투르까지 나가서 하루를 자고 왔다.

그 사이 내가 이 고성호텔을 지켰다.

클레멘티가 자세히 말하지는 않았지만 혼자 호텔을 지키며 꼼꼼하게 둘러보니, 이 고성호텔은 포르노 촬영장이 아니었을까 싶을 정도로 이상한 것들이 많이 발견됐다. SM도구, 자위기구 같은 것들이 3층의 옥탑들에서 꽤나 발견됐다.

다음 날, 클레멘티는 내 계좌로 1000유로를 환산한 금액을 입금해주었다. 제대로 된 일당을 받은 것이다. 그리고 골드바까지도 하나 캐리어에 싸매어 주었다. 세관신고 물품인지 어쩐 건지 알 수는 없었지만. 개이득인 것만은 명확했다.

그리고 오늘은 일을 전면 금지했다. 앙블와 가문의 것임이 확실한 골드바는 막대한 자산이었고, 이제는 다시 호텔 경영이 가능해졌다고.

하지만 마냥 쉬는 것은 아니었다. 클레멘티는 오늘도 아침과 저녁 식사 모두를 대접했는데, 내가 '누드 에이프런!'이라고 외쳤던 말을 알아듣고는 진짜로 벽난로가 있는 곳에서 앞치마만 빼고 속의 옷가지들을 벗어버렸다.

그 뒤는…… 뭐 그것도 일이라면 일이지만.

나는 내일의 기차표를 알아보고 있었다. 체크아웃은 내일이었다. 공짜 투숙권이 있다지만 일단 나는 이 고성에서 살려는 것이 아니라 배낭여행을 온 것이다. 파리까지는 일정이 지아와 같았다. 그 뒤 영국으로 넘어가나 지아가 짜둔 루트인 독일북부로 다시 가서 덴마크를 거쳐 북유럽행을 할지, 저가항공을 타고 다른 곳으로 갈지, 자유긴 했다만.

모처럼의 유럽 여행. 보고픈 것은 많았다.

그런데 지금 나는 엄청나게 고민하고 있었다. 이유는 다름이 아니었다. 지금도 훤칠한 이마를 머리핀으로 위에 고정시킨 채, 내 앞에서 쪼그려 앉아서 무릎을 기댄 채로 날 바라보는 클레멘티 때문이었다.

[며칠 더 묵어.]

스마트폰으로 그 단어만 계속 보여준다. 한국말 기계음으로 문명게임 세종대왕 같은 억양의 언어번역을 자꾸만 누른다.

"며~칠 더, 묵! 어."

"며어칠 더 무꺼."

이제는 반복청취하더니 한국말 억양으로 그대로 말한다. 한국에서 외국인이 안녕하세요, 길 좀 물으려는데요, 하고 한국어 기본회화 책 들고 말하는 것 같아서 웃기고 귀여웠다.

내 체크아웃 날을 아는 클레멘티는 오전부터 묘한 말들을 하기 시작했다. 비자, 취업 등등을 번역해준다. 여기에 취업시켜 줄 테니 이곳에 있어달라는 말을 하고 있었다.

"내 기사님 여기 있어요. 나 예뻐요."

어디서 번역을 배워왔는지 하는 말이 괴상망측하다.

그런 말에는 나도 어설프게 번역으로 나오는 프랑스어를 그대로 읊어주니 본인도 그게 웃긴 듯 웃긴 한다.

[아니 그러니까, 왜 남아달라는 거죠. 일꾼, 기사? 정원사? 어, 매력적인 제안이긴 한데, 일단은 나는 여행을 하고 귀국을 해야 합니다.]

[당신이 좋으니까요.]

"당신이 좋으니까요."

"당쉰이 조흐니까요."

번역한글, 기계음, 따라하기. 3연타의 고백이었다.

웃으며 말하는 것을 보니, 아주 부끄러운 말은 아닌 것이 아닐까. 싶은 생각이 있었다.

[나도 네가 좋지만, 지금은 가야합니다.]

나 역시도 클레멘티에게 안타까운 말을 건넸다. 기계음으로 한 번 더 들려주고, 그 뒤로 그 단어를 따라 읊었다.

클레멘티는 그 동그랗고 큰 눈에 눈물이 그렁그렁 맺혔다.

그것을 닦아주고 안심하라는 뜻에서 내가 먼저 비쥬를 해주었는데. 이상하게 또 키스를 하게 되고. 이상하게 또 서게 되고, 해괴하게 클레멘티의 자궁에 깊게 정액을 퍼붓고 말았다.

결국 나는 그녀의 말대로 이번 여행을 마치고 귀국하자마자 기회가 닿는 대로 프랑스로 다시 오기로 했다. 표는 자기가 보내준단다.

일자리가 구해지지 않으면 이곳으로 와서 정원사와 관리인을 해달라는 말에도 승낙을 했다. 그러자 키스를 무수히 해주던 탓에 또 서서, 또 하고 말았다.

질내사정 외에 피임도 번역이 안 되어서, 베이비 메이킹 같은 미친 소리로 의사소통을 했는데, 그러면 프랑스식 동거계약을 하자고 권하기까지 했다.

그 순간 프랑스 시민권이 아른거려서 중출(中出)……의 거부감이 50퍼센트 감소했다. 만약 내가 전역자 아니었으면 100퍼센트 감소했을 거다.

◇

못 지킬 것 같은 공수표를 날리고는, 기차시간에 맞추기 위해 이른 아침에 아침식사도 하지 않고 나온 나는 클레멘티의 뽀얀 살결을 생각하며 입맛을 다셨다.

헌데, 이건 뭐지?

웨이터 같은 정장을 챙겨 입은 안경 쓴 흰 수염의 할아버지 한 분이 킥보드를 타면서 이 정원을 가로질러 오고 있었다.

파리에 우리나라 자전거 거치대처럼 널려있는 퀵보드 거치대와 에펠탑 인근에서 자연스럽게 킥보드를 타던 파리지엔느를 본 뒤로는 하나도 안 이상했지만, 어쨌건 지금은 그랬다.

"봉쥬르."

"아, 본조르노."

이탈리아 인사를 했지만 퀵보드 할배, 알아는 듣는다.

그 와중에 클레멘티가 달려나왔다. 헉헉대는 그녀는 왠지 외출복에 캐리어까지 하나 싸서 나온 상태였다.

아침에 인사도 건넬 겸 할 때는 안 보이다가 이제야 나온 그녀는.

[파리까지 같이 가요.]

라며 메시지를 보여준 채, 그대로 내 팔짱을 잡았다.

그리고는 이상한 퀵보드 할아버지와 볼을 맞대고는 인사한 뒤. 여전히 나를 따라오며 택시까지 불러 기차역까지 같이 왔다.

클레멘티의 지갑엔 빳빳한 100유로 지폐가 가득했다.

뜬금 독일기차에 영향을 받아 파업한 프랑스 기차를 타는 대신, 인근의 호텔을 잡아 같이 묵으며 인근의 맛집 순방 뿐만 아니라 나 대신 기차표 예약까지 다 해주었다.

서로 물 진탕 흘리면서 논 것은 물론이다.

거기에 클레멘티가 키스로 잠이 깨는 것도 확인 가능했다. 전에는 안 깬다더니.

막상 클레멘티와 함께 여정을 떠나니, 키만 좀 작을 뿐(다른 프랑스 여성들에 비해서) 귀여운 외모와 모델급의 몸매를 가진 금발미녀와 동행하는 것이 절대로 나쁠 것은 없었다. 특히 대도시인 파리에서는 현지인들은 몰라도 누가 봐도 동양계인 사람들의 시선은 어김없이 우리를 쫓았다. 그에 비례해 자존감을 담은 그것은 발딱 섰으며 진정은 클레멘티가 시켜줬다.

그렇게 그녀와 함께 파리행을 하다보니 점차 나는 지아와 클레멘티가 대면하면 어떻게 될까 싶은 불안감이 솟았지만, 막상 지아 녀석과 마주하게 되니 로망스어군 전공자인 녀석은 클레멘티와 말도 잘 통했고, 특유의 친화력으로 친자매처럼 지내다가, 나한테 10년간 까인 상처로 인해 LGBT가 되었다는 개드립을 치면서 클레멘티를 뺏겠다고 선언하더니……

밤의 침상에 난입해서 정말로 클레멘티를 핥아대고 자위도구로는 나를 사용했다. 정말로 끝내주는 밤이었다.

◆ 클레멘티 앙블와 몰락귀족(성주)

Profile

Age : 21
Height : 169cm
Weight : 50kg
Nationality : France

G>>>>H>>>>>T>>>>>N>>> WORLD CULTURAL >>>>
O>>>>V>>>E>>>>L>>>>

◆ Behind Story

캐릭터 설정 : 어쩌다가 성주가 되어버린 예쁜 것과 집안에 돈 많은 것 외에는 눈에 띄지 않던 아가씨 학생. 승마를 할 줄 알고, 마차도 몰 줄은 알지만 운동은 싫어해서 계단만 올라도 허벅다리가 뭉치는 약골에 음담만 들어도 얼굴이 빨개지는 소극적인 집순이. 친구들끼리 연애담을 이야기해도 방긋 웃으며 듣기만 했었다. 상당한 미모지만 파리지엔느 아가씨들의 화사함에는 오히려 수수하고 집 밖을 돌아다니는 걸 즐기지 않아서 여느 프랑스 소녀들보다 생각이 닫힌 것이 아니었지만 남자경험이 없었다. 그러던 중 불연 듯 그녀에게 짊어진 무거운 짐에 대한 책임감은 막중했지만 도망치려 하진 않았고, 그럼에도 해보지 않은 일에 대한 어설픔에 실력을 발휘한 지원에 대해서는 동경과 갈망을 갖게 되었다. 사실 그녀의 침묵과 얌전함에는 성의 주인이며 어릴 적엔 성주의 딸로 자라 온 전적 덕에 공주기사에 대한 현대에는 굉장히 유치한 로맨스가 숨어 있었는데. 괴이쩍게도 이국의 전직 전사(?)가 이를 채워줬다고 해야 할까.

작가 코멘트 : 성씨의 유래는 루아르 강변의 블루아성의 블, 앙부아즈 성의 앙에 그럴싸한 발음을 붙인 앙블와인데 실제론 없는 가문입니다. 사실 고성호텔에 묵을 돈은 저도 없어서…. 금발 미녀와의 정사 썰은 들었지만 이와 유사한 썰은 없는, 유일하게 판타지스러운 배경의 이야기입니다. 복장은 다양히 잡았는데 충분히 등장하지 못해 아쉽네요.

Epilogue

"지원 씨 여행한 사진 보고 싶어요."

"아, 네 그래요."

나는 휴대폰을 시오리에게 주었다.

그녀와 찍은 이탈리아 사진들을 꽤 보내 주긴 했지만, 시오리는 그 이후에 내 여행기나 사진도 보고파 했다.

다 보내주긴 그랬고, 이후에 이렇게 만나자고 한 날이 있어서, 컴퓨터로 옮긴 후에도 폰에서 삭제하지 않았다.

이를 보고 있던 시오리가 푸념을 한다.

"부럽네요. 길게 여행하고. 나도 돈만 있었으면 그리 했을 텐데."

"음, 그렇게 계속 아낄 수 있다면 가능하죠. 충분히."

"그지 아닙니다!"

문득 그런 시무룩한 시오리의 표정을 보다 보니 떠오르는 것이 하나 있었다.

"으, 음. 그럼 같이 프랑스 루아르의 고성호텔에 가지 않을래요?"

"……고성호텔이오?"

"마침 초대받은 표가 두어 장 있어서요. 비행기표, 기차표 다 요."

"아…… 진짜요?"

그녀는 상당히 솔깃한 듯 했다. 민폐 안 끼치려고 들기로 민폐 왕이었는데, 이젠 나한테는 민폐끼치는 걸 조금은 당연스럽게 여기고 있었다.

마침 클레멘티가 나를 초대한 비행기 티켓이 있었다. 가족까 지 오라고 흔쾌히 몇 장 더 보내주었다.

앙블와 성에는 지금 한창 호텔 스태프로 워킹홀리데이 생활을 하고 있는 지아 녀석도 있었다.

부모님께서는 내가 아직도 모솔이라고 오해하고 있었기에, 원래는 동생인 혜원이 녀석이랑 가서, 내 애인들이나 보여줄까 싶은 생각이었는데.

어쩌면 그 대신에 시오리와 함께해도 좋을 것 같다는 생각이 문 득 스쳤다.

잘하면 고성 VIP룸의 여자를 한 분대를 눕혀도 꽉 차지 않는 그 넓은 침대에서 즐거운 시간을 보낼수도 있지 않을까…….

Fin.

작가 후기

 반갑습니다. 이 책을 구매해주셔서, 또 읽어주셔서 감사합니다.

 저는 본 작품을 적을 때 매우 잘 섰습니다. 허리가 굽은 대신 고추 녀석이 각을 잡아줘서 각 잡고 글을 썼습니다. 이 작품을 읽으시고 독자 여러분들께서도 저처럼 발딱 잘 섰으면 합니다만, 그러지 않는다면 '홋, 내가 역시 유독 정력이 강하군!' 이라고 정신승리로 위안 삼고자 합니다.

 저자는 글을 쓰면서 읽는 사람도 꼴려라! 얍! 했는데 반응이 'ㄴㄴ 안꼴…….' 이러시면 제 멘탈이 바삭해져서 '아, 나는 꼴렸는데 왜?' 하며 절망할 수밖에 없습니다…….

 그러므로 이 저자놈의 멘탈 보호를 위해서 양해해 주셨으면 합니다.

 만약 보시고는 잘 서시고 쿠퍼액까지 줄줄 흐른다면, 그리고 소장용 서적이라면 가장 원하는 여캐의 다리사이에 당신의 분비물로 얼룩을 만들어 주셨으면 하고 바라봅니다.

 제가 그랬단 건 아닙니다.

 …….

각설하고 B급 에로영화의 패러디 느낌이 물씬 풍기는 본 작의 컨셉은 '썰' 입니다. 진실인지 허풍인지 거짓인지는 알 수 없습니다만 일전 제가 여행을 하던 도중 호스텔이나 한인민박 등에서 만난 말이 통하는 한인커뮤니티의 사람들에게서 들은 이야기들에서 영감을 얻었습니다.

　안면만 있던 남자 선배와 우연히 프라하에서 같은 민박에서 마주쳐 남은 일정을 민박 대신 호텔에서 두 분이 같이 묵기로 하신 남녀, 부모님께서 여자 혼자 여행을 극구 반대하여 어쩔 수 없이 보디가드로 남동생을 데려와서 2인실을 쓰는데 연인으로 오해받아 불편해 죽겠다던 남매, 이전의 한 여행에서 순례길에서 만난 미국 금발미녀와의 로맨스, 동양인이 얼마 없는 곳에서 두려움을 느낀 나머지 나라끼리는 사이 나쁘지만 해외에선 친하다는 일본여행자를 에스코트하다가 눈 맞은 이야기, 비주(볼키스)하다가 진짜 뽀뽀하고 그러다 불붙은 이야기 등, 저는 못 겪어봤는데 여행지에서의 로맨스를 겪은 사람들은 참으로 많더군요.

　아, 지금 말씀드린 이야기들 중에서 남매의 여행기는 전혀 오해받을 에피소드는 아니었지만, 한때 여동생물을 썼던 음란마귀가 끼어 있는 제게는 망상이 거기서 그치지가 않아서……. 정말 실례했습니다.

　아무튼 제가 여행하다 들은, 그리고 그런 망상력의 집합체가 바로 본작의 주인공이 되겠습니다. 세상 모든 여행지의 로맨스를 지가 겪는 남자가 그의 정체입니다. 개연성은 없을지도 모르겠습니다만 썰에 의하면 분명 어디선가는 사랑과 정열, 섹스가 존재하니까요.

여기에 제 여행기를 살짝 덧씌운 게 이런 이야기가 되었네요. 여행기로 에로라노벨을 쓸 줄은 저도 미처 몰랐습니다만. 여행하던 그 때부터 암시된 것 같기도 합니다.

제가 쓴 라이트노벨 『몇 살이 좋아』 3권의 책날개에도 인용된 이야기인데. 저는 유럽여행 중 오스트리아 인스브루크의 비앤비에서 만났던 외국인 친구들 불가리안 쫜과, 호주인 에드워드와 어설프게 영어로 대화하면서 놀다가 그들이 내 직업을 물어보기에 야설쟁이를 영어로 어찌 번역할지 몰라 이야기하길 '포르노 시나리오 라이터' 라 답했고 그 말에 진짜냐 묻던 폭소가 터진 그들은 '토렌트' 란 영단어로 진지한 토론을 나누기 시작했었습니다.

그 두 청년의 빛나는 눈빛은 음란물은 만국공통. 이란 것을 실감케 했지요. 영어는 못 알아듣지만 팝업창 무지하게 뜨는 해괴한 사이트의 영어 단어들을 간헐적으로 알아들을 수 있었습니다. 큭. 왜 그런 단어만 들렸을까는 의문입니다.

그러다 보니 공개하지 않고 봉인한 것을 제외하곤, 공식적으로는 연재나 출판한 적이 없었던 에로소설을 이번엔 진짜로 내게 되었네요. 이미 전작이 야하지 않았냐? 물으신다면 제가 쓰면서 '이렇게까지 꼴리진 않았었다.' 라고 답변을 드리겠습니다.

학생권장도서, 독후감 수행평가 과제, 여행안내서의 느낌이

물씬 나는 이 제목에 낚여 들어 온 청소년 여러분이 없기를 부디
바라며 후기를 마칩니다.

나와 그녀들의 세계문화유산답사기

2016년 10월 7일 제1판 인쇄
2016년 10월 15일 제1판 발행

지음 섬마을김씨 | **일러스트** ripe.C

펴낸이 임광순 | **제작 디자인팀장** 오태철
담당편집자 황건수

펴낸곳 영상출판미디어(주)
등록번호 제 2002-000003호
주소 21311 인천광역시 부평구 평천로 132 (청천동)
전화 032-505-2973(代) | **FAX** 032-505-2982

ISBN 979-11-319-4851-4
ISBN 979-11-319-4850-7 (세트)

NIGHT NOVEL 나이트노벨(NIGHT NOVEL)은 영상출판미디어(주)의 남성향 라이트노벨 및 관련서적 브랜드입니다.